Wolfgang Teltscher

Über den Deister

Wolfgang Teltscher

Über den Deister

Kriminalroman

zu Klampen!

Herausgegeben von Susanne Mischke

info@zuklampen.de · www.zuklampen.de

Umschlag: Angelika Konietzny (www.izwd.de), Hannover
Satz: thielenVERLAGSBÜRO, Hannover
Druck: CPI - Clausen & Bosse, Leck

ISBN 978-3-86674-067-9

Bibliografische Information Der Deutschen Bibliothek
Die Deutsche Bibliothek verzeichnet diese Publikation in der Deutschen Nationalbibliografie; detaillierte bibliografische Daten sind im Internet über ‹http://dnb.ddb.de› abrufbar.

Vorwort

Wenn jemand über den Deister geht, ist er entweder tot, oder – wenn er aus Barsinghausen kommt – im Schaumburger Land.

Es gibt ein Dorf auf der anderen Seite des Deisters, von dem früher die Verstorbenen auf den Friedhof nach Barsinghausen gebracht wurden. Wenn sie einmal *Über den Deister* waren, kamen sie nie wieder zurück.

1

Gestern ist die Zeit stehen geblieben, dachte Manfred Marder, und niemand außer mir hat es gemerkt. Der ehemalige Hauptkommissar zelebrierte den ersten Tag seines Ruhestandes mit einer symbolischen Geste. Er stellte sich auf die Terrasse hinter seinem Haus, öffnete den Verschluss seiner Armbanduhr und warf sie mit theatralischem Schwung in den Gartenteich. Die Uhr fiel auf das Blatt einer Seerose und blieb dort liegen. Das Zifferblatt glänzte in der Nachmittagssonne und schien ihn anzugrinsen, als wolle es ihm sagen, dass es so leicht nicht sei, die Zeit loszuwerden. Marder hatte noch nicht die Erfahrung gemacht, wie eng es auf dem Terminkalender eines Ruheständlers zugehen konnte – und auch nicht, wie anstrengend Tage waren, an denen man nichts zu tun hatte.

Die Uhr war weder aus edlem Metall noch von exquisitem Design, sie ging nicht einmal genau und stahl jedem Tag eine gute Minute – ihr Versinken im Schlamm des Gartenteichs würde für Marder keinen großen Verlust bedeuten. Sie war ein Geschenk seiner Frau, das sie ihm zu seinem fünfunddreißigsten Geburtstag gemacht hatte. Das war lange her, beinahe dreißig Jahre, die Erinnerung an diesen Tag war fast aus seinem Gedächtnis entschwunden. Dennoch, wenn die Uhr in dem Teich versänke, würde Iris bemerken, dass er sie nicht mehr trug, und sie hatte bestimmt nicht vergessen, dass sie ein Geschenk von ihr gewesen war. Marder müsste sich Ausreden einfallen lassen, Ausreden, die sie nicht glauben würde, bis er endlich mit der Wahrheit herausrückte.

Er entschloss sich, die Uhr vor dem Untergehen zu bewahren. Er holte eine Harke aus dem Geräteschuppen und begann, vorsichtig nach ihr zu angeln. Das war schwieriger, als er gedacht hatte. Zweimal rutschte sie beinahe von dem Blatt in die Tiefe zwischen den Wurzeln der Wasserpflanzen. Marder entschied sich für eine radikale Rettungsmaßnahme. Er zog Jeans und Schuhe aus und stieg, nur mit seiner Unterhose bekleidet, ins Wasser. Er hoffte, dass ihn keiner der Nachbarn beobachtete und sich fragte, was er im Teich triebe. Das Wasser war kalt, der Frühling hatte gerade erst begonnen – vor einigen Tagen noch hatte eine Eisschicht den Teich bedeckt. Er schob die Harke bedächtig über das Blatt der Seerose, spießte das Armband auf und zog die Uhr zu sich heran.

Er ließ sich von der Sonne trocknen, zog seine Hose wieder an und setzte sich in einen Liegestuhl auf der Terrasse. Als seine Frau vom Einkaufen nach Hause kam, strahlte er sie voller Zuneigung an.

»Is was?«, fragte Iris.

»Nix is. Was sollte denn sein?« Marder hielt ihrem Blick stand.

»Natürlich is was. Immer, wenn du so guckst, ist irgendwas, oder du denkst an etwas, was du mir nicht sagen willst.«

»Ich hab doch gesagt, dass nichts ist.«

»Na ja, vielleicht grinst du nur so zufrieden, weil es dein erster Tag in Freiheit ist …, obwohl ich nicht glaube, dass das alles ist.«

2

Seit seiner Pensionierung war inzwischen mehr als ein Jahr vergangen. Manfred Marder hatte in dieser Zeit Einsichten gewonnen und Erfahrungen gemacht, die ihm während seines Arbeitslebens verborgen geblieben waren. Er hatte seit seinem Abschied von der Polizei viel ausprobiert und manches Unerwartete gelernt. Aber es war nur wenig dabei, was für sein Leben als Ruheständler nützlich schien oder ihm neue Freuden bereitete, die er vorher nicht gekannt hatte.

An seinen letzten Tag als Polizist dachte er gern zurück. Wichtige Leute der Stadt waren zu seiner Abschiedsparty in das Gebäude der Staatsanwaltschaft in Stade gekommen. Nicht nur, weil es dort Sekt und Häppchen gab, sondern weil die meisten Anwesenden sein Ausscheiden offensichtlich aufrichtig bedauerten. Den wenigen Besuchern, denen Marder nichts bedeutete, waren erschienen, weil sie dienstlich zu dieser Verabschiedung abgeordnet worden waren. Die ranghöchste anwesende Person der städtischen Verwaltung war die Zweite Stellvertretende Bürgermeisterin, die ihm den Dank der Bürger in Worten ausdrückte, die man bei einer solchen Gelegenheit erwarten durfte. Nicht besonders originell, aber schmeichelhaft, wenn sie ehrlich gemeint waren, wovon Marder ausging.

Außerdem waren Vertreter der Parteien im Stadtrat gekommen, die darauf brannten, angemessene Worte zu äußern. Die Herren der christlichen, sozialen und freien Parteien sowie die grüne Dame kannten Marder nicht persönlich, daher nutzten sie die Feier als Wahlveranstaltung. Sie lobten

Marders Verdienste im Kampf gegen die Kriminalität mit Bemerkungen, die auf jeden ehrlichen Kriminalbeamten gepasst hätten, und stellten dabei ihre Partei als verantwortlich für die zurückgehende Verbrechensrate im Landkreis Stade dar. Dann erwähnten sie noch, was sie als Nächstes tun würden, um die Kriminalität in der Stadt im Keim zu ersticken, und forderten die Zuhörer auf, ihnen bei den kommenden Wahlen das Vertrauen auszusprechen. Marder fühlte sich trotz der belanglosen Worte geehrt und hatte Verständnis für das Eigenlob der Politiker. Schließlich standen Kommunalwahlen bevor, und es waren mehr als hundert potenzielle Wähler im Saal.

Die meisten Gäste waren Kollegen, Freunde und Bekannte, dazu seine engere Familie sowie einige ferne Angehörige, die in der Nähe wohnten. Der Saal war gut gefüllt, und Marder freute sich über jeden Einzelnen, der gekommen war. Besonders glücklich war er, dass sein Freund und ehemaliger Chef Erich Falkenberg von der Polizeidirektion in Hannover angereist war – Falkenberg war schließlich Vorgesetzter aller Kriminalbeamten des Landes Niedersachsen. Erich fand bewegende und ehrliche Worte, die seinen Respekt vor Marders Leistungen über vier Jahrzehnte im Dienst der Polizei erkennen ließen, und er machte dabei aus seinem Gefühl der Freundschaft keinen Hehl.

Nach der Feier hatte sich Marder in ein neues Leben voller Herausforderungen gestürzt. Er hatte sich vorgenommen, seiner Frau nicht durch ganztägige Anwesenheit sieben Mal in der Woche auf die Nerven zu fallen. Vor allem wollte er sich nicht lächerlich machen wie Loriot in seinem Film »Papa ante Portas«, indem er seine Frau als Chefin des Haushalts entmachtete – ein Film, über den man aus vollem Herzen lachen konnte, aber der ein abschreckendes Beispiel war, wenn man an seine eigene Zukunft als zweiter Vorsitzender im Vorstand des Haushalts dachte.

Seine ersten Schritte in die Freiheit führten ihn in einen italienischen Konversationskurs der Volkshochschule. Er hatte noch Überreste dieser Sprache aus früheren Ferien mit seinen Eltern in der Toskana im Gedächtnis. Außerdem meinte seine Frau, jetzt wäre es endlich an der Zeit, im Urlaub nicht immer nur an die Nordseeküste oder nach Dänemark zu reisen, sie wolle mindestens einmal im Jahr zwei schöne Wochen an den Ufern des Mittelmeers genießen. Nach der Hälfte des Kurses, der vormittags stattfand, stieg Marder wieder aus. Außer ihm hatten sich nur Frauen in reiferem Alter angemeldet. Die Damen ereiferten sich gern über die heutige Jugend und deren fehlendem Respekt »uns Älteren« gegenüber. Diese Diskussion brach regelmäßig eine halbe Stunde nach Beginn der Übungseinheit aus. Die Frauen verfielen dabei voller Empörung in ihre deutsche Muttersprache, von der sie für den Rest des Unterrichts nur schwer in das Italienische zurückfanden.

Marders Meinung über die Jugend von heute war nicht so negativ, was er gern auf Italienisch gesagt hätte, wenn seine Kenntnisse dazu gereicht hätten. Deutsch wollte er nicht sprechen, deswegen hatte er diesen Kurs nicht belegt. Ihn verließen der Mut und die Lust, den anderen Teilnehmern in unzureichendem Italienisch Widerstand zu leisten. Er zog sich deshalb mithilfe einer kleinen Notlüge aus dem Kreis der Frauen zurück. Als Ausgleich für den nicht beendeten Konversationskurs abonnierte er eine Monatszeitschrift in italienischer Sprache mit grammatischen Übungen.

Wie in den letzten Jahren seines Berufslebens ging er einmal in der Woche zum Yoga. Yoga war nicht Teil des Neuanfangs im Ruhestand, er nahm es aus dem alten Leben in das neue mit. Die Yoga-Positionen bereiteten seinen Gelenken und Muskeln nach so vielen Jahren des Übens immer noch die gleichen Schmerzen wie in der ersten Übungsstunde. Das beunruhigte ihn nicht, er hatte Yoga stets als Medizin betrachtet – und Medizin muss bitter schmecken, wenn sie wirken soll.

In einer Apothekenzeitschrift las er einen Artikel, der frischen Ruheständlern dringend empfahl, regelmäßig Sport zu treiben, weil dies den Alterungsprozess des Körpers verzögere und vor allem die Muskulatur stärke. Das fand Marder überzeugend, doch er konnte sich nur schwer entscheiden, welchem Sport er sich zuwenden sollte. Schließlich verfiel er auf Joggen, weil er oft Leute aus der Nachbarschaft sah, die in Trainingsanzügen an seinem Garten vorbeiliefen und dabei schwitzten, aber lächelten. Er fand ein Paar alte Turnschuhe auf einem Regal neben der Weihnachtskiste im Keller und lief los. Er zwang sich, die Dreiviertelstunde, die er sich vorgenommen hatte, durchzuhalten. Am nächsten Morgen taten seine Knie weh, und seine Muskulatur fühlte sich eher geschwächt an. Er fand glücklicherweise einen Artikel in einer medizinischen Zeitschrift, der vor möglichen Schäden an Gelenken durch Joggen warnte. Daraufhin ließ Marder das Joggen wieder sein und nahm sich vor, häufiger mit seiner Frau spazieren zu gehen.

Im ersten Winter seines Ruhestandes schrieb er sich an der Universität in Hamburg als Gasthörer ein. Er hatte in seiner Jugend das Studentenleben nicht kennengelernt, und oft beschlich ihn das Gefühl, etwas Schönes und Aufregendes verpasst zu haben. Jeden Dienstagvormittag hörte er eine Vorlesung über die griechischen Philosophen und deren Vorstellungen von der Welt. Der Professor war ein kluger Mann, der alles über die großen Denker der Antike wusste. Marder war tief beeindruckt und bewunderte ihn dafür, dass er die Gedanken und Erkenntnisse dieser Weisen, die vor mehr als zweitausend Jahren gelebt hatten, in so einfachen Worten vermitteln konnte, dass selbst er als ehemaliger Beamter sie verstand.

Nach der Mittagspause nahm er an einem Seminar über die Geschichte des heutigen Niedersachsen im Mittelalter teil. Im Mittelalter hatte zwar noch niemand etwas von einem Bundesland Niedersachsen gehört, weil es erst nach dem Zweiten Weltkrieg erfunden worden war – aber Menschen lebten hier natürlich schon seit vielen Jahrhunderten. Das Seminar war eine Enttäuschung für ihn, nicht wegen des Professors, sondern wegen der Studenten. Bei der Einführung in das Seminar forderte der Professor die Anwesenden auf, sich für kurze Referate zu melden. Die wenigen, die dies taten, akzeptierten diese Aufgabe offensichtlich vor allem nur deshalb, weil sie dadurch die Scheine erwerben konnten, die sie für einen Studienabschluss brauchten. Marder empfand ihre Referate meistens als inhaltlich und rhetorisch eher bescheiden.

Zum Abschluss seines akademischen Tages besuchte er ein Seminar der soziologischen Fakultät, das sich mit Verhalten von Gruppen in der Gesellschaft befasste. Der Professor hatte einige Bücher zu diesem Thema veröffentlicht, aus denen er langatmig rezitierte. Wenn er das nicht tat, sprach er über die Köpfe der Anwesenden hinweg. Jede Woche erschienen weniger Studenten, bis nur noch einige Senioren als Gasthörer übrig blieben. Da beschloss auch Marder, nicht mehr teilzunehmen, er verstand ohnehin oft nicht, was der Dozent meinte, oder er war aufgrund seiner Erfahrungen mit Menschen als Kriminalkommissar anderer Meinung.

Die Universität hatte nun, im Juli, ihre Studenten und Professoren längst in die Sommerpause entlassen. Marder und seine Frau Iris waren die vergangenen zwei Wochen in einem Ferienhaus an der dänischen Westküste gewesen – es war dasselbe Haus wie im Jahr zuvor und dem Jahr davor. Marder liebte es, Urlaub in Gegenden zu machen, an die er bereits schöne Erinnerungen hatte und wo er sich auskannte. Er versprach seiner Frau, dass es endgültig der letzte Sommerurlaub im Norden gewesen wäre. Im nächsten Jahr würde er mit ihr nach Italien fahren, dann wären seine italienischen Sprachkenntnisse so weit restauriert, dass er sie sicher durch die Olivenhaine und die klassischen Ruinen Italiens geleiten könne.

Im Juni und Anfang Juli hatte es fast ununterbrochen geregnet. Es war zu kalt für die Jahreszeit, wie es im Wetterbericht täglich hieß. Die Erde im Garten verwandelte sich in Morast, der Rasen quakte jedes Mal vor Nässe, wenn man ihn betrat. Vor drei Tagen hatte sich das Wetter allerdings mit unerwarteter Heftigkeit zum Besseren gewandelt. Ein muskulöses Hoch aus dem Südosten verjagte alle Wolken über Nacht und brachte gleichzeitig die heißen Temperaturen der afrikanischen Wüste mit. Der Wettermann im Fernsehen jubelte, als habe er das persönlich arrangiert. Er versprach eine lang anhaltende Periode von Hochsommerwetter, wahrscheinlich sogar mit Rekordtemperaturen – mindestens für den Rest des Julis und vermutlich auch für den August.

Marder wusste nicht, ob er in den Jubel einfallen sollte – Temperaturen über dreißig Grad machten ihn schlapp, müde und lustlos. An heißen Tagen versuchte er, im Schatten zu bleiben, sich sparsam zu bewegen und auf den Sonnenuntergang zu warten. Am besten gelang ihm das auf der Terrasse seines Hauses mit einem kalten Getränk in der einen und einem Kriminalroman in der anderen Hand.

Das war auch sein Plan gewesen, als unerwartet das Telefon klingelte: Erich Falkenberg war am Apparat. Marder freute sich, Erichs Stimme zu hören, er hatte seit einigen Monaten nicht mit ihm gesprochen. Er scheute sich, seinen ehemaligen Chef zu oft anzurufen, schließlich war Erich ein wichtiger Mann im Kampf gegen das Verbrechen in Niedersachsen, der in einem großen Büro mit eigenem Konferenztisch in der Führungsetage der Polizeidirektion residierte. Im letzten Sommer hatten sich die Marders und Falkenbergs zweimal zu Radtouren getroffen, einmal waren sie an der Unterelbe entlang geradelt, mit einem Abstecher durch die Obstplantagen im Alten Land, das andere Mal hatten sie das Steinhuder Meer umrundet. Die Fahrt um den größten See Niedersachsens hatte Marder beeindruckt, der ständige Wechsel von Wiesen, Wald, Moor, Geest, Badestränden, Vogelschutzgebieten, Campingplätzen und Fischrestaurants auf einer Strecke von knapp dreißig Kilometern hatte ihn überrascht.

Als Marder nun Erichs Stimme hörte, hoffte er, sein Freund riefe an, um sich für einen Ausflug zu verabreden. Das war nicht der Fall. Erich Falkenberg kam nach einigen freundlichen Worten schnell zum eigentlichen Grund seines Anrufs.

»Manfred, erinnerst du dich an Matuschek? Blöde Frage, entschuldige. Natürlich erinnerst du dich an Matuschek, du bist ja damals extra wegen ihm nach Barsinghausen gefahren, und es war dein letzter wichtiger Fall, bevor du in Pension gegangen bist.«

Wie hätte Marder seinen Kollegen Alfred Matuschek und

dessen Tod vergessen sollen? Kommissar Matuschek hatte sich das Leben genommen, indem er in einem Teich den Tod durch Ertrinken gesucht und leider auch gefunden hatte; nur einen Monat nach seiner Pensionierung. Das Tragische an seinem Tod war, dass er ihn am Abend vorher seinen Familienangehörigen in einem Brief angekündigt hatte, aber weder seine Frau Vera noch seine beiden Kinder Bertram und Anja hatten diese Drohung ernst genommen – oder ernst nehmen wollen. Die Familie war seit Jahren zerstritten gewesen, eine erschreckende Lieblosigkeit hatte zwischen dem Kommissar, seiner Frau und den Kindern geherrscht. Allerdings hatte Alfred Matuschek diese Situation durch seine Selbstherrlichkeit und Eigenbrötelei weitgehend selbst verursacht. Nachdem Marder die Verhältnisse in der Familie offengelegt und die Angehörigen damit konfrontiert hatte, suchten weder Matuscheks Frau noch seine Kinder einen Teil der Schuld bei sich selbst. Keiner von ihnen gab vor, Trauer über Matuscheks Ende zu empfinden.

»Ja, was ist mit Matuschek? Das ist jetzt bald zwei Jahre her, aber ich kann mich noch an alle Einzelheiten erinnern.«

»Vera ist weg.«

Marder hatte mehrmals mit Vera Matuschek während seiner Ermittlungen gesprochen. Er empfand keine Sympathie für diese Frau und fühlte sich in ihrer Nähe nicht wohl. Ihm schien, dass alles, was sie tat, aus Berechnung und zu ihrem eigenen Vorteil geschah.

»Was heißt das: Vera ist weg?«

Er fragte sich im gleichen Moment, was es ihn anging, dass Vera verschwunden war. Er hätte das Gespräch mit Erich an dieser Stelle gern beendet und wieder die Betrachtung der Libellen im Kunstflug und Kampf über seinem Gartenteich aufgenommen, aber das konnte er Erich Falkenberg nicht antun. Marder wartete auf weitere Erläuterungen.

»Also, Manfred, pass auf. Es ist eine eher private Sache und keine offizielle Anfrage. Du erinnerst dich bestimmt an Brenner, den damaligen Mitarbeiter von Matuschek, der nach einer kurzen Übergangszeit sein Nachfolger wurde.«

»An Brenner kann ich mich gut erinnern. Der war noch zu Lebzeiten von Matuschek mal mit dessen Tochter befreundet. Als ich in Barsinghausen war, hatten sie sich aber wieder getrennt. Aber Brenner hat doch bestimmt nichts mit Veras Verschwinden zu tun.« Marders Interesse erwachte langsam.

»Also, direkt nicht, aber indirekt irgendwie schon. Es ist richtig, dass sich Brenner und Anja getrennt hatten, aber inzwischen sind sie wieder zusammen.«

Marder fiel es schwer, das zu glauben. Die beiden waren sowohl über Matuschek als auch übereinander kräftig hergezogen, als er sich mit ihnen unterhalten hatte. Nun sollten sie wieder ein Paar sein, das Leben war voller überraschender Liebesgeschichten.

»Sag schon, Erich, was hat Brenner mit Vera zu tun?«

»Brenner selbst wahrscheinlich nichts, aber er hat mich informiert, dass Vera verschollen ist – allerdings nur inoffiziell, es gibt keine offizielle Vermisstenmeldung. Anja hat ihm gesagt, sie wisse nicht, wo ihre Mutter sei und sie mache sich Sorgen. Es passiert wohl öfter, dass Vera für ein paar Tage verreist und niemandem etwas davon sagt, aber nun ist sie schon über eine Woche weg und hat sich nicht gemeldet.«

Falkenberg hatte keine Autorität in seine Stimme gelegt, er wusste, dass er einem Kommissar im Ruhestand keinen dienstlichen Auftrag erteilen konnte. Er war ein *ehemaliger* Vorgesetzter und Marder sein *ehemaliger* Mitarbeiter, heute waren sie Freunde, die sich über frühere Fälle und frühere Zeiten unterhielten. Marder kam Falkenberg entgegen.

»Erich, wenn ich dich richtig verstehe, möchtest du, dass jemand nachschaut, was da in Barsinghausen vor sich geht.«

»Ja, das wäre mir wichtig. Auch wenn es keine Vermisstenanzeige gibt, fällt es mir schwer, das Verschwinden von Vera Matuschek zu ignorieren. Schließlich war sie die Frau eines Kriminalkommissars, der unter ungewöhnlichen Umständen ums Leben gekommen ist. Wer weiß, vielleicht hat ihr Verschwinden doch etwas mit dem Beruf ihres Mannes zu tun.«

»Du meinst, wenn etwas Schlimmes geschehen sollte oder schon geschehen ist, dann soll hinterher keiner sagen können, die Kriminalpolizei hätte sich nicht darum gekümmert.«

»Damit hast du nicht ganz unrecht. Ich muss gestehen, dass ich ein ungutes Gefühl habe. Ich denke, wir schulden es unserem ehemaligen Kollegen, seine Hinterbliebenen im Auge zu behalten, ganz egal, ob er ein schwieriger Mensch war oder nicht. Ich habe im Moment bei der knappen Personaldecke niemanden, den ich wegen einer vagen Sorge meinerseits mit diesem Fall betrauen kann, deswegen dachte ich, ich frage dich mal, wie du das siehst.«

Wenn Falkenberg eine Schwäche hat, dachte Marder, dann ist es seine Anteilnahme an den Problemen der, die für ihn arbeiten oder gearbeitet haben. Zu viel Mitgefühl kann sich ein Polizeibeamter in einer so bedeutenden Position eigentlich nicht leisten …, trotzdem, gerade wegen seiner Menschlichkeit schätze ich ihn besonders. Vielleicht sogar war die Fürsorge für seine Mitarbeiter ein Grund für seinen Aufstieg in der Behörde, auch wenn sie gegen den allgemeinen Trend ging.

Marder überlegte, ob er für die nächsten Tage oder Wochen

unaufschiebbare Pläne hatte. Außer dem täglichen Aufenthalt auf seiner Terrasse, den gelegentlichen Fahrradausflügen mit seiner Frau sowie den Besuchen in seinem Lieblingsstehcafé in der Fußgängerzone fiel ihm nichts Wichtiges ein.

»Erich, ich soll also versuchen, Vera Matuschek auf die Spur zu kommen?«

»Ja, damit würdest du mir einen großen Gefallen tun. Du bekommst natürlich den vollen Spesensatz für die Reise und alle Unkosten, ein Gehalt kann ich dir allerdings nicht anbieten.«

Damit hatte Marder ohnehin nicht gerechnet, mit Spesen war er mehr als zufrieden, er würde die Suche nach Vera als einen Abenteuerurlaub betrachten. Yoga-Schule und Universität hatten noch nicht wieder begonnen, und zum Ende der Ferien würde er bestimmt wieder in Stade sein.

Eine Frage blieb noch.

»Erich, warum willst du nicht Brenner beauftragen, Vera zu suchen?«

»Das geht auf keinen Fall. Erstens ist diese Sache, wie gesagt, keine amtliche Angelegenheit, und zweitens, selbst wenn es eine wäre, würde ich Brenner da heraushalten wollen. Durch seine Freundschaft mit Anja Matuschek ist er persönlich involviert, und du weißt, dass es nie gut ist, persönliche Affären mit dienstlichen Vorgängen zu vermischen. Es spricht natürlich nichts dagegen, dass du dich mit ihm unterhältst, wenn du in Barsinghausen bist.«

»Pass auf, Erich, gib mir ein bisschen Zeit, ich möchte die ganze Sache mit Iris besprechen. Sie hat sich schon auf die Fahrradtour gefreut, die wir in den nächsten Tagen machen wollten. Ich rufe dich morgen wieder an und gebe dir Bescheid, ob Kommissar Marder ein Comeback feiern wird.«

Marder konnte Erich Falkenberg am anderen Ende der Telefonverbindung erleichtert aufatmen hören.

»Manfred, sag deiner Frau, wir werden einen gemeinsamen Ausflug durch die Heide machen, wenn diese Sache erledigt ist. Für ein langes Wochenende, wann immer es euch passt.«

3

Vor dem Einschlafen klärte Marder die Lage mit seiner Frau. Meistens lasen sie abends im Bett noch eine Weile. Das war eine der schönen neuen Gewohnheiten, die den Charme des Ruhestands ausmachten. Manchmal, wenn er oder Iris einem besonders spannenden Buch verfallen war, konnte es nach Mitternacht werden, bis sie das Licht der Nachttischlampen löschten. Sie brauchten am nächsten Morgen nicht zeitig aufzustehen, wie es früher der Dienstplan der Kriminalpolizei vorgeschrieben hatte; manchmal schliefen sie länger, als es ihnen ihr schlechtes Gewissen erlauben wollte.

Marder tastete nach der Hand seiner Frau unter der Bettdecke und erzählte ihr von dem Anruf von Erich Falkenberg und dessen Anliegen.

»Was meinst du?«, fragte er zum Schluss.

»Natürlich meine ich, dass die Sache mit den Matuscheks dich nichts mehr angeht und du deinen Ruhestand genießen solltest. Aber das ist nicht, was du hören willst. Ich weiß, dass du dich aufmachen willst, um Vera Matuschek zu finden. Und wenn das so ist, dann sollst du es auch tun.«

»Aber du kannst auch sagen, dass ich hierbleiben soll.«

Marder legte Wert darauf, dass seine Frau merkte, dass ihre Meinung für ihn wichtig war.

»Wahrscheinlich würdest du hierbleiben, wenn ich darauf bestünde, aber früher oder später, wenn wir uns einmal streiten, würdest du mir daraus einen Vorwurf machen. Das will ich lieber nicht riskieren. Die Entscheidung liegt also ganz bei dir.«

»Das hast du schön gesagt, mein Schatz. Obwohl ich dir natürlich nie einen Vorwurf machen würde, und streiten tun wir uns sowieso nie. Warum weißt du eigentlich immer, was ich denke?«

Marder drückte die Hand seiner Frau unter der Decke intensiver, drehte sich zu ihr und begann im gleichen Moment, sich in Gedanken mit seiner Reise nach Barsinghausen zu beschäftigen.

Als er am frühen Nachmittag des nächsten Tages die Hügel des Deisters erreichte und von der Autobahn nach Barsinghausen abbog, war alles anders als bei seiner Ankunft vor zwei Jahren. Die Globalisierung der Wirtschaft hatte auch hier ihre ersten Spuren hinterlassen: Im Gewerbegebiet am Ortsanfang hatte sich ein internationales Unternehmen mit einem riesigen Logistikzentrum niedergelassen, dessen Äußeres von geraden Linien und grauen Flächen beherrscht wurde. In Richtung Bad Nenndorf war an der Ausfahrt ein gewaltiger Baumarkt auf einer Wiese entstanden.

Selbst die Natur zeigte sich in einer anderen Verfassung. Die Felder waren damals braun und leer gewesen, die Wälder nackt, ohne Blätter, und an den Straßenrändern hatte verdorrtes Gras gestanden. Heute war alles heiter, grün, saftig. Darüber strahlte ein blauer Himmel. Die Hitzewelle der letzten Tage hatte noch nicht Zeit gehabt, die Böden oder die Pflanzen auszutrocknen. Während des Regens im Mai und Juni hatten sie genügend Wasserreserven gespeichert, um der plötzlich über das Land hereingebrochenen Trockenheit für eine Weile zu trotzen.

Die Klimaanlage seines Autos keuchte leise gegen seine Knie, sie verrichtete Schwerstarbeit, als er am Hang des

Deisters entlangfuhr. Draußen musste es zwischen fünfunddreißig und achtunddreißig Grad heiß sein. Er blickte über die Felder in die Norddeutsche Tiefebene, konnte die Kirchtürme der nächsten Dörfer jedoch nicht ausmachen. Die Hitze verdichtete sich zu einem Schleier, der die Sicht ins Land wie ein Vorhang versperrte. Das Getreide auf den Äckern war reif, bald würden die motorisierten Erntemonster kommen und mit ihren riesigen Messern alles niedermähen. Die Dörfer Bantorf und Hohenbostel, die zur Stadt Barsinghausen gehören, dösten vor sich hin und nahmen keine Notiz von ihm, als er sie auf der Landstraße durchquerte.

Die Pension »Marianne«, in der er vor zwei Jahren gewohnt hatte, lag im oberen Teil des Ortes, ein Stück den Hang hinauf, nahe am Wald. Er hatte sich dort zu Hause gefühlt. Die Wirtin, Frau Thann, umsorgte ihre Gäste wie eine Herbergsmutter und ließ sie spüren, dass sie in ihrem Heim willkommen waren. Als er vor dem Haus stand, fiel ihm auf, wie dicht es von Bäumen und Büschen umstanden war. Es lag im Schatten des Waldes – damals im November hatte das Grundstück offener ausgesehen. Das Gebäude im Jugendstil war seither neu gestrichen worden, es wirkte wie eine würdige Dame, die ihren guten Geschmack auch im Alter zeigt.

Frau Thann begrüßte Marder an der Haustür. Er schaute sie verwundert an, sie kam ihm jünger vor, als er sie in Erinnerung hatte. Marder wollte keine plumpen Komplimente machen, gab ihr die Hand, sagte freundlich »Guten Tag« und dass er froh sei, wieder bei ihr wohnen zu dürfen. Frau Thann hatte seinen erstaunten Blick bemerkt und weihte ihn in ihr Geheimnis ein.

»Ich habe mich tatsächlich verändert. Zahnärzte sind heutzutage wahre Zauberer. Erst nehmen sie einem die letzten gesunden Zähne weg, und dann füllen sie einem den Mund mit ganz neuen. Jetzt sehe ich aus wie vierundsechzig, obwohl ich schon fast fünfundsechzig bin.«

Sie lachte. Frau Thann hatte ihren Humor nicht verloren.

»Aber erst einmal willkommen in meiner bescheidenen Hütte. Ich freue mich, dass Sie wieder bei mir einziehen wollen. Schade, dass Sie Ihre Frau nicht mitgebracht haben.«

Frau Thann war etwas fülliger geworden. Die zusätzlichen Kilos schadeten ihrem Aussehen nicht. Nur ihre lange Hose spannte sich etwas stramm um die Oberschenkel.

Nachdem Marder sein Zimmer im ersten Stock des Hauses bezogen hatte, nahm er zum Antrittskaffee im Wohnzimmer Platz.

Der Raum, der gleichzeitig als Frühstückszimmer diente, strahlte immer noch die Gemütlichkeit aus, an die er sich gern erinnerte. Was es genau war, das ihn so heimelig machte, konnte Marder nicht beschreiben. Es war die Mischung von Möbeln, Bildern und Dekorationen, die das Gefühl von Harmonie und Beständigkeit schufen, ohne verstaubt zu wirken. Auf einer Porzellanschale lag ein Dutzend gerollter Waffeln mit Schokoladenüberzug an beiden Enden. Es waren Kekse, die er besonders liebte und die nicht zuletzt ein Grund für sein leichtes Übergewicht waren. Auf dem Weg nach Barsinghausen hatte er am Ortsrand in der Ebene ein Werk der Firma Bahlsen gesehen, wo diese Kekse vermutlich gebacken wurden.

»Wo ist Brisbane? Ich habe gehofft, er würde mich begrüßen.«

Brisbane war der schwarz-weiße Kater des Hauses. Marder hatte sich während seines ersten Besuchs eingebildet, dass der Kater ihn in sein Herz geschlossen hatte.

»Brisbane ist nicht mehr der Jüngste. Er verbringt mehr und mehr Zeit auf seinem Alterssitz. Das ist der Sessel auf der Veranda, auf dem auch mein Mann in seinen letzten Jahren gern gesessen hat. Wenn Brisbane ausgeschlafen hat – was immer seltener vorkommt –, geht er nach wie vor in den umliegenden Gärten spazieren. Wissen Sie, Herr Marder, ich glaube, der Kater denkt, er sei immer noch der Tyrann der Nachbarschaft. Die anderen Katzen lassen ihn in diesem Glauben, aber bestimmt nicht aus Angst, sondern eher aus Mitleid.«

Der Kommissar im Ruhestand lächelte. Auch vor ihm hatte niemand mehr Angst. Und zu seinem Erstaunen und Bedauern war die Kriminalität im Raum Stade seit seinem Abschied von der Polizei nicht merklich gestiegen.

»Warum sollte es ihm besser gehen als uns Männern? Das Verhältnis zwischen meiner Frau und mir ist auch von Mitleid und Großmut ihrerseits geprägt.«

»Eins noch, Herr Marder. Wenn Sie mit Brisbane reden, sprechen Sie bitte laut und deutlich. Neuerdings hört er schlecht, das Alter nagt auch an seinen Ohren. Nicht, dass Sie denken, er ignoriert Sie.«

»Iris sagt dasselbe von mir. Sie meint, je älter ich werde, um so weniger höre ich, was sie sagt.«

Das Gespräch über die alte Katze und das Alter im Allgemeinen war nicht das Einzige, das Frau Thann bewegte.

»Herr Kommissar – wenn man Sie noch so nennen darf –, ich will Sie lieber gleich etwas fragen, bevor mich die Neugierde auffrisst. Ich könnte wetten, Sie sind nicht nur nach Barsinghausen gekommen, um sich zu erholen. Irgendwie hängt Ihr Besuch mit den Matuscheks zusammen, Ruhestand hin und Pensionierung her.«

»Jetzt, da Sie den Fall Matuschek erwähnen, kann ich mich wieder vage daran erinnern.«

Marder lächelte hintergründig, wusste aber, dass er Frau Thann nichts vormachen konnte. Er wollte ihr dennoch nicht gleich verraten, warum er an den Deister gekommen war.

»Sagen Sie, Frau Thann, was hat man hier im Ort so über Matuschek und seine Familie nach dem Selbstmord geredet?«

Frau Thann musste nachdenken, eine schnelle Antwort auf diese Frage hatte sie nicht parat.

»Man hat nicht lange darüber gesprochen. Das lag wahrscheinlich daran, dass die Matuscheks nur wenig Bekannte hatten, richtige Freunde wohl überhaupt keine. Über das ganze Drama wurde am Anfang zwar in der Zeitung berichtet, aber nach dem Artikel über die Beisetzung wurde der Fall in der Presse kaum noch erwähnt.«

Ein Schatten, ein Ausdruck des Bedauerns, huschte über ihr Gesicht.

»Es hieß, der Sohn war der Einzige aus der Familie, der zur Beerdigung auf den Friedhof gekommen war. Ob es ferne Verwandte gab, die man hätte informieren können, weiß ich nicht. Ich erinnere mich, dass ein paar Leute von der Polizei und der Feuerwehr dabei waren, sogar der Chef der Kripo aus Hannover soll da gewesen sein. Das habe ich aber alles nur aus der Zeitung.«

Marder war klar, wer der Mann aus Hannover war. Falkenberg hatte nie erwähnt, dass er zu Matuscheks Beisetzung gefahren war, und Marder hatte das Thema in ihren Gesprächen vermieden. Er selbst hatte nicht das Verlangen gehabt, an der Trauerfeier teilzunehmen, wegen seiner

Fassungslosigkeit über das Verhalten der Familie war er nach der Aufklärung des Selbstmordes sofort nach Hause abgereist.

»Sagen Sie, haben Sie eine Ahnung, wie es Frau Matuschek und den Kindern geht und was sie gemacht haben, seit Herr Matuschek tot ist?«

Marder stellte diese Frage vor allem, weil ihn interessierte, ob sich das Verschwinden von Vera Matuschek herumgesprochen hatte.

»Um ehrlich zu sein, ich weiß so gut wie nichts über diese Familie. Frau Matuschek hatte vor dem Tod ihres Mannes kaum Kontakt mit den Leuten in der Nachbarschaft und danach erst recht nicht. Irgendjemand hat mir einmal erzählt, dass sie einen neuen Freund hätte.«

»Und wer ist dieser Freund?«

»Das kann ich Ihnen nicht sagen, vielleicht stimmte es nicht einmal. Ich habe sie jedenfalls nie mit jemand zusammen gesehen, aber ich bin ihr in der ganzen Zeit höchstens zwei- oder dreimal in der Stadt begegnet. Gesprochen haben wir miteinander sowieso nie, obwohl sie ganz in der Nähe wohnt.«

»Wissen Sie etwas über die Kinder, Anja und Bertram?«

»Nur das, was damals in der Zeitung stand. Wenn ich mich recht erinnere, arbeiteten der Sohn beim Forstamt und die Tochter als Krankenschwester im Krankenhaus in Gehrden. Etwas anderes habe ich inzwischen nicht gehört, aber das muss nichts heißen. Wenn sich bei den Matuscheks etwas geändert hat, würde ich es sowieso nicht wissen.«

»Es hört sich so an, als lebten die Matuscheks in ihrer eigenen Welt. Das kann man nach dem Selbstmord ihres Vaters verstehen, es war für sie bestimmt nicht leicht, mit der Situation fertig zu werden. Vielleicht haben sie sich auch wegen ihres Verhaltens geschämt.«

»Dafür hätten sie auch allen Grund gehabt. Sie hatten ganz bestimmt ein schlechtes Gewissen, egal, ob sie dem Gesetz nach schuldig waren oder nicht.«

»Übrigens, sollte Ihnen noch irgendetwas zu der Familie einfallen, wäre ich Ihnen dankbar, wenn Sie mir das sagten. Auch Gerüchte interessieren mich.«

Marder hatte nicht vergessen, dass es Frau Thann gewesen war, die ihm ein Gerücht über einen Streit bei den Matuscheks erzählt hatte, welches sich als der entscheidende Hinweis herausstellte, um den Fall aufzuklären.

Frau Thann hatte längst begriffen, dass der Kommissar, der sich offiziell im Ruhestand befand, die Fragen nach der Familie Matuschek nicht aus privater Neugier stellte.

»Ich wusste doch, dass Sie nicht hierher gekommen sind, um Urlaub zu machen. Oder?«

Marder blickte Frau Thann freundlich an, bestätigte jedoch nichts. Er ignorierte das »Oder?«. Um von ihrer Frage abzulenken, erzählte er ihr ein wenig über die Abenteuer seines Lebens im Ruhestand.

Zwei Tassen Kaffee und sieben Kekse später machte sich Marder auf die Suche nach der Katze des Hauses. Brisbane lag zusammengerollt auf einem Sessel auf der Terrasse, so wie Frau Thann es beschrieben hatte. Marder sah auf den ersten Blick, dass Brisbanes Fell nicht mehr so geschmeidig und glänzend aussah wie im vorletzten Herbst. Als Marder mit der Hand darüberfuhr, fühlte es sich rau und stumpf an. Er spürte Knoten im Fell. Er wusste von dem Kater, der früher bei ihnen gewohnt hatte – sein Name war Tatze gewesen –, dass Katzen von einem bestimmten Alter an weniger penibel mit ihrer Körperpflege sind. Sie ignorieren dann die verfilzten Stellen in ihrem Fell, die sie in ihren besseren Jahren so lange lecken, bis sie sich glätten.

Brisbanes Körper zuckte, als er die Hand fühlte, dann öffnete er seine Augen, um zu sehen, wer ihn im Schlaf störte. Er gab kein Zeichen von Freude über das Wiedersehen mit dem Mann, der ihn streichelte. Marder war enttäuscht, der Kater hatte ihn vermutlich aus seiner Erinnerung gestrichen.

Die Sonne war hinter die Hügel des Deisters gesunken. Die Luft hatte sich auf neunundzwanzig Grad abgekühlt, was Marder auf dem Thermometer an der Außenseite der Glastür ablas. Er empfand die Abendluft kühl und erfrischend, nach einem Tag, an dem die Temperaturen fast vierzig Grad erreicht hatten. Er ließ sich auf einem Sessel nieder, von dem aus er Brisbane im Auge behalten konnte. Vergeblich versuchte er den Zustand der Entspannung zu finden, in dem der Kater sich offensichtlich bereits befand.

4

Brenner saß hinter seinem Schreibtisch. Er betrachtete ohne besonderes Interesse den Stadtplan von Barsinghausen, der in seinem Büro an der Wand hing. Die Sonne schien gleißend durch das Fenster, zum Glück hielt die Klimaanlage die Temperatur auf einem erträglichen Niveau. Er war rundum zufrieden mit sich und seinem Leben. Das war ein schönes Gefühl – er hatte es bis vor wenigen Monaten kaum gekannt.

Drei Ereignisse hatten sein Leben in den letzten achtzehn Monaten verändert.

Als Erstes die Tatsache, dass sein ehemaliger Chef, Hauptkommissar Matuschek, vor fast zwei Jahren in den Ruhestand gegangen war. Dass Matuschek einen Monat später unter tragischen Umständen ums Leben kam, fand Brenner zutiefst bedauerlich, aber es änderte nichts daran, dass er froh gewesen war, als der Hauptkommissar das Büro an seinem letzten Arbeitstag verlassen hatte. Brenner war Matuscheks engster Mitarbeiter gewesen, in der täglichen Arbeit allerdings hatte der Kommissar ihn weitgehend ignoriert. Das war längst nicht alles, was Brenner an Matuschek gestört hatte. Besonders ärgerlich hatte er Matuscheks ausgeprägten Geiz mit seinen privaten finanziellen Mitteln, aber auch mit dem Geld seines Arbeitgebers gefunden. Damit hatte Matuschek verhindert, dass das Dezernat mit der neusten Technik, vor allem den Computern der letzten Generation, ausgerüstet wurde. Nach Brenners Überzeugung war das ein Grund, dass nicht alle Verbrechen so schnell aufgeklärt wurden, wie es die Menschen in der Stadt verdienten. Glücklicherweise war das nun

Vergangenheit. Jetzt war Brenner der Chef und hatte mit Nachdruck die Modernisierung der Dienststelle vorangetrieben, außerdem hatte er einen Assistenten, so wie er früher selbst einer gewesen war.

Solange er im Schatten von Matuschek gestanden hatte, war es Brenner kaum möglich gewesen, ein eigenes Profil als Kriminalist zu entwickeln. Seine Vorgesetzten hatten ihn nach Matuscheks Ausscheiden zu einem, aus seiner Sicht, völlig überflüssigen Eignungstest in ein »Assessement-Center« geschickt. Nach langem Zögern rang man sich in der Polizeidirektion in Hannover danach durch, ihm die Position als Matuscheks Nachfolger anzubieten. Seitdem leistete er – davon war er fest überzeugt – gute Arbeit. Leider hatte es in seinem Bereich noch kein großes Verbrechen gegeben, welches das Interesse der überregionalen Medien gefunden hätte. Immerhin hatte er die Täter, die er bisher gesucht hatte, schnell und professionell überführt, und wenigstens die regionale Presse hatte über diese Fälle berichtet.

Zuerst war es der Mord an einer zweiundfünfzigjährigen Frau, die man verblutet in ihrem Bett fand, wo sie friedlos entschlafen war. Nach der kompetenten Arbeit durch die Spezialisten der Spurensicherung wusste er sofort, wer der Mörder war: der Ehemann, der zusammengesunken am Küchentisch saß, nachdem er die Polizei angerufen hatte. Er hatte seine Frau in einem Wutanfall mit einem Brieföffner erstochen, den er als Werbegeschenk von seiner Bank bekommen hatte. Die Tote hatte vorher zu laut dagegen protestiert, dass ihr Gatte sich eine dreißigjährige Geliebte neben ihr gestattete.

Kurz darauf entdeckte man in der Wartehalle des unbenutzten Bahnhofsgebäudes der Stadt einen toten Obdachlosen mit einer Platzwunde am Kopf, die als Todesursache diagnostiziert wurde. Die Polizei unterhielt sich mit den anderen bekannten Wohnungslosen des Ortes und stellte fest, dass einer von ihnen nicht mehr in der Stadt war. Mithilfe der Kollegen von der Polizei in der Umgebung fand man ihn auf der anderen Seite des Deisters. Der Mann gab die Tat ohne Zögern zu. Er sagte, der Tote sei eigentlich sein Freund gewesen, dennoch hätten sie sich um eine Flasche preiswerten Weinbrands aus dem Supermarkt gestritten. Dabei war es durch einen Schlag mit der Flasche auf den Kopf seines Freundes zu dem tragischen Unfall gekommen. Brenner tat der Mann leid, er war kein gewalttätiger oder gemeiner Mensch; er war lediglich durch Hoffnungslosigkeit dem Leben gegenüber gleichgültig geworden. Er unterlag nun der Fürsorge einer Justizvollzugsanstalt, und Brenner hoffte, sie würden ihn dort bis zu seinem Lebensende behalten – so einen warmen und sicheren Platz würde er in der Freiheit vermutlich nie wieder finden.

Der dritte Fall war der des schwer verletzten Wanderers in der Nähe des Kammwegs oben auf dem Deister. Ein drogenabhängiger Teenager hatte dem Mann aufgelauert, ihn mit einem Holzknüppel bewusstlos geschlagen und ausgeraubt. Eigentlich war der Junge nur hinter Bargeld her, aber er fand in der Brieftasche seines Opfers dessen Kreditkarte. Die hätte ihm nicht viel genützt, wenn der Wanderer nicht aus Angst vor seiner eigenen Vergesslichkeit die dazugehörende PIN in seinem Taschenkalender notiert hätte, den der Täter ebenfalls mitnahm. Der junge Mann fuhr mit der S-Bahn nach Hannover, um dort im Bahnhof an einem Geldautomaten den höchstmöglichen Betrag abzuheben. Er war als Verbrecher unerfahren und wusste nicht einmal, dass heutzutage Geldautomaten mit Kameras überwacht werden. So konnte man ihn ohne große Mühe identifizieren, und dann war es nur noch eine Routinesache, ihn zu verhaften.

Ein weiteres Ereignis, das Brenners Leben verändert hatte, war der Tod seines Vaters. Nicht so sehr der Tod selbst, sondern die Konsequenzen, die sich daraus ergaben. Brenner hatte an seinem Vater gehangen, vor allem nach dem Tod der Mutter vor einigen Jahren. Beide hatten ihre gegenseitige Zuneigung selten mit Worten oder Gesten gezeigt, trotzdem hatten sie regelmäßig Zeit miteinander verbracht. Brenner erledigte im Schrebergarten seines Vaters die schweren Arbeiten, denen der alte Mann nicht mehr gewachsen war. Dabei fluchte und stöhnte er leise vor sich hin, aber so, dass sein Vater es nicht hörte. Brenner selbst lag nichts an dem Garten, die Arbeit war eine Last für ihn. Seinem Vater jedoch bedeutete das Grundstück sehr viel, denn nur dort könne er – wie er sagte – mit seiner verstorbenen Frau sprechen. Als der Vater vor einem Jahr gestorben war, gab es für Brenner keine Notwendigkeit mehr für die ungeliebte Gartenarbeit. Nach einer Zeit des Trauerns gab er das Grundstück an den Kleingartenverein zurück und tauchte dort nie wieder auf. Als Ersatz für die Schinderei im Garten wandte er sich dem Bau von Modellflugzeugen zu. Er trat einem Klub bei, der sich einmal in der Woche traf, kleine Flugzeuge zusammenklebte, dabei über den Sinn des Lebens philosophierte und nebenher einen oder zwei Schoppen Wein trank. Als Nächstes wollte Brenner Segelfliegen lernen, vielleicht sich sogar zu einem Kurs im Fallschirmspringen anmelden. Das musste er aber erst noch mit Anja diskutieren.

Anja war das Schönste, was sein Leben verwandelt hatte. Brenner war zu Matuscheks Lebzeiten schon einmal mit ihr befreundet gewesen, aber die Beziehung hatte nicht lange gehalten. Er war damals zu dem Schluss gekommen, dass Anja noch nicht reif für eine ernsthafte Bindung war, sie erschien ihm zu oberflächlich und zu sehr auf ihr Äußeres fixiert. Als sie sich ein Jahr später zufällig an der Kasse eines Supermarktes wiedertrafen und einem Gespräch nicht ausweichen konnten, fühlte er sofort, dass Anja sich verändert hatte. Sie setzten ihre Unterhaltung in einem Café fort und merkten, dass sie sich gegenseitig nicht mehr so abscheulich fanden wie am Ende ihrer ersten Beziehung. Jetzt waren sie seit einem halben Jahr zusammen, vor einem Monat waren sie in eine gemeinsame Wohnung gezogen. Brenner war sich sicher, eine Entscheidung getroffen zu haben, mit der er für den Rest seines Lebens leben wollte.

Anja erzählte ihm nicht alle Einzelheiten darüber, wie es zu Hause bei den Matuscheks zugegangen war, aber genug, dass er wusste, wie schwer sie es wegen des Starrsinns ihres Vaters gehabt hatte. Das deckte sich mit seinen eigenen Erfahrungen mit diesem Mann und überraschte ihn daher nicht. Während seiner ersten Freundschaft mit Anja hatte es ihn trotzdem irritiert, wie verächtlich sie über ihren Vater geredet hatte, dazu gegenüber einem Fremden, als den er sich damals noch betrachtete. Heute konnte er ihr Verhalten verstehen, weil ihm klar geworden war, unter welcher Anspannung Anja gelitten hatte. Sie hatte jemanden gebraucht, bei dem sie sich den Frust von der Seele reden konnte, den ihr Vater ihr aufbürdete. Brenner musste sich eingestehen, dass er damals nicht sensibel genug gewesen war, das zu erkennen.

Seit Anjas Vater tot war, besuchte sie ihre Mutter gelegentlich, leider nicht so oft, wie Brenner es für richtig gehalten hätte. Er sprach mit ihr darüber. Anja erklärte, ihr Verhältnis zu ihrer Mutter sei zwar besser gewesen als zu ihrem Vater, aber ebenfalls nicht besonders herzlich. Gelegentliche Besuche wären alles, was sie ihr schulde, außerdem spräche sie ab und zu mit ihr am Telefon.

Anja hatte ihm erzählt, dass ihre Mutter kurz nach dem Tod ihres Mannes auf die Suche nach einem neuen Mann gegangen war. Einzelheiten wusste sie nicht, nicht einmal, ob sie dabei Erfolg gehabt hatte. Brenner fand dieses Verhalten von Vera Matuschek nicht korrekt, obwohl es ihn eigentlich nichts anging. Eine Witwe sollte seiner Meinung nach eine großzügig bemessene Trauerfrist verstreichen lassen, bevor sie sich anderen Männern zuwandte. Er selbst habe sogar eine gewisse Zeit vergehen lassen, bis er den Schrebergarten seines Vaters nach dessen Tod gekündigt hatte. Anja sah das anders: Sie sagte, weder sie noch ihre Mutter fühlten sich verpflichtet, das Andenken an Alfred Matuschek zu pflegen, zu ehren gäbe es ohnehin nichts an einem Mann, der sie beide ihr Leben lang ignoriert hatte. Wenn Brenner ehrlich war, machte ihm diese Einstellung Anjas große Sorgen. Er war der Ansicht, dass Kinder ihren Eltern zu Dank und Liebe verpflichtet waren, auch wenn diese in der Erziehung nicht alles richtig gemacht hatten. Trotz dieser Meinungsunterschiede liebte er Anja innig und hoffte, dass sie eines Tages einsehen würde, dass er im Recht war.

Er wusste von Anja, dass ihre Mutter hin und wieder von der Bildfläche verschwand. Anja sagte, daran hätte sie sich gewöhnt und würde das akzeptieren, meistens bemerke sie es nicht einmal. Wenn die Mutter nach drei oder vier Tagen zurückkam, erzählte sie nie, wo sie gewesen war. Vermutlich steckte ein Mann dahinter.

Vor ein paar Tagen hatte Anja allerdings gemeint, die jetzige

Situation sei beunruhigend, da Vera seit mehreren Tagen nicht ans Telefon ginge. Anja fuhr zu ihrem Haus, aber ihre Mutter war nicht dort. In der Wohnung sei alles so gewesen wie auch sonst, wenn Vera verreist war. Weil Anja sich Sorgen machte, tat es Burt Brenner ebenfalls, und er beschloss zu reagieren.

Jetzt allerdings war er sich nicht mehr sicher, ob er das Richtige getan hatte. Er hatte Veras Abwesenheit während einer dienstlichen Unterhaltung mit seinem Chef Erich Falkenberg in der Polizeidirektion Hannover erwähnt. Er wusste, dass sein Vorgesetzter an der Familie Matuschek interessiert war, weil der sich gelegentlich nach ihnen erkundigte. Falkenberg fühlte sich offensichtlich für das Leben der Hinterbliebenen des toten Kommissars mitverantwortlich. Warum das so war, wusste Brenner nicht, und er traute sich nicht, danach zu fragen. Falkenberg versicherte Brenner, er würde sich um Veras Verschwinden kümmern. Brenner war froh darüber, obwohl er keine Ahnung hatte, was Falkenberg damit meinte. Falkenberg fügte noch hinzu, dass er, Brenner, sich selbst nicht damit befassen solle.

Heute Morgen hatte sich Kommissar Marder bei ihm telefonisch gemeldet. Er sei eher zufällig in Barsinghausen und würde gern einmal bei ihm vorbeischauen, am besten noch am Vormittag, so um elf herum. Da war Brenner klar, was Falkenberg mit »kümmern« gemeint hatte. Kommissar Marder hatte ihn während seiner Nachforschungen zum Tod von Matuschek mehrfach befragt, eher verhört, und Brenner hatte dabei das Gefühl bekommen, er gehöre zu den Verdächtigten. Als Motiv für solch eine unsinnige Tat vermutete Marder aufgestauten Frust, weil Brenner dem Kommissar gegenüber nicht verheimlichen konnte, dass er sich durch

Matuschek am Weiterkommen behindert fühlte. Das mit dem Frust war korrekt, aber ein Mord an seinem Vorgesetzten wäre für Brenner unvorstellbar gewesen, eher wäre er Sozialhilfeempfänger geworden. Sein Job war es, Verbrechen aufzuklären und Täter zu finden – nicht, Verbrechen zu begehen. Wegen dieses lächerlichen Verdachts, den Marder kaum verborgen hatte, konnte Brenner den Kommissar aus Stade nicht besonders gut leiden; sonst fiel ihm nichts ein, was gegen Marder sprach.

Nun war es elf Uhr. Brenner glaubte Marders Stimme auf dem Flur zu hören. Der Besucher unterhielt sich mit Heiko Dauer, dem jungen Kollegen, der ihm direkt zugeordnet war. Brenner verstand nicht, warum sich der Kommissar mit seinem Assistenten aufhielt, dieser Jüngling wusste ganz bestimmt nichts über die Familie Matuschek, er war erst seit einem knappen Jahr in dieser Dienststelle. Vorher hatte er in Aurich als Berufsanfänger bei der Kripo gearbeitet. Dauer war bestimmt nicht der hellste Kopf in der Nachwuchsriege der Kriminalpolizei, jedenfalls nicht nach Brenners Meinung, und das würde er auch in die Beurteilung am Jahresende einfließen lassen. Er hätte ihn nie als Mitarbeiter ausgewählt, aber er musste in Personalfragen die Entscheidungen der Zentrale akzeptieren.

Es klopfte an der Tür. Brenner wollte seinen Besucher eigentlich einen kurzen Moment vor der Tür warten lassen, aber er kam nicht dazu, Marder stand bereits im Raum.

»Guten Tag, Herr Brenner, ich fürchtete schon, Sie wären nicht hier, da wollte ich schauen, ob ich das richtige Zimmer erwischt habe.«

Brenner erhob sich und streckte dem alten Kommissar die Hand entgegen.

»Schön, Sie wieder mal zu sehen. Darf ich Ihnen einen Kaffee anbieten? Kaffee ist doch Ihr Lieblingsgetränk, wenn ich mich recht erinnere.«

»Das dürfen Sie gern. Kaffee ist das eine Laster, das ich beibehalten habe. Für alle anderen bin ich entweder zu alt oder zu vorsichtig geworden.«

Marder und Brenner nahmen an dem kleinen Tisch in einer Ecke des Raumes Platz. Brenner schenkte zwei Tassen Kaffee ein, holte Milch und Zucker aus einem Kühlschrank und stellte sie auf den Tisch. Brenner sagte nichts, die Vorbereitungen zum Kaffeetrinken nahmen offensichtlich seine ganze Konzentration in Anspruch. Bevor die Situation peinlich werden konnte, brach Marder das Schweigen.

»Herr Brenner, ich möchte Sie nachträglich zu Ihrer Ernennung zum Leiter der Kriminalpolizei in Barsinghausen beglückwünschen. Oder ist das schon zu lange her, als dass man noch gratulieren darf?«

»Sie dürfen, Herr Marder, Sie dürfen, obwohl das schon mehr als ein Jahr her ist. Es war ja eine schwierige Geburt, bis man mir diesen Job angeboten hat. Die Herren in Hannover haben es sich nicht leicht gemacht, sich dazu durchzuringen.«

»Ich war lange genug dabei, um zu wissen, dass die in den oberen Etagen manchmal ewig brauchen, Entscheidungen zu fällen, wenn es um Leute wie uns an der Front geht.«

»Hier in Barsinghausen konnten sie sich das wohl leisten, weil sie als Zwischenlösung einen Mann von auswärts hergeschickt hatten. Sie erinnern sich doch bestimmt noch an Volkert, der hier für eine kurze Zeit Chef war?«

Natürlich erinnerte sich Marder an Kommissar Volkert. Brenners Frage war ohnehin nur rhetorisch gemeint, er fuhr fort, ohne Marder die Chance auf eine Antwort zu geben.

»Er war überhaupt nicht mein Typ, und als Chef nicht besser als Matuschek. Man wusste nie, woran man bei ihm war.«

»Wie meinen Sie das?«

»Erst schien er total uninteressiert an den Vorgängen hier im Ort und sagte, er könne es nicht erwarten, nach Hause zurückzugehen. Zum Schluss versuchte er dann, die Rückkehr zu seiner alten Dienststelle immer wieder hinauszuzögern. Aber vielleicht kam mir das nur so vor, weil ich darauf wartete, selbst den Stuhl an diesem Schreibtisch zu besetzen.«

Marder verstand Brenner gut, auch er hatte Kommissar Volkert nicht besonders geschätzt. Er hatte nicht definieren können, warum das so war, aber Volkert war ihm undurchschaubar vorgekommen, mit einem Hauch von Unehrlichkeit in den Augen. Ohne Zweifel war seine Abneigung gegenüber Volkert von dem Mann in gleichem Maße erwidert worden.

Brenner stand von seinem Stuhl auf, öffnete die Tür eines Schrankes und holte eine kakifarbene Regenjacke heraus.

»Übrigens, jetzt, wo wir über Volkert sprechen, fällt mit etwas ein: Volkert hat diese Jacke hier vergessen. Ich habe sie behalten, weil ich immer dachte, vielleicht meldet er sich mal und fragt danach. Aber da er sie bisher nicht reklamiert hat, wird er es auch in Zukunft nicht tun. Ich glaube, jetzt wird es langsam Zeit, sie zu entsorgen.«

Marder war nicht nach Barsinghausen gekommen, um über Kommissar Volkert oder dessen Kleidung zu plaudern. Der Mann hatte ihn damals kalt gelassen, und Marder konnte sich auch jetzt nicht für ihn erwärmen.

»Herr Brenner, ich will Ihre Zeit nicht zu lange in Anspruch nehmen. Ich gestehe, ich bin nicht nur zum Klönen vorbeigekommen. Sie waren offensichtlich überrascht, als ich Sie heute Morgen anrief. Herr Falkenberg hat Ihnen also meinen Besuch nicht angekündigt.«

»Nein, das hat er nicht, aber ich kann mir denken, warum Sie hier sind: Es geht um mein Gespräch mit Herrn Falkenberg über Vera Matuschek. Er hat mir am Telefon gesagt, dass er sich um die Angelegenheit kümmern wolle, und ich vermute, deshalb hat er Sie hergeschickt.«

Marder registrierte, dass Brenner nicht mehr so fahrig und unsicher wirkte wie vor zwei Jahren, er war offensichtlich mit sich im Reinen und an seiner Verantwortung gewachsen. Er trug einen modischen Anzug, dazu eine Krawatte in ruhigem Muster und dezenter Farbe. Vor zwei Jahren hatte er im Dienst meistens einen Pullover getragen.

»Ja, ja, das ist richtig, aber trotzdem bin ich nicht offiziell hier.«

»Aber sicher auch nicht ausschließlich privat.«

»Das ist richtig. Ich tue mit diesem Besuch Falkenberg einen Gefallen. Ich habe auch deswegen eingewilligt, weil ich seit dem Tod von Matuschek das Gefühl habe, dem Kommissar etwas zu schulden. Daraus will ich keinen Hehl machen.«

»Das Gefühl, Matuschek etwas zu schulden, haben nicht viele Leute, Herr Marder. Seine Familie am allerwenigsten. Das kann ich irgendwie verstehen, weil ich inzwischen die Verhältnisse in der Familie kenne.«

»Was können Sie mir über das Verschwinden von Vera Matuschek sagen? Falkenberg hat mir erzählt, dass Sie wieder mit Anja Matuschek befreundet sind.«

»Wir sind mehr als befreundet, wir sind … ein Paar, wir wohnen zusammen. Trotzdem kann ich Ihnen nicht viel über Frau Matuschek erzählen. Ich weiß nur, dass Anja sich Sorgen um sie macht, obwohl sie immer sagt, sie hänge nicht an ihrer Mutter.«

»Ist es das erste Mal, dass Vera Matuschek verschwunden ist?«

»Nein, das ist es nicht. Seit einiger Zeit macht sie das regelmäßig. Bisher war sie immer nach zwei, drei, spätestens vier Tagen wieder zu Hause, aber sie erzählt nie, wo sie gewesen ist. Aber jetzt sind es gut zehn Tage ohne ein Lebenszeichen von ihr.«

»Es könnte doch sein, dass Vera Matuschek einen Freund oder eine Bekannte hat, die sie ab und zu besucht. Weiß Anja denn nicht, mit wem ihre Mutter befreundet ist?«

»Ja, ich meine ... nein, sie weiß es nicht.«

»Ist das nicht seltsam? Reden die beiden nicht miteinander?«

»Doch, das tun sie schon, aber nicht regelmäßig und vor allem wenig über Persönliches. Anjas Mutter macht bestenfalls vage Andeutungen über ihre Bekanntschaften.«

»Hat Anja sie nicht danach gefragt?«

»Schon, aber sie bekommt keine konkrete Antwort. Vera weicht dem Thema aus.«

Brenner hatte beide Ellbogen auf den Tisch gestützt und drehte nun seine Handflächen nach vorn, als wolle er gern kooperativer sein, wüsste aber nicht, wie er das anstellen könne.

Marder bemerkte, dass er die Straßennamen auf der Landkarte an der Wand nur verschwommen erkennen konnte. Es wird langsam Zeit, dass ich mir eine Brille zulege, dachte er. So ein Blödsinn, sagte er sich zugleich. Das ist im Moment völlig unwichtig, konzentriere dich auf das, was Brenner zu sagen hat. Er setzte nach.

»Das ist alles nur schwer zu verstehen. Wenn Frau Matuschek mit jemandem gut befreundet ist, dann muss man sie doch irgendwann mit dieser Person zusammen sehen, zumindest die Kinder müssten es mitbekommen.«

»Das sollte man denken, aber ich kenne niemand, der sie jemals in Begleitung eines Mannes oder einer Frau getroffen hat. Anja hat mir allerdings erzählt, dass ihre Mutter nach dem Tod ihres Vaters an einem Mann im Tennisverein interessiert war, aber daraus ist wohl nichts geworden.«

»Das wäre vielleicht jemand, mit dem man sprechen sollte. Wissen Sie, wie der Herr heißt?«

»Sein Name steht im Protokoll der damaligen Untersuchung, das Sie geschrieben haben. Es ist Christian Neuberger, der hatte aber nichts mit Matuscheks Tod zu tun.«

Marder dachte an den November vor zwei Jahren zurück.

»Ja, ich erinnere mich. Neuberger war zu dem Zeitpunkt, als Matuschek starb, auf Geschäftsreise im Nahen oder Fernen Osten – so genau weiß ich das nicht mehr. Und als feststand, dass Matuschek Selbstmord begangen hatte, brauchten wir keinen Täter mehr zu suchen. Hat Anja sonst niemand erwähnt?«

»Niemand bestimmten, Anja denkt aber, dass es derzeit einen Mann geben könnte, aber sie hat nicht die leiseste Ahnung, wer es ist. Manchmal sieht sie ihre Mutter ja für zwei Wochen oder länger nicht.«

Brenner blickte auf seine Uhr – zum zweiten Mal in den letzten Minuten. Offensichtlich hatte er es eilig. Marder hatte Verständnis dafür, er hatte sich überfallmäßig bei Brenner angesagt, und es gab wahrscheinlich den einen oder anderen Verbrecher in Barsinghausen, den der junge Kommissar heute noch zu Fall bringen wollte. Brenner fuhr fort, mit leiser Ungeduld in seiner Stimme.

»Jedenfalls trifft sie sich mit niemand hier im Ort. Anja vermutet, dass sie ihren Freund gelegentlich besucht, deswegen verschwindet sie regelmäßig für ein paar Tage.«

»Und Anja hat keine Ahnung, wohin ihre Mutter dann fährt?«

»Wirklich keine. Aber ich denke, es kann nicht sehr weit sein, weil Vera jedes Mal nach wenigen Tagen wieder zu Hause ist.«

»Finden Sie es nicht eigenartig, Herr Brenner, dass Vera Matuschek stets zu ihrem Bekannten hinfährt, wenn sie tatsächlich einen hat, und der nie nach Barsinghausen kommt?«

»Ich muss gestehen, dass Vera Matuschek für mich ein Rätsel ist. Die tut Sachen, die weder Sie noch ich als normal ansehen würden.«

Marder war sicher, dass irgendetwas im Leben der Vera Matuschek ungewöhnlich ablief. Diese Frau musste in etwas verwickelt sein, wovon niemand wusste.

Der junge und der alte Kommissar waren am Ende ihrer Unterhaltung angekommen. Marder fiel keine weitere sinnvolle Frage ein. Seine Gedanken befassten sich bereits damit, wie und wo er mit der Suche nach der Frau seines toten Kollegen beginnen konnte. Er fühlte seinen kriminalistischen Jagdeifer erwachen, den er seit seiner Pensionierung zum Nichtstun gezwungen hatte.

»Herr Brenner, ich nehme an, dass Anja einen Schlüssel zum Haus ihrer Mutter hat?«

»Ja, natürlich, sie würde doch die Blumen im Haus gießen, wenn die nicht alle aus Plastik wären.«

Marder verließ das Polizeigebäude und ging die Straße hinab. Plötzlich heulte wenige Meter hinter ihm ein Martinshorn auf, und er zuckte erschrocken zusammen. Ein Feuerwehrauto raste an ihm vorbei. Richtig – er erinnerte sich –, Polizei und Feuerwehr waren unmittelbare Nachbarn in dieser Stadt, sie teilten sich ein Gelände und die Aufgabe, die Stadt vor dem Bösen zu beschützen. Am Ende der Straße fand er eine Bäckerei mit einem Stehcafé. Eine Tasse Kaffee und ein Stück Mohnstrudel würden ihm helfen, sich von dem Schock zu erholen.

5

Anja trottete müde über den Parkplatz vor dem Krankenhaus. Zwölf Uhr mittags in Gehrden. Ihre Morgenschicht war gerade zu Ende gegangen. Sie hatte während der Arbeit gar nicht bemerkt, wie heiß der Tag geworden war. Glücklicherweise funktionierte die Klimaanlage im Krankenhaus hervorragend, die Patienten waren eher in Gefahr, zu erfrieren als einem Hitzschlag zum Opfer zu fallen. Als sie die Vordertür ihres VW-Käfers öffnete und den Kopf in das Wageninnere steckte, schlug ihr eine Luft entgegen, die heiß genug war, um einen Kuchen zu backen.

Anja ging um das Auto herum, öffnete die Tür auf der Beifahrerseite und wartete, bis der Luftzug das Innere auf eine erträgliche Temperatur abgekühlt hatte.

Als sie von dem Parkplatz auf die Straße fuhr, bog Marcel auf seinem Fahrrad auf das Krankenhausgelände ein. Marcel war der Zivildienstleistende auf der Station und kam täglich mit seinem Mountainbike zur Arbeit, selbst bei Sturm oder Regen oder beidem. Jedes Mal, wenn Anja ihn sah, musste sie an seinen Vorgänger Manfred denken und an ihre eigene Dummheit. Wie hatte sie nur so blöd sein können, sich mit diesem Jüngling einzulassen. Sie konnte es sich nur damit erklären, dass sie in der Zeit nach dem Tod ihres Vaters völlig durcheinander gewesen war. Sie hatte damals keinen festen Freund, mit Burt Brenner war es vorbei gewesen, und sie hatte jemanden gesucht, an den sie sich anlehnen konnte. Ihr Bruder Bertram kam dafür nicht infrage, sie hatte sich ihm nie besonders verbunden gefühlt, und nach dem Tod ihres Vaters war die Kälte zwischen ihnen noch eisiger geworden.

Die Sache mit Manfred hatte sich einfach so ergeben, sie wohnten beide in Barsinghausen, und sie nahm ihn gelegentlich im Auto mit, wenn sie die gleiche Schicht hatten. Manfred machte es großen Spaß, mit ihr ins Bett zu gehen und von ihren Erfahrungen zu profitieren. Das gab er offen zu, so wie sie zugab, dass es ihr Spaß machte, ihre Erfahrungen weiterzureichen. Als Manfred seinen Zivildienst abgeleistet hatte und nicht mehr im Krankenhaus arbeitete, ging ihre Beziehung schlagartig zu Ende. Vermutlich hatte Manfred mehr an der günstigen Mitfahr- und Beischlafgelegenheit gelegen als an ihrer Person.

Nach diesem Reinfall dachte Anja immer öfter an ihre Zeit mit Burt Brenner zurück. Hatte sie voreilig mit ihm Schluss gemacht? Sicher, er erschien ihr damals nicht als der richtige Mann für eine feste Beziehung. Er war nur Assistent ihres Vaters gewesen, und sein Gehalt hatte nicht ausgereicht für eine Zukunft in finanzieller Sicherheit und ein bisschen Luxus obendrauf. Einige Monate nach dem Tod ihres Vaters las sie in der lokalen Zeitung, dass Brenner zum Leiter der örtlichen Kriminalpolizei ernannt worden war. Damals lebte sein Vater noch, und sie wusste aus der Zeit ihrer ersten Freundschaft, dass der alte Mann viel von Brenners Zeit beanspruchte. Wenige Monate später sah sie eine Anzeige in der Zeitung, die das Ableben von Brenner Vaters verkündete und dass die Beisetzung am folgenden Donnerstag stattfinden würde. Sie ging nicht auf den Friedhof, weil sie nicht aufdringlich erscheinen wollte, nahm sich aber vor, mit Burt wieder in Kontakt zu kommen. Sie brauchte nicht lange zu überlegen, wie sie das anfangen sollte, denn das Schicksal führte sie an einer Supermarktkasse zusammen. Sie machte es Brenner leicht, sie zu einer Tasse Kaffee einzuladen, obwohl sie damals eigentlich keinen Kaffee mehr trank.

Das lag an Manfred, der hatte trotz seines kurzen Verweilens in ihrem Leben deutliche Spuren hinterlassen. Er war ein Öko-Freak und ernährte sich ausschließlich von Gemüse und Milchprodukten von Bio-Bauern – Fleisch aß er unter keinen Umständen, höchstens mal eine Currywurst. Von Manfred angeregt, besuchte sie Fortbildungskurse der Volkshochschule über gesunde Ernährung, und eines Tages machte es bei ihr Klick. Sie beobachtete nun bewusst im Krankenhaus die abschreckenden Beispiele von kranken und übergewichtigen Leuten, die sich weigerten, frisches Gemüse zu essen. Sie ging seltener zu McDonald's, und wenn sie es tat, bestellte sie einen Salat zu ihrem Burger. Sie trank zum Frühstück keinen Kaffee mehr, sondern Kräutertee, und zum Mittagessen genügten ihr meistens Obst und Gemüse. Auch heute hatte sie das Mittagessen in der Kantine ignoriert, sie freute sich auf die Mischung aus geraspelten Äpfeln und Möhren zu Hause.

Der Sommer war die Zeit des Jahres, die sie am meisten genoss. Die Hitze, die seit einigen Tagen herrschte, fand sie erträglich, nur gegen Mittag versuchte sie, die pralle Sonne zu meiden. Wegen ihres Schichtdienstes hatte sie Zeit, am Nachmittag ins Schwimmbad zu gehen und ihre Bräune zu pflegen. Leider trübte das unerklärliche Verschwinden ihrer Mutter ihre Freude an dem schönen Wetter. Deren Abwesenheit hing ganz bestimmt mit einem Mann zusammen, und Anja hätte gern gewusst, wer dieser Mann war und wo er lebte.

Nach ihrer Versöhnung mit Burt Brenner, einigen Nächten

der Leidenschaft und Wochen des Zögerns, hatte Anja eingewilligt, mit ihm zusammenzuziehen. Dennoch schloss sie in ihrem Herzen nicht aus, dass eines Tages ein Traumprinz vorbeireiten könnte, um sie auf einem weißen Ross zu entführen – oder, noch besser, in einem weißen Mercedes-Cabriolet.

Kurz vor dem Ortsschild von Großgoltern klingelte ihr Handy. Sie griff nach der Handtasche auf dem Sitz neben ihr und versuchte, sie mit einer Hand zu öffnen. Sie wusste, dass es nicht erlaubt war, im Auto mit dem Handy zu telefonieren, aber sie war noch nicht dazu gekommen, sich eine Freisprech-Anlage einbauen zu lassen – und ziemlich teuer war so etwas auch. Für einen kurzen Moment verlor sie die Kontrolle über ihren Wagen, geriet auf die Gegenfahrbahn und kam ins Schleudern. Nach einer Schrecksekunde gewann sie die Gewalt über das Fahrzeug zurück und war rechtzeitig auf der richtigen Seite der Landstraße – gerade bevor ihr ein Auto entgegenkam. Der Fahrer tippte sich an die Stirn und schrie etwas in ihre Richtung, was sie nicht verstehen konnte. »Blödmann«, schrie sie zurück und ärgerte sich über die Aggressivität der männlichen Autofahrer.

»Wenn du dich an die Höchstgeschwindigkeit gehalten hättest, wäre es nicht so knapp geworden«, schimpfte sie hinter ihm her.

Endlich hatte sie ihr Handy ausgegraben.

»Hallo«, meldete sie sich.

Danach: »Ach, du bist es. Was gibt es?«

Einige Sekunden später: »Was will der denn hier?«

Sie hörte eine Weile zu.

»So früh schaffe ich es nicht. Ich muss vorher noch zum Friseur.«

Sie machte ein unwilliges Gesicht, während sie zuhörte. Dann schnitt sie ihrem Gesprächspartner das Wort ab.

»Natürlich könnte ich den Termin verschieben, wenn ich wollte. Aber ich will nicht. Er hätte ja vorher anrufen können. Sag ihm, ich bin um halb drei beim Haus.«

Sie kam zum Schluss: »Ich muss jetzt auflegen. Da vorn steht eins von euren hässlichen blau-weißen Autos, grün-weiß fand ich schöner. Wenn die sehen, dass ich nur mit einer Hand fahre, bekomme ich noch einen Strafzettel. Tschüss und Kuss.«

Die Ankunft von Kommissar Marder beunruhigte sie. Einerseits war sie froh, dass sich jemand um die Abwesenheit ihrer Mutter kümmerte, andererseits hatte sie nicht damit gerechnet, dass deswegen gleich die Kriminalpolizei anrücken würde. Sie wusste, dass Kommissar Marder im Ruhestand war, aber auch, dass er früher beim Morddezernat gearbeitet hatte. An ein Verbrechen oder sogar an Mord im Zusammenhang mit dem Verschwinden ihrer Mutter hatte sie bisher nicht ernsthaft gedacht.

Sie fuhr an der großen Fabrik vorbei, wo Kekse und süße Snacks produziert werden und in deren Riechweite es oft nach Schokolade duftet. Früher, als sie noch nicht bewusst gesund lebte, hatte sie diese leckeren Dickmacher mit Begeisterung verzehrt, heute verachtete sie solche Kalorienbomben.

Marder wartete bereits vor dem Haus von Vera Matuschek. Er war erstaunt, wie der Garten sich verwandelt hatte. Das Grundstück wirkte nicht mehr so übergepflegt wie vor zwei Jahren. Der Rasen, früher ein makelloser grüner Teppich, blühte nun als Kräuterwiese; in der Luft hing das leise Summen von Insekten, die sich über den Gräsern tummelten.

Niemand hatte in diesem Sommer den Rasen gemäht, vielleicht auch nicht im Jahr davor. Das Gras stand kniehoch und zeigte die ersten Zeichen des Leidens unter der Trockenheit. Die anhaltende Hitze hatte der Natur die Frische genommen, die Marder noch bei seiner Ankunft in Barsinghausen wahrgenommen hatte. Die Büsche und Sträucher an den Rändern des Gartens hatten das Aussehen von stramm stehenden Friedhofspflanzen verloren, den er bei seinen früheren Besuchen als abweisend empfunden hatte. Sie waren seit Langem nicht mehr beschnitten worden und wuchsen sich in ihre natürlichen Formen zurück. Es schien, als hätte Vera Matuschek jegliches Interesse an dem Garten verloren und ihn sich selbst überlassen.

Anja begrüßte Marder, ohne dem Garten einen Blick zu gönnen. Sie hatte die Verwandlung des Grundstückes entweder nicht mitbekommen, oder es interessierte sie nicht.

»Tut mir leid, Herr Kommissar, dass ich mich ein bisschen verspätet habe, aber ich hatte einen wichtigen Termin, den ich nicht verschieben konnte. Ich hoffe, Sie haben sich inzwischen nicht gelangweilt.«

Marder schaute Anja bewundernd an, sie hatte sich verändert. Ihr Gesicht war immer noch von puppenhafter Schönheit, hatte aber den Babyspeck verloren, der Marder vor zwei Jahren aufgefallen war, und es lag nicht mehr unter einer dicken Schicht Make-up verborgen. Ihre Frisur sah nach zufälliger Lässigkeit aus. Alles in allem strahlte sie eine Natürlichkeit aus, die er früher an ihr vermisst hatte. Sie hatte ein paar Kilo verloren, was ihre Figur jedoch eher betonte als zu schaden. Marder war sich bewusst, dass er wie ein ganz gewöhnlicher Macho dachte, aber er konnte den natürlichen Lauf seiner Gedanken nicht bremsen.

Sie gaben sich die Hand.

»Sie wissen, warum ich hier bin, Frau Matuschek.«

»Ja, natürlich. Ich habe bis vor zwei Stunden nicht geahnt, dass Sie kommen würden, und ich weiß wirklich nicht, was Sie für mich tun können.«

Anjas Vertrauen in Marder hielt sich offensichtlich in Grenzen. Oder war sie sauer auf ihn, weil er vor zwei Jahren abgereist war, ohne sich von ihr zu verabschieden?

»Vielleicht ist alles nur ein Missverständnis, und meine Mutter taucht fröhlich wieder auf und wundert sich über das Theater, das ich veranstaltet habe.«

»Darüber würde ich mich genauso freuen wie Sie. Aber weil wir davon erst einmal nicht ausgehen können, möchte ich versuchen, sie zu finden. Zunächst würde ich mich gern mit Ihnen im Haus Ihrer Mutter umschauen. Vielleicht finden wir etwas, das uns weiterhilft.«

»Das glaube ich zwar nicht, aber schön wär's.«

Sie blickte Marder nun freundlicher an. In ihren Augen war Sorge zu erkennen.

»Wissen Sie, ich hätte nie gedacht, dass ich je Angst um meine Mutter haben würde, so toll war unsere Beziehung eigentlich nie.«

Schweißperlen liefen an ihrer Stirn herunter. Entweder setzt ihr die Angst um ihre Mutter oder die Hitze des Nachmittags zu, dachte Marder, vielleicht beides. Marder schaute sie an, sein Blick sollte ihr Mut und Zuversicht signalisieren. Er befürchtete, dass es ihm nicht gelang.

Im Haus war alles so, wie er es in Erinnerung hatte. Die Zimmer waren großzügig, offen und hell, modern eingerichtet. Möbel und Dinge schienen genau an dem Platz zu stehen oder zu liegen, an den sie gehörten. Ein Redakteur von »Schöner Wohnen« hätte kaum etwas umzustellen brauchen, um eine Fotoserie zu schießen. Das Innere des Hauses stand im krassen Gegensatz zum Garten, der es umgab. Hier drinnen totale, geradezu penible Ordnung und Kontrolle, draußen Wildwuchs und Freiheit, als ob Vera ausschließlich die Wohnung als ihren Lebensraum betrachtete und nach ihren Vorstellungen gestaltete. Marder erinnerte sich daran, dass er Vera als eine Person eingeschätzt hatte, die Dinge im Extremen betrieb – nach dem Motto »ganz oder gar nicht«. Vielleicht dokumentierten Haus und Garten eine gespaltene Persönlichkeit, die zwischen zwei Welten hin und her wechselte. Die sich vielleicht in der einen Welt nicht bewusst war, was sie in der anderen tat.

Marder wusste nicht recht, was er in der Wohnung suchen sollte und fand deshalb nichts. Das Wohnzimmer und die Küche gaben keinen Hinweis, dass sich hier irgendwann mehr als eine Person aufgehalten hatte. Im Schlafzimmer war die Decke auf einer Seite des Doppelbettes zum Lüften zurückgeschlagen, nichts deutete an, dass die andere Seite in der letzten Zeit benutzt worden war. Auch im Bad entdeckte er keine Anzeichen einer zweiten Person. Die Kosmetika, die auf einer Glasplatte über dem Waschbecken standen, waren typisch weiblich, soweit Marder das beurteilen konnte. Kein Rasiergerät, Männer-Deo oder andere Utensilien, die auf einen Mann als Mitbenutzer dieses intimen Raumes schließen ließen. Über einem Heizkörper hing ein Badetuch zum Trocknen. Marder zog die Schubladen eines Schränkchens auf. Er suchte einen Kulturbeutel, fand aber keinen. Das konnte ein zaghafter Hinweis darauf sein, dass Vera Matuschek das Haus mit der Absicht verlassen hatte, für mindestens eine Nacht wegzubleiben. Im Kleiderschrank schaute er nur oberflächlich nach. Da er keine Ahnung hatte, wie viele Kleidungsstücke Vera besaß, würde er auch nicht feststellen können, ob welche fehlten. Anja sagte, sie wisse es auch nicht.

Der Raum, in dem Alfred Matuschek früher gearbeitet hatte, sah genauso aus wie vor zwei Jahren. Marder hatte damals darin vergeblich nach Spuren gesucht, die ihm dem Rätsel um den Tod des Kommissars näherbringen sollten. Heute lag alles unter einer grauen Schicht. Marder vermied plötzliche Bewegungen und unterdrückte einen Hustenreiz, um den Staub nicht aufzuwirbeln. Konnte es sein, dass Vera dieses Zimmer nach dem Tod ihres Mannes nie wieder betreten hatte? Es sah so aus.

Im Zimmer von Vera Matuschek stand auf einem Regal eine Reihe von Ordnern, in denen die Papiere abgeheftet waren, die ein zivilisiertes Leben ausmachen. Auf einen hatte sie *Versicherungen* geschrieben, auf einen anderen *Urkunden und Garantien*, auf einen dritten *Bank und Rechnungen*. Marder hatte keinen richterlichen Durchsuchungsbeschluss, aber da er kein Beamter mehr war, sah er nichts Unerlaubtes darin, den Inhalt der Ordner zu studieren. Danach wusste er recht gut über das Leben von Vera Matuschek Bescheid – auch, dass sie sich finanziell keine Sorgen machen musste. Wo sie aber sein konnte, wusste er so wenig wie zuvor.

Auf dem Schreibtisch stand neben einer Schreibunterlage ein flacher roter Plastikkasten. Er ähnelte dem auf Marders Schreibtisch zu Hause, in dem er seine unerledigte Post sammelte. Hier lagen unter einem Stadtplan, der als Briefbeschwerer diente, die Briefe und Schreiben, die in den letzten Tagen eingetroffen waren.

»Ich komme alle zwei oder drei Tage vorbei und nehme die Post aus dem Briefkasten. Die Werbebroschüren werfe ich gleich weg. Den Rest sammle ich in diesem Kasten. Es sind vor allem die üblichen Rechnungen für Strom, Wasser und Gas oder Bittbriefe von Vereinen, die eine Spende haben wollen, nichts wirklich Persönliches«, erklärte Anja, als sie in das Zimmer kam und bemerkte, dass Marder gerade dabei war, die Absenderadressen auf den Umschlägen zu prüfen.

Sie hatte recht, es war kein Brief dabei, der auf eine private Korrespondenz schließen ließ. Vera Matuschek pflegte offensichtlich nicht viele Beziehungen auf dem Postweg. Sicher auch nicht über E-Mail, denn Marder hatte nirgendwo im Haus einen PC finden können. Er legte die Briefe in die Schale zurück und platzierte den Stadtplan wieder obenauf.

»Ich habe inzwischen Kaffee gemacht. Wenn es Ihnen recht ist, gönnen wir uns eine Tasse zusammen, obwohl ich eigentlich keinen Kaffee mehr trinke. Aber für Sie mache ich eine Ausnahme.«

Anjas Einstellung zu Marder hatte sich in den letzten Minuten deutlich verbessert. Er nahm die Einladung gern an, seit Stunden hatte er keinen Kaffee getrunken, und die ersten Entzugserscheinungen machten sich bemerkbar.

»Ja, das ist ein exzellenter Vorschlag. Noch eine Sache. Ich sehe keinen Computer hier im Zimmer oder sonst irgendwo im Haus.«

»Ja, Sie werden auch keinen finden. Mein Vater hatte grundsätzlich was gegen PCs, darüber hat auch Burt im Büro ständig geklagt, und meine Mutter hatte nach seinem Tod erst recht keinen Bedarf dafür. Sie hat lieber telefoniert als E-Mails geschickt, und das Internet hat sie nicht interessiert.«

»Das ist schade. Es ist oft so, dass Leute dem Computer mehr anvertrauen als ihren nächsten Verwandten.«

Der Kaffee, den Anja aufgebrüht hatte, besaß die Mischung

aus Milde und Geschmack, die Marder schätzte. Jeder Mensch hat seine Gaben, andere glücklich zu machen, dachte er.

»Können Sie mir etwas mehr über Ihre Mutter erzählen, Frau Matuschek? Vor allem über die Zeit nach dem Tod Ihres Vaters. Vielleicht lässt das Schlüsse zu, wo sie sein könnte?«

»Ach, wissen Sie, nach dem Tod meines Vaters stand die ganze Familie erst einmal unter Schock. Wenn wir gewusst hätten, dass er es mit seiner Drohung ernst meinte, hätten wir natürlich alles getan, um ihn davon abzubringen. Ich jedenfalls habe mir hinterher große Vorwürfe gemacht. Meine Mutter sicherlich auch.«

Das klingt wie eine Pflichtübung, dachte Marder. Sie war nicht einmal bei dem Begräbnis ihres Vaters. Er zweifelte daran, dass Anja meinte, was sie sagte. Er formulierte seine Frage neu.

»Also, nach dem Tod Ihres Vaters, was hat sich da für Ihre Mutter verändert?«

Vera brauchte für ihre Antwort länger, als Marder es erwartete. Mutter und Tochter wohnten in derselben Stadt, aber sie führten offensichtlich getrennte Leben. Sie informierten einander nicht über die Abenteuer oder die Langeweile, die ihren Alltag ausmachte.

»Im Großen und Ganzen nicht viel. Sie hat ja schon in der Zeit, als mein Vater noch da war, sehr für sich gelebt. Direkt nach dem Tod musste sie eine Menge erledigen: Mit dem Beerdigungsinstitut wegen dem Begräbnis, dann mit dem Anwalt wegen dem Erbe, aber das lief alles ziemlich glatt, weil sie die Alleinerbin war, und dann war sie noch ein paar Mal auf dem Kommissariat.«

»Auf dem Kommissariat, was hatte sie denn dort zu tun? Ihr

Vater war doch schon seit über einem Monat im Ruhestand, als er starb.«

Marder vermied es, von Selbstmord zu sprechen.

»Was sie dort zu bereden hatte, weiß ich nicht, Herr Kommissar. Sie erwähnte nur einmal, dass Kommissar Volkert sie sprechen wolle.«

»Wenn ich Sie richtig verstehe, war sie mehrfach bei der Kriminalpolizei. Sie haben gesagt ›ein paar Mal‹.«

»Wie oft sie dort war, weiß ich nicht genau, auf jeden Fall aber mehr als einmal. Als dann Burt den Job als Leiter des Dezernats übernahm, hatte sich wohl alles erledigt, dann war sie nie wieder dort. Mit ihm hat sie sowieso nichts im Sinn.«

Marder schenkte sich eine zweite Tasse ein. Kekse gab es vermutlich in diesem verlassenen Haus nicht.

»Was hat Ihre Mutter gegen Herrn Brenner?«

»Sie hält ihn nicht für die richtige Partie für mich. Von Leuten, die bei der Kripo arbeiten, hat sie nach den Erfahrungen mit meinem Vater die Nase voll. Das lässt sie mich hin und wieder wissen. Burt ahnt nicht, dass meine Mutter so wenig von ihm hält, und ich sehe nicht, warum ich ihm das erzählen sollte.«

Danach wiederholte Anja, was Marder bereits bekannt war: dass sie keine Ahnung hatte, mit wem ihre Mutter befreundet sei, dass sie aber ziemlich sicher war, dass es einen Freund gab, den ihre Mutter regelmäßig für ein paar Tage besuchte, aber dass sie darüber leider nie etwas Konkretes erzählte, genau genommen, nicht einmal etwas Unkonkretes. Dann betonte Anja noch einmal, sie wundere sich selbst darüber, dass sie sich so große Sorgen um ihre Mutter machte.

»Ich würde wirklich gern wissen, wo sie jetzt steckt.«

Anja sah unglücklich und hilflos aus. Vielleicht waren ihre

Gefühle für ihre Mutter tiefer, als sie es zugeben wollte, überlegte Marder. Beziehungen zwischen Müttern und Töchtern sind nicht unbedingt auf Logik gegründet. Er hatte nicht viel Neues erfahren, nichts, woraus er schließen konnte, wo Vera Matuschek sich aufhalten könnte.

»Ich erinnere mich, dass Ihre Mutter früher Tennis gespielt hat. Tut sie das noch?«

»Nein, kurz nach dem Tod meines Vaters ist sie aus dem Club ausgetreten. Ich bin mir sicher, dass sie seitdem nie wieder dort gewesen ist, weil sie über die Leute im Verein nur noch gelästert hat.«

Als Marder das Haus von Vera Matuschek verließ, war der Himmel dunkel, als sei die Sonne untergegangen. Dabei war es gerade erst vier Uhr am Nachmittag. Über dem Deister versperrte eine große schwarze Wolke den Sonnenstrahlen den Weg auf die Erde.

6

Unter der drohenden Wolke war die Luft heiß und schwül. Marder hatte das Gefühl, in einer Sauna zu schwitzen. Von einem auf den anderen Moment explodierte der Himmel, Wasser stürzte auf die Erde. Ein regelrechter Deichbruch aus den Wolken, in wenigen Sekunden war alles triefend nass. Wo vorher Trockenheit und Hitze waltete, herrschte nun Nässe und Hitze.

Dann war auch das vorbei.

Die Sonne brannte wieder, unbarmherziger als zuvor. Als wolle sie sich für den Wasserfall entschuldigen, legte sie noch ein paar Grad zu. Die schwarze Wolke, jetzt ein dunkles Grau, zog über das Calenberger Land nach Osten, in wenigen Minuten würde sie Hannover in eine Stadt am Strom verwandeln.

Der Regen hatte keine Chance gehabt, in die trockene und harte Erde einzudringen, die Pflanzen würden davon nur wenig profitieren. Das Wasser floss auf der Straße am Hang zum nächsten Schacht der Kanalisation und fiel in die Unterwelt, aus den Gärten schwemmte es loses Erdreich in das Land zu Füßen der Hügel. Der Regen hatte die Blätter der Büsche und Bäume gewaschen, wodurch die Pflanzen ein trügerisch frisches Aussehen erhielten. Das hohe Gras vor dem Haus der Matuscheks war platt geregnet, es würde sich nicht wieder aufrichten, dazu war es zu alt und zu kraftlos, die nächste Generation von Halmen lauerte bereits auf den Durchbruch.

Marder wartete einige Minuten unter dem Vordach der

Haustür, dann machte er sich auf den Weg zu der Pension »Marianne«, die nur einen kurzen Spaziergang entfernt lag. Er wollte seine Füße für eine Weile auf der Veranda hochlegen und seinen nächsten Schritt planen.

Hatte ihm der Besuch im Haus von Vera Matuschek weitergeholfen? Er hatte ein unbestimmtes Gefühl, etwas gesehen zu haben, was ihm einen Hinweis geben wollte. Er war durch das Haus gelaufen, ohne zu wissen, was er suchte, und hatte es deshalb nicht erkennen können, als er es gefunden hatte. Es würde ihm zu einem späteren Zeitpunkt einfallen – als Kriminalist hatte er ähnliche Situationen oft genug erlebt. Er musste verhindern, darüber nachzudenken, dann würde sich sein Unterbewusstsein irgendwann melden und ihm sagen, was er verpasst hatte. Dann würde er Zusammenhänge verstehen, die noch im Verborgenen lagen.

Er erkundigte sich bei der Auskunft nach der Telefonnummer von Christian Neuberger. Nach dem Tod von Alfred Matuschek hatte er mit Neuberger sprechen wollen, weil Vera Matuschek bei einer Unterhaltung andeutete, dass Neuberger ein Mann war, der sie interessierte. Das Gespräch mit Neuberger war dann aber überflüssig geworden.

»Neuberger«, meldete sich eine weibliche Stimme. Das musste Frau Neuberger sein, vielleicht die Tochter. Marder erklärte, dass er gern mit Herrn Christian Neuberger sprechen würde, und versuchte, wie ein Geschäftsmann zu klingen, dessen Anruf erwartet wurde. Er wollte nicht preisgeben, dass er von der Kriminalpolizei war. Die Stimme ließ ihn wissen, dass ihr Mann beim Tennisspielen sei und sicherlich im Verein »Rot-Grün« zu erreichen sei. Neuberger war also verheiratet.

»Danke«, sagte Marder.

Die Sandplätze des Vereins leuchteten rot in der Sonne; die Bäume und Büsche, die das Gelände wie eine grüne Wand umgaben, schirmten das Gelände gegen die Stadt und den Rest der Welt ab. Die Anlage lag am Rand des Ortes, die Hügel des Deisters begannen hier ihren sanften Anstieg. Marder durchquerte die Gaststube des Vereinslokals, um zu der Terrasse zu kommen, von der man die Spielfelder überblicken konnte. Sechs ältere Herren saßen um einen Tisch. Sie trugen Tenniskleidung, tranken Bier und diskutierten laut. Sie warteten offensichtlich darauf, dass die Wasserlachen auf den Plätzen austrockneten. Auf den hinteren Plätzen der Anlage wurde schon gespielt, dieser Bereich lag in der prallen Sonne, hier war das Wasser, das der Wolkenbruch ausgeschüttet hatte, bereits verdampft.

Marder fragte in die Runde: »Entschuldigen Sie, ist jemand von Ihnen Christian Neuberger?«

»Nein«, antwortete einer der Herren. »Der spielt dort hinten auf Platz vier. Das ist der im roten Hemd. Soll ich ihn rufen?«

»Nicht nötig, lassen Sie ihn spielen. Es eilt nicht. Ich warte, bis er fertig ist.«

Marder bestellte ein Alsterwasser und setzte sich an den freien Tisch neben der Männerrunde. Der Platz, auf dem Christian Neuberger spielte, lag ungefähr sechzig Meter entfernt. Er konnte das Gesicht des Mannes nicht erkennen, Marder schätzte ihn auf Mitte fünfzig, den Bewegungen nach ein sportlicher Typ, aus der Entfernung wirkte er wie ein gestandener Mann im zweiten Teil seiner besten Jahre.

Sein Gegner war etwa im gleichen Alter, jedoch fülliger und bewegte sich schwerfällig. Bällen, die an ihm vorbeiflogen, schaute er hinterher, anstatt ihnen nachzulaufen. Bei über dreißig Grad im Schatten fand Marder das vernünftig. Er selbst hatte noch nie einen Tennisschläger in der Hand gehalten und verstand nichts von den Feinheiten dieses Sports, obwohl er sich im Fernsehen gelegentlich Spiele anschaute – vor allem, wenn ein Deutscher oder eine Deutsche im Finale eines der großen Turniere in Wimbledon, New York oder Paris stand. Die *Australian Open* in Melbourne hatte er bisher kaum wahrgenommen, weil dort zu Tageszeiten gespielt wurde, zu denen er es vorzog, zu schlafen. Er freute sich jedes Mal, wenn der oder die Deutsche gewann, ohne zu erkennen, was er oder sie besser gemacht hatte als der Gegner. Das Tempo, mit dem Neuberger und sein Gegner die Bälle hin- und herschlugen, kam ihm wie die Zeitlupe der Ballwechsel im Fernsehen vor.

Er grübelte, was die Motivation von Männern sein mochte, bei diesen Temperaturen kleinen gelben Bällen hinterherzujagen und dabei einen Hitzschlag zu riskieren – auch wenn die Sonne nun begann, sich hinter die hohen Bäume zurückzuziehen, und deren Schatten langsam über die Plätze krochen.

Die Stimmen der Männer am Nachbartisch wurden lauter, ihre Wortwechsel erregter. Die Herren redeten mehr gegeneinander als miteinander, oft sprachen sie gleichzeitig, man war sich offensichtlich in wesentlichen Punkten nicht einig. Marder lauschte ein wenig, das war anregender, als den einseitigen Kampf von Christian Neuberger gegen seinen behäbigen Gegner zu beobachten. Er blickte diskret in die Richtung der Männer am Nebentisch.

Da die Herren den Nachmittag an einem Wochentag hier im Verein verbrachten, mussten sie wohl, wie er, im Ruhestand sein. Marder stellte sich vor, womit jeder Einzelne von ihnen früher sein Geld verdient haben konnte:

Der erste war vielleicht ein Abteilungsleiter in einem Industrieunternehmen gewesen, der zweite der Chef der lokalen Feuerwehr, der dritte der Inhaber eines Bekleidungsgeschäftes, der vierte ein Rechtsanwalt, der fünfte ein Apotheker und der letzte ein Chemielehrer am örtlichen Gymnasium.

In der Diskussion ging es um die Mannschaft, um sportliche Ziele sowie um einzelne Spieler und deren Fähigkeiten.

»In unserem Alter ist Gewinnen nicht das Entscheidende. Es reicht mir, mich an der frischen Luft zu bewegen.«

»In unserem Alter werden wir nur noch älter, aber nicht mehr besser.«

»Wir spielen nicht umsonst in der Verbandsliga, jeder trägt seinen Verband an einer anderen Stelle.«

»Das Wichtigste ist, dass wir aufsteigen, alles andere muss sich dem unterordnen.«

»Aufsteigen ist das Unwichtigste überhaupt, wir wollen nur schön spielen und Freude am Sport haben.«

»Meine Frau ist ziemlich sauer, wenn ich wegen einem Punktspiel fast den ganzen Sonnabend oder Sonntag weg bin.«

»Während der Punktspiele hat die Mannschaft absoluten Vorrang, da darfst du dir an diesen Tagen eben nichts anderes vornehmen.«

»Beim Doppel sollte man sich gegenseitig keine Vorwürfe machen, sonst wird man immer nervöser, und zum Schluss klappt überhaupt nichts mehr.«

»Du stehst immer nur am Netz herum und wartest, dass die Bälle zu dir kommen, statt dich ein bisschen mehr zu bewegen.«

»Du denkst wohl, du bist eine Gazelle, oder wie das Tier mit dem Rüssel heißt.«

Es schien, als steckte die Mannschaft mitten in der Saison in einer Krise. Sechs Männer, sechs Meinungen. Die Situation war trotzdem nicht so hoffnungslos, wie man es hätte vermuten können. Viele Bemerkungen wurden ignoriert, andere weggelacht. Die Wortschlacht gehörte wohl zur Mannschaftshygiene, ein bisschen Streit war das Salz der Saison für die Seniorentruppe.

Neuberger packte auf dem Spielfeld seine Tennissachen zusammen – das Spiel war zu Ende. Dem Gegner hatten die Hitze und das überlegene Spiel von Neuberger so zugesetzt, dass er am Ende kaum noch Widerstand geleistet hatte. Neuberger schüttelte ihm die Hand über dem Netz, beide Männer fegten die Spuren ihres Spieles mit Schleppnetzen vom Sandboden und kamen anschließend zum Klubhaus.

Marder ging auf Neuberger zu und sprach ihn an.

»Entschuldigung, mein Name ist Manfred Marder, ich würde gern mit Ihnen sprechen.«

Neuberger blickte ihn verdutzt an, schien aber nicht sonderlich erstaunt darüber, dass ein Fremder ihn sprechen wollte.

»Solange es nicht um Leben oder Tod geht, möchte ich lieber erst duschen, danach können wir uns gern unterhalten.«

Neuberger war nicht unfreundlich oder abweisend, aber er ließ keinen Zweifel daran, dass er es war, der die Bedingungen für das Gespräch setzte. Bevor Marder erwidern konnte, dass es unter Umständen tatsächlich um Leben oder Tod ging, hatte Neuberger sich bereits abgewandt und war in Richtung der Umkleideräume entschwunden. Nach einigen Minuten tauchte er wieder auf, lehnte sich neben Marder an die Theke und bestellte ein alkoholfreies Bier.

»Also, wie war Ihr Name noch? Und was kann ich für Sie tun?«

»Mein Name ist Manfred Marder. Ich komme von der Kriminalpolizei.«

Eigentlich hatte Marder sagen wollen: *Ich arbeite bei der Kriminalpolizei*, aber das wäre nicht ganz korrekt gewesen. Für Neuberger, der nicht wissen konnte, welchen Status Marder bei dieser Behörde innehatte, machte diese feine Nuance keinen Unterschied. Als er das Wort *Kriminalpolizei* hörte, zuckte er merklich zusammen, und sein Ausdruck veränderte sich von gelangweilter Überlegenheit in aufmerksames Interesse. Hatte da nicht für den Bruchteil einer Sekunde ein schlechtes Gewissen aus seinen Augen geblitzt?

Marder nahm einen langen Schluck von seinem zweiten Alsterwasser und ließ Neuberger für einige Sekunden darüber nachgrübeln, was die Kriminalpolizei von ihm wollte. Dann sagte er: »Herr Neuberger, ich möchte mit Ihnen über Vera Matuschek sprechen.«

»Vera Matuschek? Was ist mit Vera Matuschek?«

»Wann haben Sie Frau Matuschek das letzte Mal gesehen?«

»Daran kann ich mich kaum erinnern, das ist lange her.«

»Wie lange?«

»Auf jeden Fall länger als ein Jahr. Warum fragen Sie? Ist ihr etwas passiert?«

Neuberger hob sein Bierglas, prostete Marder verhalten zu, lächelte.

Marder setzte nach.

»Beschreiben Sie bitte Ihre Beziehungen zu Frau Matuschek, und wann genau haben Sie sie das letzte Mal gesehen? Es ist sehr wichtig.«

Marder ließ Neuberger im Unklaren, warum er diese Fragen

stellte. Neuberger dachte nach, wahrscheinlich überlegte er, ob er etwas Falsches sagen konnte.

»Das muss kurz nach dem Tod ihres Mannes gewesen sein. Sein Selbstmord ging ja durch die Presse. Eine furchtbare Sache. Das war gegen Ende des vorletzten Jahres. Seitdem habe ich sie nicht mehr gesehen.«

»Gab es einen Grund dafür, dass Sie Frau Matuschek seit damals nicht mehr gesehen haben?«

»Ja, den gab es. Einen ganz einfachen. Ich habe sie nicht mehr sehen *wollen.*«

»Das müssen Sie erklären. Was meinen Sie damit?«

»Die ganze Sache war mir damals ein bisschen peinlich.«

»Peinlich? Welche Sache?«

»Also, das war so: Ich hatte mit Frau Matuschek ab und zu Doppel gespielt, das hatte sich zufällig so ergeben, ohne besondere Absicht meinerseits. Wir hatten im Winter während der Hallensaison Frau Matuschek gelegentlich aufgefordert, bei uns mitzuspielen, weil unser vierter Mann für mehrere Wochen auf Kur war. Sie war eine athletische Spielerin, die gut mithalten konnte. Wenn sie dabei war, spornte uns das sogar an, eine Schippe draufzulegen, weil sich niemand vor ihr blamieren wollte. Ich habe lieber mit ihr als gegen sie gespielt, und das hat sie wohl mitbekommen.«

»Woran hat sie das gemerkt?«

»Ich habe sie häufiger gelobt, so mit Daumen hoch nach einem guten Schlag, und ihr das eine oder andere Kompliment für gute Volleys oder Lobs gemacht.«

Neuberger leerte sein Alkoholfreies. Er atmete bei geschlossenen Augen tief durch, als kämen Erinnerungen zurück.

»Ich habe dann gemerkt, dass sie sich bei solchen Gelegenheiten sehr geschmeichelt fühlte. Sie dachte fälschlicherweise, ich wäre an ihr über den Sport hinaus interessiert. Sie hat mich nach dem Tod ihres Mannes angerufen und wollte sich mit mir zum Tennis verabreden und dabei angedeutet, dass ihr an meiner Gesellschaft sehr gelegen sei.«

»Und Sie haben ihr keinerlei Anlass für Missverständnisse gegeben?«

Zu leicht wollte er Neuberger nicht entlassen.

»Was soll ich da sagen? Wissen Sie, ich arbeite für ein internationales Consulting-Unternehmen. Da muss man mit vielen wichtigen Leuten reden, immer diplomatisch und immer freundlich. Deshalb habe ich mir auch in meinem privaten Leben angewöhnt, immer verbindlich zu sein und Leute nicht vor den Kopf zu stoßen. Vielleicht wäre es bei Frau Matuschek besser gewesen, ich hätte ihr gleich klargemacht, dass ich außer Tennis kein Interesse an ihr hatte.«

»Also konnte Frau Matuschek Ihr Verhalten durchaus missverstehen?«

»Das muss wohl so gewesen sein. Aber ich war damals relativ glücklich verheiratet. Das habe ich Vera wissen lassen; danach hat sie sich nicht mehr gemeldet, und ich habe auch nie wieder mit ihr Tennis gespielt. Soweit ich weiß, hat sie sich überhaupt nicht mehr im Verein sehen lassen.«

Bin ich eigentlich auch *relativ* glücklich verheiratet oder eher einfach nur glücklich mit den normalen Auf und Abs, wunderte sich Marder. Oder war das eine so gut wie das andere? Er würde Iris fragen, wie sie das sah. Er deutete mit der Hand auf sein leeres Glas und nickte der jungen Frau hinter der Theke zu, deren Gesicht von Schweiß und vor Freude am Leben glänzte. Sie hatte offensichtlich hier im Lokal einen Job gefunden, den sie gern tat.

»Noch eins«, bat er sie.

Es war wirklich ein heißer Tag. So gut hatte ihm Alsterwasser lange nicht geschmeckt.

»Seitdem haben Sie Frau Matuschek nie wieder getroffen?«

»Nein, nie wieder … oder warten Sie, einmal habe ich sie noch gesehen, aber ich glaube, sie mich nicht. Das war im vorigen Sommer. Ich bin an dem Tag mit meiner Frau zu einem Konzert nach Bad Pyrmont gefahren, da kam Vera mir mit ihrem Auto zwischen Hameln und Bodenwerder entgegen. Auf jeden Fall dachte ich damals, dass sie es war. Aber vielleicht habe ich mich geirrt.«

»Können Sie sich festlegen?«

»Wenn Sie darauf bestehen, würde ich sagen: Ja, ich bin mir sicher, dass ich sie gesehen habe.«

Marder zweifelte nicht, dass Christian Neuberger die Wahrheit gesagt hatte. Er würde ihm bei der Suche nach Vera Matuschek nicht weiterhelfen können, war durch Marders Fragen nun jedoch neugierig geworden.

»Erklären Sie mir bitte, was Sie bei der Kriminalpolizei tun und was diese Fragerei nach Vera Matuschek soll. Ist ihr nun etwas passiert oder nicht?«

»Es handelt sich um eine laufende Ermittlung, deswegen kann ich Ihnen leider keine Einzelheiten mitteilen. Das verstehen Sie sicher.«

Dass er in einem Fall ermittelte, konnte man so stehen lassen. Marder fügte hinzu: »Ob Frau Matuschek etwas passiert ist, versuche ich herauszufinden. Das muss Ihnen reichen.«

Neuberger war an dem Schicksal von Vera Matuschek nicht interessiert genug, um den Kommissar weiter zu bedrängen. Er fiel in seine anfängliche Selbstsicherheit zurück.

»Wenn Sie mich in dieser Angelegenheit noch einmal zu

sprechen wünschen, lassen Sie es mich bitte vorher wissen, damit ich meinen Anwalt dazuziehen kann.«

Christian Neuberger sagte das nicht diplomatisch und schon gar nicht freundlich.

»Ich wette, Ihr Anwalt ist der Herr dort am Tisch.«

Marder zeigte auf den Spieler, dem er den Beruf eines Anwalts zugeordnet hatte.

»Nein, das ist mein Zahnarzt.«

7

Bevor er ins Bett ging, öffnete Marder das Fenster und hoffte, dass die Nachtluft das Schlafzimmer ausreichend abkühlen würde, um ihn in Frieden schlafen zu lassen. Wenn er im Schlaf schwitzte, träumte er meistens unruhig. Nicht selten mischten sich dann Hitzeschweiß und Angstschweiß. Die Luft von außen brachte in dieser Nacht jedoch kaum angenehmere Temperaturen, die Sonne ging im Juli so spät unter und so früh wieder auf, dass die Nacht nicht genügend Zeit hatte, die Hitze des Vortages ganz auszulöschen.

Als er zum dritten Mal aufwachte und auf die Uhr schaute, war es kurz vor fünf. Er hatte sich unruhig im Bett hin- und hergewälzt und dabei friedlos und fiebrig geträumt, ohne dass er sich nun an seine Träume erinnern konnte.

Er stand auf, ging ins Badezimmer, trank einen Schluck Wasser, legte sich wieder ins Bett. Die dünne Decke, mit der er sich zugedeckt hatte, warf er auf den Fußboden. Nun lag er nackt auf dem Laken und hoffte, dass der Schlaf wiederkommen würde. Er drehte sich auf die linke Seite und zog seine Beine an, nach einer Weile streckte er sie wieder aus, drehte sich nach rechts und zog die Beine erneut an. Er wusste nicht, was er mit seinen Armen und Händen anfangen sollte. Egal wohin er sie legte – über den Kopf, neben den Kopf, am Körper entlang oder angewinkelt –, sie waren wie Fremdkörper und schienen nicht zu ihm zu gehören. Er stand wieder auf, ging noch einmal ins Bad, blickte in den Spiegel, sah ein zerknittertes Gesicht und fand sich grundhässlich. Dann schaute er wieder auf die Uhr, es war jetzt kurz nach fünf. In der Ferne, ganz leise, hörte er die Sirene eines Polizeiautos.

Er gab den Schlaf auf und fing an zu grübeln. Er dachte über Vera Matuschek nach. Über ihr Leben bis zum Tod ihres Mannes war er leidlich informiert. Über ihr Leben nach seinem Tod hatte er bisher kaum etwas erfahren. Solange ihm das nicht gelang, hatte er wenig Aussicht herauszufinden, wo sie jetzt sein konnte.

Marder ließ seine Unterhaltungen mit Brenner, Anja und Neuberger in sein Gedächtnis zurückfließen und stellte am Ende entmutigt fest, dass er nicht mehr über das rätselhafte Verschwinden von Vera Matuschek wusste als bei seiner Ankunft in Barsinghausen.

Nur eine Person konnte ihm noch helfen, eine Spur zu finden: Veras Sohn Bertram. Er wusste, dass Bertram und seine Mutter sich nicht sonderlich nahestanden, und er bezweifelte, dass Vera ihrem Sohn etwas anvertraut hatte, was sie vor ihrer Tochter geheim gehalten hatte. Trotzdem wollte er unbedingt mit ihm sprechen.

Marder versuchte, sich die Einzelheiten seines Rundgangs in Veras Haus ins Gedächtnis zurückzurufen. Hatte er etwas übersehen? Hatte er nicht beim Verlassen des Hauses das Gefühl gehabt, etwas entdeckt zu haben? Er war zu müde, um sich darauf zu konzentrieren. Trotzdem schlich sich eine Erinnerung in sein Bewusstsein, etwas, das er gesehen, worauf er aber nicht reagiert hatte. Der Gedanke war weit weg, zu weit, um ihn daran zu hindern, wieder einzuschlafen. Der Gedanke wurde Teil eines Traumes, den er vergessen hatte, als er aufwachte.

Unausgeschlafen und unzufrieden mit sich betrat Marder den Frühstücksraum. Er war früher aufgestanden als an den

Tagen zuvor und hoffte, dass die Thermoskanne mit heißem Kaffee auf dem Tisch stand. Brötchen würden später kommen, Frau Thann war um diese Zeit noch nicht vom Bäcker zurück. Normalerweise genoss er ein Schwätzchen mit seiner Wirtin zum Frühstück, aber heute wollte er in Ruhe über seinen geplanten Besuch bei Bertram nachdenken und überlegen, was er ihn fragen musste.

Ein Mann saß im Raum, leider auf dem Stuhl, auf dem Marder am liebsten frühstückte.

»Hallo, Fremder«, sagte der Mann. »Bereit für den Ritt in den neuen Tag?«

Was soll der Unsinn, dachte Marder. Er hatte keine Lust, sich von einem Unbekannten seine schlechte Laune verderben zu lassen, zumal von einem, der ihm seinen Lieblingsplatz weggenommen hatte. Missmutig schaute er den Mann an. Gewöhnlich ließ sich Marder Zeit, bevor er sich festlegte, ob er jemanden leiden konnte oder nicht. Bei diesem Mann war er sich sofort sicher, dass er ihn nicht zu seinem Geburtstag einladen würde. Marder schätzte sein Alter um die fünfzig, konnte sich dabei natürlich um Jahre täuschen. Das Haar des Mannes sah ungepflegt aus, und sein Gesicht wirkte gleichzeitig aufgedunsen und abgeschlafft. Auf ihn trifft diese ausgeleierte Floskel von den entgleisten Gesichtszügen zu, dachte Marder.

Der Anzug des Mannes schrie nach einer chemischen Reinigung und einem Bügeleisen. Sein Hemd machte nicht den Eindruck, als wäre es heute Morgen frisch aus dem Schrank geholt worden. Sein Schlips hatte die grellen Farben wie die aus seinen frühen Berufsjahren, welche Iris nach seiner Pensionierung an eine Freundin verschenkt hatte, die daraus Patchworkdecken nähte. Im gleichen Moment schämte sich

Marder wegen seiner Intoleranz und Vorurteilen einem völlig fremden Menschen gegenüber.

»Guten Morgen«, grüßte Marder und setzte sich an den Nebentisch.

»Darf ich mich vorstellen?«, fragte der Mann. »Ich heiße Kurt Schweinzer. Und wie heißen Sie?«

»Marder«, antwortete Marder.

»Ein schöner Name, ein kluges und listiges Tier, ganz nach meinem Gusto – ich glaube, es steht weit oben auf der Liste der roten Lebewesen, die vom Aussterben bedroht sind.«

Marder bezweifelte das und vermied, den Mann darauf hinzuweisen, dass nicht die Lebewesen, sondern die Liste rot war.

Herr Schweinzer ließ sich nicht beirren: »Und was machen Sie hier?«

»Ferien.«

Marder versuchte durch seinen Tonfall, Kurt Schweinzer nicht zu weiteren Nachfragen zu animieren. Vergeblich.

»Toll, dafür ist das hier der richtige Platz. Hügel, Wälder, frische Luft und so. Und was machen Sie so von Berufs wegen?«

»Rentner.«

»Sie haben es gut, Sie haben es schon geschafft. Ich habe noch ein paar Jahre Sklavenarbeit vor mir. Ihre Frau ist sicherlich schon gestorben, sonst wären Sie nicht alleine hier.«

Marder erwiderte nichts. Sein Familienleben ging diesen anmaßenden Typ nichts an.

»Übrigens«, fuhr Schweinzer fort, »ich bin Verkäufer.«

»Aha«, entgegnete Marder, während er intensiv in seine Kaffeetasse blickte – er wollte nicht interessiert wirken.

»Sie wollen bestimmt wissen, was ich verkaufe.«

Marder wollte es nicht.

Schweinzer schien das nicht zu bemerken: »Ich habe heute eine Verkaufsveranstaltung hier im Ort, deswegen bin ich gestern Abend schon angereist. Ich sage immer, man muss gut ausgeschlafen sein, wenn man was verkaufen will. Heute verkaufe ich Magnetdecken. Eine tolle Erfindung. Sie haben doch bestimmt Zeit, da sollten Sie auch kommen. Es gibt auch was Leckeres zu essen. Jetzt, wo Ihre Frau tot ist, schlafen Sie mit so einer kuscheligen warmen Decke im Bett bestimmt besser als alleine.«

Die Tür zur Küche schwang auf.

»Guten Morgen, Herr Kommissar! Heute sind Sie aber zeitig dran.«

Frau Thann stellte einen Korb mit Brötchen auf die Anrichte und verschwand wieder in die Küche.

Schweinzer starrte Marder an und machte sich ganz klein auf seinem Stuhl, als würde er am liebsten unter den Tisch rutschen.

»Kom … Kommissar? Ich dachte, Sie wären Rentner.«

»Es gibt Berufe, da kann man nicht immer die ganze Wahrheit sagen. Das müssten Sie doch selbst am besten wissen.«

»Alles, was ich tue, ist völlig legal, bisher habe ich noch jeden Prozess gewonnen.«

»Trotzdem würde es Sie sicherlich nervös machen, wenn ich vom Betrugsdezernat wäre.«

Schweinzers Kopf war hochrot.

»Sind Sie es?«

»Nein, ich bin es nicht. Ich bin von der Kriminalpolizei hierher geschickt worden wegen einer Ermittlung, die nichts mit Betrug zu tun hat. Also beruhigen Sie sich, aber, wie gesagt, es muss nicht unbedingt alles Wahrheit sein, was ich sage.«

Schweinzer schlang ohne weitere Bemerkungen sein Nutella-Brötchen hinunter, schüttete den Kaffee hinterher und verließ den Raum, in dem sich dieser hinterhältige Kommissar aufhielt.

Marder fühlte sich bestätigt, dass er Kurt Schweinzer von vornherein nicht hatte leiden können, es war gut, dass er ihm einen Schrecken eingejagt hatte. Verkaufsveranstaltungen oder Kaffeefahrten, bei denen man älteren Leuten das Geld aus der Tasche zog, hielt Marder für unmoralische Geschäftemacherei. Verkäufer, die sich dafür hergeben, waren seiner Meinung nach Handlanger eines leider legalen Betrugssystems.

Nachdem Schweinzer den Raum verlassen hatte, kam Frau Thann zurück in das Frühstückszimmer. Ihre Augen glänzten.

»Ich bin richtig zufrieden mit mir, und vor allem mit Ihnen«, sagte sie.

»Wieso mit mir?«

»Na ... wie Sie dem Schweinzer einen Schrecken eingejagt haben.«

»Der wird sich schnell wieder erholen. Und warum sind Sie zufrieden mit sich selbst?«

»Ich habe Ihre Unterhaltung vom Flur aus gehört und dachte mir, dass der einen schönen Schock bekommen wird, wenn ich Sie mit *Herr Kommissar* anrede. Auf solche Leute wie den Schweinzer habe ich eine richtige Wut.«

»Es war nicht fair von Ihnen, an der Tür zu lauschen. Aber was haben Sie gegen Herrn Schweinzer?«

Frau Thann holte eine Tasse aus dem Schrank, goss sich Kaffee ein und setzte sich Marder gegenüber.

»Also, ich bin nicht speziell auf Herrn Schweinzer wütend, sondern auf Leute wie ihn. Als er vor einigen Tagen ein Zimmer für eine Nacht gebucht hat, hatte ich natürlich keine

Ahnung, was er hier in der Stadt wollte. Als er gestern Abend ankam, hat er mir von seiner Verkaufsveranstaltung erzählt, dann wollte er mich sogar noch überreden, dorthin zu kommen. Am liebsten hätte ich ihn da wieder rausgeschmissen, aber das ging natürlich so spät abends nicht mehr.«

Marder hatte seine Wirtin selten so erregt erlebt. Ohne darauf zu achten, hatte sie vier Stück Zucker in die Tasse fallen lassen und so vehement umgerührt, dass es über den Rand schwappte, ohne dass sie Anstalten machte, den Kaffee zu trinken.

»Ich bin so wütend, weil ich selbst vor kurzem auf einen Typ wie ihn fast hereingefallen bin. Vorletzte Woche hat mich jemand angerufen, der mir zu einem Preisgewinn gratuliert hat, obwohl ich mich nicht erinnern konnte, an einem Preisausschreiben teilgenommen zu haben. Aber ich dachte, in meinem Alter ist man halt etwas vergesslich – und natürlich freut man sich, wenn man etwas gewonnen hat. Der freundliche Mann am Telefon sagte, man wolle mir diesen Gewinn während einer netten Veranstaltung in einem Gasthaus in Bad Nenndorf überreichen. Dazu gebe es ein vorzügliches Essen und neben dem Gewinn noch ein wertvolles Geschenk.«

Frau Thann war nicht zu bremsen. Marder versuchte es gar nicht erst, obwohl er sich denken konnte, wie die Geschichte weitergehen würde.

»Ich bin also hingegangen und nichts war so wie versprochen. Es waren ungefähr zwanzig Leute da, alle um die sechzig oder älter. Wir wurden drei Stunden lang mit Worten traktiert und am Ende genötigt, Unterwäsche, Miederwaren und Stützstrümpfe zu kaufen. Die Leute waren eingeschüchtert und keiner traute sich, einfach aus dem Raum zu gehen.

Glücklicherweise wusste ich ganz gut, was solche Sachen in einem Fachgeschäft kosten, weil ich mich vor kurzem in einem umgesehen hatte – aber die wollten das Vierfache davon und nach *sensationellen Preisnachlässen* immer noch das Dreifache.«

»Hat denn niemand gefragt, warum die Wäsche so teuer ist?«

»Ja doch, einer hat es gewagt, die anderen saßen ganz verunsichert da. Wir bekamen als Antwort einen Vortrag über die tollen Erfindungen eines Dr. Emanuel Berghauser: Wenn man ganz dünne Metallfäden über Kreuz in die Wäsche einwirkt, dann erzeugt dies angeblich auf der Oberfläche des Körpers eine Spannung, die Falten und Orangenhaut verschwinden lässt. Zusätzlich sollen die gekreuzten Metalldrähte eine magnetische Strahlung erzeugen, die bis tief unter der Haut die Erneuerung von Zellen bewirkt.«

Frau Thann zeichnete waagrechte und senkrechte Linien in die Luft.

»Der Verkäufer erklärte uns, dass sich die Pharma- und Bekleidungsindustrie gegen diese Erkenntnisse wehren, um den Absatz ihrer eigenen veralteten Produkte zu schützen. Deswegen müsse man solche Verkaufsveranstaltungen vor Ort organisieren. Eigentlich läge der Preis für diese Produkte ja noch viel höher, wenn man die reellen Kosten bei der Herstellung zugrunde legte. Man würde diese Sachen nur deswegen so preiswert anbieten können, weil es sich um eine Einführungskampagne handele und man vielen Leuten die Chance geben wolle, sich von dieser Neuheit zu überzeugen und gleichzeitig etwas für ihre Gesundheit zu tun. Dafür würden der Hersteller und die Verkäufer gern auf ihren Gewinn verzichten.«

Hohn und Verachtung waren in ihrer Miene zu lesen. Ihre Augen schleuderten zornige Blitze auf den Frühstückstisch.

»Da hatte ich längst mitbekommen, dass man uns verschaukeln wollte, aber ob Sie es glauben oder nicht, es gab eine Reihe von Leuten, die was gekauft haben.«

»Was waren der Gewinn und die Geschenke, die man Ihnen versprochen hatte?«

»Das war der Gipfel der Frechheit. Der Gewinn war ein weiterer Rabatt von hundert Euro, aber nur wenn man für mindestens fünfhundert Euro einkaufte, und das Geschenk war ein Buch von dem Herrn Dr. Berghauser, ein angeblich hoch renommierter Arzt, in dem er seine Erfindung beschrieb. Das vorzügliche Essen waren lauwarme Pommes mit einem Schnitzel. Das Schnitzel war so klein, als wäre es von einem Kinderteller geflohen. Ich habe beides stehen lassen. Und meine Getränke musste ich auch noch selbst bezahlen.«

Diese Geschichte hatte Marder in Variationen über Magnetdecken, Vital-Säfte, Gymnastikgeräte, Ernährungszusatzstoffe bereits von anderen Bekannten gehört, sie überraschte ihn daher nicht. Sie bestätigte ihn allerdings in seiner negativen Einstellung Herrn Schweinzer und seinen Berufskollegen gegenüber.

Frau Thann erinnerte sich an ihren Kaffee und trank einen Schluck.

»Der ist ja widerlich süß und fast kalt, so was kann doch kein Mensch trinken. Jetzt muss ich aber los, morgen kommen meine Enkel für ein paar Tage zu Besuch, da muss ich noch ein Gästezimmer in ein Kinderzimmer verwandeln.«

Als Marder ins Freie trat, hatte die Sonne noch nicht ihren höchsten Stand erreicht, aber die Hitze, die sie aussandte, war unerträglich. Die Wettervorhersage hatte für den Tag neue Spitzenleistungen angekündigt, das Thermometer sollte auf über vierzig Grad klettern. Marder hatte den Eindruck, als wurde die Voraussage schon jetzt am frühen Vormittag übertroffen. Sein Hemd klebte am Körper.

Als er durch den Garten zur Pforte ging, entdeckte er Brisbane. Der Kater lag auf dem Rücken in einer Blumenstaude und streckte seine Pfoten senkrecht in die Luft. Auf diese Weise versuchte er wahrscheinlich, seinem Bauch durch die leichte Brise etwas Kühlung zu verschaffen, die den Deister herauf wehte. In einer derart entwürdigenden Position hatte er Tatze, den Kater, in dessen Zuhause er und seine Frau früher lebten, nie gesehen. Allerdings konnte er sich an keinen Tag in Stade mit vierzig Grad im Schatten erinnern.

Bis zu dem Haus, in dem Bertram wohnte, war es ein Spaziergang von zwanzig Minuten. Da das Haus direkt am Waldrand lag, konnte Marder zu seiner Erleichterung einen Teil des Weges unter dem Schatten von Bäumen zurücklegen.

Bertram empfing Marder mit vorsichtiger Zurückhaltung – wie einen alten Bekannten, den man nicht besonders vermisst hat. Er hätte den Kommissar gern an der Wohnungstür abgefertigt, aber Marder ließ keinen Zweifel daran, dass es sich um ein längeres Gespräch handeln würde, für das der Hausflur nicht der geeignete Ort sei. Bertram befreite im Wohnzimmer zwei Sessel von Papieren und Kleidungsstücken. Dann versicherte er seinem Besucher, dass er häufiger an ihn gedacht habe – vor allem, weil er ein Schuldgefühl verspüre, wenn er über den Tod seines Vaters nachgrübelte. Marder fiel es schwer, an Bertrams Reue zu glauben.

Wie vor zwei Jahren umgab den jungen Mann eine Aura von Verdrossenheit, die Marder fast körperlich fühlen konnte. Bertram schaute ihm nicht in die Augen, während er sprach, und sein Gesicht zeigte keinerlei Spuren von Lachfalten. Wo sollten diese auch bei einem Menschen herkommen, der wohl nur selten Freude empfand? Bertram war erst um die dreißig, hatte jedoch deutliche Geheimratsecken. Er trug ein grünes T-Shirt und eine erdfarbene kurze Hose, die vermutlich die Sommerversion seiner Uniform als Forstbeamter war.

Bertram berichtete, dass er nach wie vor im Dienste der Forstwirtschaft arbeitete, aber nicht besonders glücklich mit seinem Job sei. Er habe die Nase voll von den ökologischen Fanatikern, die eine sinnvolle Holzwirtschaft und die dazu nötige Jagd unmöglich machten. Er habe im letzten Jahr ernsthaft erwogen, nach Kanada auszuwandern, hatte dann jedoch eine Frau kennengelernt, die ihn davon abgehalten habe. Sie war Buchhändlerin und arbeitete im Buchladen in der Fußgängerzone im Ort. Er hatte sie sehr gemocht, musste aber viel Toleranz aufbringen, da sie lieber Bücher las, als mit ihm in den Wald zu gehen. Das konnte auf die Dauer nicht gut gehen, und so hatte er sich vor kurzem von ihr getrennt. Jetzt denke er erneut über Kanada nach. Marder wollte das gar nicht so genau wissen, versuchte aber, interessiert zuzuhören, um das Klima zwischen ihm und Bertram anzuwärmen.

Während er erzählte, wanderte Bertram im Raum umher, er war nervös und fragte sich vermutlich, warum dieser Kommissar aus Stade wieder in Barsinghausen aufgetaucht war.

»Herr Kommissar, ich habe gehört, dass Sie inzwischen im Ruhestand sind. Darum habe ich mich gewundert, als Sie mich gestern angerufen haben. Was ist los? Warum wollen Sie so dringend mit mir reden?«

»Ich möchte mit Ihnen über Ihre Mutter sprechen.«

Bertram schaute Marder verständnislos an.

»Über meine Mutter? Warum denn das? Was ist denn mit ihr?«

»Ja … wissen Sie denn nicht?«

»Was soll ich wissen? Was ist passiert?«

»Ihre Mutter ist seit fast zwei Wochen verschwunden.«

»Das ist doch nichts Neues, sie ist doch öfter mal weg.«

»Ihre Schwester hat gesagt, normalerweise immer nur für zwei oder drei Tage.«

»Im Allgemeinen schon, aber warum sollte sie nicht mal länger wegbleiben?«

»Ihre Schwester macht sich große Sorgen, dass sie so lange weg ist.«

»Das kann schon sein, sie redet ja auch öfter mit ihr.«

»Haben Sie eine Ahnung, wo Ihre Mutter hingeht, wenn sie für ein paar Tage nicht zu Hause ist?«

»Nein, nicht die geringste. Meistens bekomme ich es sowieso nicht mit, wenn sie weg ist.«

»Haben Sie denn keinen Kontakt zu Ihrer Mutter?«

Bertram nahm einen der vielen kleinen Zettel, die herumlagen, knüllte ihn zusammen und warf ihn in einen Papierkorb, der neben seinem Schreibtisch stand. Das war jedenfalls seine Absicht. Das Papierknäuel landete gut zwei Handbreit dahinter.

»Mit meiner Mutter rede ich nur alle paar Monate mal, manchmal noch seltener. Sie wird bestimmt in den nächsten Tagen wieder auftauchen und sich wundern, dass wir uns Sorgen gemacht haben …, ich meine, dass meine Schwester sich Sorgen gemacht hat.«

»Haben Sie mit Ihrer Schwester in den letzten Tagen gesprochen?«

»Mit meiner Schwester rede ich noch seltener als mit meiner Mutter, wir sind nie besonders gut miteinander ausgekommen.«

Die rätselhafte Abwesenheit seiner Mutter schien Bertram nicht weiter zu beunruhigen. Er hatte sich offenbar von Mutter und Schwester losgesagt. Was immer sie taten, spielte in seinem Leben keine Rolle.

»Wann haben Sie das letzte Mal mit Ihrer Mutter gesprochen?«

Bertram strich mit der Hand durch sein schütteres Haar und überlegte.

»So genau weiß ich das nicht mehr, es ist auf jeden Fall mehr als einen Monat her.«

»Hat sie irgendetwas von einer längeren Reise erzählt, die sie vorhatte?«

»Nicht dass ich mich erinnern kann.«

»Sie haben also nicht die geringste Ahnung, wohin sie gefahren sein könnte?«

Es wollte Marder nicht in den Kopf, dass der Sohn von Vera Matuschek, der praktisch um die Ecke von seiner Mutter wohnte, überhaupt nichts über deren Leben zu sagen hatte.

»Woher sollte ich das wissen, sie meldet sich bei mir weder ab, wenn sie wegfährt, noch meldet sie sich zurück, wenn sie wieder da ist.«

Während der Untersuchung des Todes von Kommissar Matuschek hatte Marder festgestellt, dass der wesentliche Grund für das Zerwürfnis zwischen Bertram und seinem Vater die Schulden waren, die Bertram während seines Studiums angehäuft hatte. Sein Vater hatte es abgelehnt, ihm dabei zu helfen, sie der Bank zurückzuzahlen. Der alte Matuschek hatte Bertram vorgeworfen, er würde sein Geld doch nur verschwenden, und hatte ihn wegen seiner finanziellen Nöte auch noch verhöhnt. Marder verstand damals das Verhalten des Kommissars nicht und sah ihn daher nicht nur als Opfer, sondern auch als Täter in der Familientragödie. Darauf hatte er ausdrücklich in seinem Bericht zu dem Fall hingewiesen.

»Herr Matuschek, wie steht es um Ihre Schulden bei der Bank? Sie sagten einmal, die würden Ihnen den Schlaf rauben, und Sie wüssten nicht, wie Sie sie jemals begleichen sollten.«

»Es steht heute nicht viel besser als vor zwei Jahren. Nur habe ich mich daran gewöhnt und schlafe jetzt trotz meiner Schulden besser. Ich zahle sie nach wie vor Monat für Monat ab. Glücklicherweise ist die Bank mir etwas entgegengekommen – wahrscheinlich weil der Tod meines Vaters ziemlich prominent durch die hiesige Presse ging – und hat die monatlichen Raten ein wenig reduziert.«

»Ich nehme an, dass Ihre Mutter Ihnen dabei so wenig hilft, wie es Ihr Vater getan hat.«

»Keine Spur von Hilfe. Zuerst hatte ich ja gehofft, ich würde nach dem Tod meines Vaters gleich einen Teil aus dem Erbe erhalten. Dann hat meine Mutter ein Testament ausgegraben, in dem festgelegt war, dass das ganze Erbe erst einmal an den überlebenden Ehepartner geht. Das muss ein Testament aus den ersten Jahren ihrer Ehe gewesen sein. Ich vermute, mein Vater hatte es vergessen.«

»Das bedeutet, Sie müssen auf den Tod Ihrer Mutter warten, um die Schulden mit einem Schlag loswerden zu können.«

»Wenn sie bis dahin nicht alles durchgebracht hat – was

mich nicht wundern würde. Bei ihr würde mich überhaupt nichts wundern.«

Bertram zuckte abfällig mit den Schultern. Marder war schockiert, er wehrte sich gegen eine aufkommende Schwermut und wollte so schnell wie möglich in die Sonne hinaus. Die Hitze erschien ihm erträglicher als die Kälte, mit der Bertram Matuschek über seine Mutter sprach. Die Unterhaltung war zu einem Tunnel geworden, an dessen Ende kein Licht schien.

Als Marder aufstand und gehen wollte, sagte Bertram: »Warten Sie mal …, da fällt mir etwas ein. Im letzten Sommer hat sie mich einmal angerufen, weil sie wegen einer Behördensache mein Geburtsdatum wissen wollte. Sie werden es kaum glauben, aber das hatte sie tatsächlich vergessen. Als ich sie fragte, von wo sie telefoniere, antwortete sie, sie sitze gerade an der Weser in der Sonne.«

»Wissen Sie, warum sie von der Weser angerufen hat und nicht von zu Hause?«

»Darüber habe ich mich auch gewundert, weil sie meines Wissens nach nicht mal ein Handy hat. Als ich sie danach gefragt habe, hat sie nur gesagt, das gehe mich nichts an, das Handy habe ihr jemand geliehen. Mehr weiß ich nicht, aber vielleicht hilft Ihnen das ja weiter.«

8

An diesem Mittag gab es nichts zu Mittag.

Als Marder noch gearbeitet hatte, war es an hektischen Tagen vorgekommen, dass er keine Zeit zum Essen fand. Das war nichts Ungewöhnliches für einen Kriminalbeamten, und er akzeptierte das als Ausgleich für die Tage, an denen er mehr Kalorien zu sich nahm, als er verbrauchte. Seit er im Ruhestand war, war er allen Mahlzeiten des Tages ausgeliefert. Zwischendurch noch ein Stück Kuchen, meistens mit Sahne, oder ein Eis (auch mit Sahne), vielleicht ein Stückchen Zartbitter-Schokolade aus der Tiefkühltruhe. Er aß mit Genuss und hatte Zeit, den Genuss zu genießen. Seine Frau war eine gute Köchin, bemüht, ihn gesund zu ernähren. Zum Frühstück servierte sie ihm Vollwertmüsli. Es schmecke ihm vorzüglich, versicherte er ihr, während er an Rührei und knusprige Brötchen mit Butter oder an Croissants mit Lachs dachte. Wenn er vormittags in der Stadt etwas zu erledigen hatte, was zum Glück an den meisten Tagen der Fall war, genehmigte er sich meistens in einer Bäckerei als zweites Frühstück eine Tasse Kaffee mit einem Stück Mohnstrudel oder einem Schweinsohr aus Blätterteig.

Der geregelte Rhythmus der Mahlzeiten sowie die kleinen Zwischenmahlzeiten hatten ihre Folgen. Marders Gewicht war aufwärts gekrochen. Zuerst waren es nur Gramm, dann Pfunde, schließlich Kilos. Am Anfang konnte er einen Teil der zusätzlichen Fülle wegschummeln, indem er seinen Schwerpunkt auf der Badezimmerwaage nach hinten und links verlagerte. Aber ab einem bestimmten Punkt ließ ihn die Anzeige unerbittlich wissen, dass sein Gewicht beharrlich zunahm, egal, wie er sich auf der Waage verbog. Von da an ignorierte er das Messgerät und schaute es verächtlich an, ohne darauf zu steigen.

Aber nicht immer konnte er sein schlechtes Gewissen unterdrücken. Es appellierte mindestens einmal in der Woche an ihn, auf die eine oder andere Mahlzeit zu verzichten. Heute war kein schlechter Tag, diese Aufforderung zu befolgen. Die unbarmherzige Hitze machte Essen ohnehin eher zur Last als zum Vergnügen. Er legte sich in Mariannes Garten unter einen Baum, um in aller Ruhe über Veras Verschwinden nachzudenken. Es war still. Die Vögel hatten in der Mittagshitze ihr Singen eingestellt, die Geräusche des Straßenverkehrs drangen nicht bis hinter das Haus, und der Liegestuhl passte sich der Kontur seines Rückens behutsam an. Marder versuchte, seine Gedanken auf Vera Matuschek zu konzentrieren, aber es wollte ihm nicht gelingen. Die Unterhaltung mit Bertram hatte ihm mehr zugesetzt, als es einem alten, routinierten Kriminalbeamten passieren sollte. Er fühlte sich erschöpft und müde. Er ließ sich sinken und war sofort eingeschlafen.

Als er aufwachte, war es so heiß und still wie zuvor. Die Sonne stand hoch am Himmel, also konnte er nur Minuten weggedöst gewesen sein. Körper und Geist hatten sich dennoch erholt, und sein Verstand war wieder willig, ihm zu dienen. Powerschlaf, dachte er, gibt es also doch.

Marder stieg die Treppe zu seinem Zimmer hinauf und zog seinen Laptop unter dem Bett hervor, wo er seit seiner Ankunft in Barsinghausen geschlummert hatte. Der handliche Computer war ein Weihnachtsgeschenk seiner Kinder. Als sie ihm das Gerät überreichten, äußerten sie vorsichtig

Zweifel, ob er in seinem Alter noch lernen könne, dieses Wunderding zu beherrschen, und boten sich an, ihm jederzeit, wenn er die Kontrolle darüber verliere, zu Hilfe zu kommen: Anruf genügt. Das war Grund genug für ihn, sich intensiv mit dem Laptop und dessen Tücken zu befassen. Er wollte seiner Brut zeigen, dass er noch lange nicht zum alten Eisen gehörte. Nicht, dass er vorher etwas gegen PCs im Speziellen oder moderne Technik im Allgemeinen gehabt hätte – im Büro hatte sogar ein Computer auf seinem Schreibtisch gestanden. Wenn er damit in eine Sackgasse geraten war, weil der nicht so wollte wie er – was regelmäßig vorkam –, hatte er einen jüngeren Mitarbeiter bitten können, ihm zu helfen. Seine Kollegen taten das gern, mit der großzügigen Nachsicht der Jüngeren der auslaufenden Generation gegenüber. Diese Zeiten waren leider vorbei, jetzt war er auf seine eigenen Fähigkeiten angewiesen, Iris verstand von Computer noch weniger als er. Abgesehen von den gelegentlichen Notrufen bei seinen Kindern, fühlte er sich jedoch durchaus als Herr über die Maschine.

Er hatte gelernt, im Internet zu surfen, E-Mails zu schicken und nach Informationen zu googeln, nach denen er früher umständlich im Lexikon geblättert hatte. Vor allem Schreiben war verblüffend problemlos geworden. Er konnte Texte verfassen, verbessern, löschen, speichern und sie jederzeit wieder auf den Bildschirm holen. Da das alles so bequem war, hatte er Muße, sich auf das Wesentliche beim Schreiben zu konzentrieren: den Inhalt. Er war fest überzeugt, dass sich dadurch die Qualität seines Schreibens verbessert hatte. Irgendwann würde er sich einen Kriminalroman ausdenken und dabei auf Fälle und Erfahrungen aus seinem Berufsleben zurückgreifen. Natürlich würde er alle Namen von Menschen und Orten ändern, nur wenn eine Katze darin vorkam, würde er sie Tatze nennen.

Er schaltete den Laptop an, ein grünes kleines Licht blinkte optimistisch, das Gerät piepste zum Dienstantritt. Marder begann, auf den Tasten zu spielen. Er eröffnete mehrere neue Dateien, eine für jedes Gespräch, das er bisher geführt hatte, und gab ihnen die Namen seiner Gesprächspartner. Seine Erinnerung rief ihm einzelne Sätze zu, er musste sich jeweils entscheiden, welcher Person sie zuzuordnen waren, bevor er sie eintippte. Marder gab seinen elektronischen Notizen eine Ordnung, indem er Aussagen und Kommentare in eine sinnvolle Reihenfolge brachte. Als sich seine Erinnerung erschöpft hatte, beschloss er, die Dateien auszudrucken. Er wollte sie jederzeit zur Hand haben, falls ihm zusätzliche Gedanken kamen. Er gab den Befehl: *Drucken.* Nichts geschah. Nur ein kleines Fenster öffnete sich auf dem Bildschirm mit dem freundlichen Hinweis: *Kein Drucker angeschlossen.* Logisch, der stand zu Hause auf seinem Schreibtisch.

Marder holte die neuen Dateien nacheinander auf den Bildschirm und las sie aufmerksam durch: Anja, Brenner, Neuberger, Bertram. Er suchte nach etwas in ihnen, das ihm einen Anhaltspunkt gab, wie oder wo er seine Suche nach Vera Matuschek beginnen konnte. Als er mit dem Lesen fertig war, hatte er nichts gefunden. Trotzdem war er überzeugt, dass sich zwischen den Zeilen ein Hinweis versteckte, der ihm helfen würde. Er begann von neuem, las die Dateien in einer anderen Reihenfolge: Bertram, Brenner, Neuberger, Anja. Wieder nichts, aber das Gefühl, auf einer Spur zu sein, hatte ihn nicht verlassen, es hatte sich sogar verstärkt. Er las alles zum dritten Mal: Neuberger, Bertram, Anja, Brenner. Danach wusste er, dass er seinem Ziel nähergekommen war. Er hatte sich nicht geirrt, es gab in den Dateien etwas, das sie verband.

Es leuchtete ihm ein, warum es so schwierig gewesen war, dieses Gemeinsame zu finden. Es waren nicht einzelne Aussagen, die ihm weiterhalfen; erst wenn er verschiedene Hinweise aneinanderreihte, ergaben sie den Anhaltspunkt, den er suchte. Es war wie ein Puzzle, das Bild war erst zu erkennen, wenn man die Teile auf die richtige Stelle legte.

Er schloss seine Augen für einige Sekunden, zwang sich, an nichts anderes zu denken, um alles wegzuspülen, was seine Konzentration ablenken konnte:

Brenner hatte gesagt, dass Volkert versuchte, seine Rückkehr zu seiner eigenen Dienststelle hinauszuzögern, obwohl er anfangs darüber geklagt hatte, wie wenig es ihm in Barsinghausen gefiele und wie sehr er sich wünschte, wieder nach Hause zu gehen.

Anja hatte erklärt, dass Vera nach dem Tod ihres Mannes öfter – auf jeden Fall mehr als einmal – Volkert im Büro aufgesucht hatte, obwohl es dort für sie eigentlich nichts mehr zu erledigen gab.

Neuberger hatte erwähnt, dass er Vera in einem Auto zwischen Hameln und Bodenwerder gesehen hatte.

Bertram hatte gesagt, dass sich seine Mutter an der Weser sonnte, während sie mit ihm telefonierte.

Er selbst hatte einen Stadtplan im Arbeitszimmer von Vera Matuschek gesehen.

Als Marder den Hinweis auf Volkerts Sehnsucht nach seinem Zuhause zum dritten Mal gelesen hatte, war ihm eingefallen, um welche Stadt es sich dabei handelte. Er erinnerte sich daran, dass Volkert ihm einmal gesagt hatte, er würde gern so schnell wie möglich nach Holzminden im Süden des

Weserberglandes zurückkehren, weil dort häufiger die Sonne schiene als am Deister. Marder fiel auch ein, dass der Stadtplan, mit dem Anja die Post für ihre Mutter auf deren Schreibtisch beschwerte, der von Holzminden war.

Holzminden liegt an der Weser. Wenn man von Barsinghausen dorthin will, fährt man über Hameln und Bodenwerder an der Weser entlang. Wer sich in Holzminden nicht auskennt, braucht einen Stadtplan, zumindest während seiner ersten Besuche. Später kann man ihn zu Hause lassen.

Marder sah nun ein Bild, das sich zusammensetzen ließ: Volkert und Vera hatten sich während Volkerts Zeit in Barsinghausen kennengelernt, hatten Freundschaft geschlossen, vermutlich waren sie ein Liebespaar geworden. Vera hatte nicht verheimlicht, dass sie nach Alfreds Tod keine Trauer empfand, und fühlte nicht, dass sie ihm über den Tod hinaus Liebe und Treue schuldete – vielleicht hatte sie es vor seinem Tod schon nicht getan. Darum hatte es am Ende Volkert nicht mehr so eilig, Barsinghausen zu verlassen. Als er doch zurück nach Holzminden musste, hat Vera ihn dort ab und zu besucht. Das waren ihre rätselhaften Abwesenheiten. Der Weg nach Holzminden war in weniger als zwei Stunden zu schaffen, deswegen war Vera stets nur für zwei oder drei Tage dorthin gefahren. Warum sie diese Reisen so geheim hielt, würde er Vera fragen müssen, wenn er sie fand.

Im Moment konnte er darüber nur spekulieren: Vielleicht befürchtete Vera, dass man es nicht als schicklich ansehen würde, dass sie sich so kurz nach dem Tod ihres Mannes mit einem anderen zusammentat. Vielleicht war es ihr auch peinlich gewesen, dass sie bei Christian Neuberger mit ihren eindeutigen Angeboten keinen Erfolg gehabt hatte, und sie wollte nicht in den Verdacht geraten, mit einer zweiten Wahl zufrieden zu sein? Ja, dachte Marder, das könnte der Grund sein, warum sie ihre Verbindung mit Volkert nicht der Öffentlichkeit preisgeben wollte.

Auch Volkert mochte seine Gründe haben, die Liebe zu Vera – wenn es denn Liebe war – nicht in die Welt hinaus zu posaunen. Er wollte vermutlich nicht in den Ruf kommen, die Notlage einer frischen Witwe auszunutzen, die dazu noch die Frau eines früheren Kollegen war. Deshalb kam Volkert nie nach Barsinghausen, sondern Vera musste ihn in Holzminden besuchen, wo keiner sie kannte. Marder fragte sich, wie Volkert Vera seinen Bekannten vorstellte, wenn er sie überhaupt jemandem vorstellte.

Die Schlüsse, die er bisher gezogen hatte, beruhten auf Vermutungen, dessen war Marder sich bewusst. Sie schienen ihm logisch, dennoch konnte er nicht ausschließen, dass es die Hirngespinste eines Kriminalkommissars im Ruhestand waren, der den Bezug zu der Realität verloren hatte. Hatte er vielleicht irgendetwas völlig falsch interpretiert? Sich in wilde Spekulationen verliebt, nur weil er bisher in seinen Ermittlungen nicht weitergekommen war? Nein, dachte er noch einmal, ich bin tatsächlich der Wahrheit auf der Spur. Er war überzeugt, den Zugang zum Rätsel um Veras Abwesenheiten gefunden zu haben. Das alles erklärte allerdings noch nicht, warum sie seit fast zwei Wochen verschwunden war. Er musste die Antwort auf diese Frage in Holzminden suchen. Dort würde er Vera aufspüren, und wenn nicht, würde er dort zumindest den nächsten Schritt auf der Suche nach ihr machen.

Er beschloss, für den Rest dieses Tages im Schatten zu sitzen. Morgen früh werde ich nach Holzminden fahren, nahm er sich vor. Ich werde schauen, ob die Puzzleteile, die ich mir in der Theorie zurechtgelegt habe, in der Wirklichkeit zusammenpassen. Ich werde erst einmal mit niemandem über meine Vermutungen sprechen, höchstens mit meiner Frau, falls sie mich heute Abend anruft. Besser noch … ich rufe sie an, sie kennt sich in den Leiden und Leidenschaften zwischen Männern und Frauen besser aus als ich, sie wird mir bestätigen, dass das Szenario, das ich konstruiert habe, kein Unsinn ist. Morgen Abend wird der Fall von Veras Verschwinden gelöst sein, und ich kann alle Welt mit einer einfachen Erklärung überraschen.

9

Wie Serpentinen in den Alpen führte die Straße steil und kurvig den Deister hinauf. Der Volkswagen begann zu stottern, Marder schaltete gerade noch rechtzeitig vom fünften in den dritten Gang, bevor der Motor die Arbeit verweigerte. Fahrer und Fahrzeug waren Passstraßen aus dem flachen Land um Stade nicht gewohnt.

Vor seiner Abfahrt aus Barsinghausen hatte Marder im Büro der Kriminalpolizei vorbeigeschaut. Er hatte sich angeboten, Volkerts Jacke, die der dort hinterlassen hatte, mitzunehmen, wenn er schon auf dem Weg zu ihm war. Sie hing nach wie vor im Schrank in Brenners Büro, nach dem Gespräch mit Marder hatte Brenner sie wieder ignoriert. Das Sakko schimmerte in ermattetem Grau und strahlte die Müdigkeit vieler Dienstjahre aus. An den Ellenbogen waren lederne Schonecken angenäht, von denen Marder bisher geglaubt hatte, es gäbe sie nur in satirischen Filmen, in denen man sich über die angebliche Beamtenmentalität lustig macht.

Vielleicht kann ich Volkert damit eine Freude bereiten, dachte er, als er die Jacke auf den Rücksitz seines Autos legte. Vielleicht hat er das wertvolle Stück vermisst und kann sich nicht erinnern, wo er es vergessen hat. Vielleicht hat er sich auch gewundert, warum ihm zwei Euro fehlen. Marder hatte das Geldstück entdeckt, als er die Taschen abgetastet hatte.

Marder erreichte den höchsten Punkt der Strecke, bevor er sich an das Fahren durch die engen Kurven des Nienstedter Passes gewöhnt hatte. Am Scheitelpunkt der Straße zeigte ein Schild die Höhe mit zweihundertsiebenundsiebzig Meter über Normalnull an. Das sind mehr als zwanzig Elbdeiche übereinander, rechnete er aus. So unverhofft, wie er oben angekommen war, war er auf der anderen Seite des Deisters wieder im Tal.

Auf sanft geschwungenen Straßen fuhr Marder durch das Schaumburger Land, eine sympathische Landschaft aus Wiesen, Feldern, Bächen und Dörfern. Heute lag jedoch keine friedliche Stille über dieser milden Gegend. Zu heiß lastete die Luft des späten Vormittags über dem Land. Sie war für Menschen, Tiere und Pflanzen gleichermaßen schwer zu ertragen. Die Büsche am Straßenrand und auf den Feldern schienen sich zu ducken, als wollten sie den unbarmherzigen Sonnenstrahlen ausweichen. Die Bäche führten kaum Wasser, bis auf einige schlammige Pfützen waren sie leer. Die Menschen schienen sich wegen der Hitze in ihren Häusern zu verstecken. Die ganze Welt wartete auf erlösenden Regen und kühlere Temperaturen.

Marder fuhr auf der Umgehungsstraße an Hameln vorbei. Die Sage um den Rattenfänger, der mit seinem Flötenspiel die Kinder der geizigen Bürger dieser Stadt angelockt und in die Fremde entführt hatte, war seit der Zeit im Kindergarten in sein Gedächtnis eingeprägt. Damals hatte er geglaubt, die Stadt Hameln existiere in Wirklichkeit nicht, sie sei lediglich ein Ort in einem Märchen, so wie das Wunderland, wohin es Alice verschlagen hatte. Heute war er nicht in der Stimmung nachzuschauen, ob die Altstadt tatsächlich so romantisch war, wie er von Freunden gehört hatte. Solange er Vera Matuschek nicht gefunden hatte, war er zu ungeduldig, um Sehenswürdigkeiten zu genießen. Sollte die Suche nach Vera in Holzminden zu einem schnellen und guten Ende führen, würde er auf seiner Rückreise Halt in Hameln machen.

Die Straße führte durch ein weites und beschauliches Tal entlang der Weser. Die Höhenzüge, die es einsäumten, griffen nicht nach den Sternen, sie reckten sich bestenfalls nach tiefen Wolken, auch wenn sich heute keine am Himmel zeigte. Marder konnte verstehen, dass Menschen, die zwischen den Hügeln der Mittelgebirge aufgewachsen waren, sich in der scheinbar grenzenlosen Ebene zwischen Heide und Küste verloren fühlten. Kurz hinter Hameln führte eine Allee unmittelbar am Fluss entlang. Auf einer Seite wurde sie durch eine Mauer aus Natursteinen begrenzt, während sich von der Flussseite riesige Platanen über die Fahrbahn lehnten und einen Tunnel aus Schatten bildeten. Zwischen den Stämmen der Bäume konnte er das Wasser der Weser glitzern sehen. Es ist schön hier, dachte er.

Irgendwo auf dieser Straße musste Christian Neuberger Vera Matuschek begegnet sein, als sie nach einem Besuch in Holzminden nach Hause fuhr. Was war es, das Vera an Volkert anzog? Eigentlich war Volkert nach Marders Einschätzung nicht der Typ von Mann, der Vera interessieren würde. Aber da konnte er sich natürlich irren. Selbstverständlich konnte er die Frage auch umgekehrt stellen: Was war es, das Volkert an Vera faszinierte? Marder erinnerte sich, dass er beide wenig liebenswert fand, als er sie kennenlernte. Vielleicht lag das aber auch an der Situation, in der sie sich damals befunden hatten. Vielleicht hatten sie sich inzwischen geändert und verhielten sich ganz anders, wenn sie zusammen waren. Konnte es sein, dass er es selbst war, der überheblich durchs Leben ging? Der seine Mitmenschen viel zu schnell beurteilte, sogar verurteilte? Der von Menschen erwartete, dass sie sich so verhielten, wie es seinen persönlichen Vorstellungen entsprach?

Er war sich sicher, dass Vera und Volkert für ihn ebenso wenig Sympathie empfanden wie er für sie – und vielleicht waren sie damit im Recht. Wenn sie über ihn sprachen – was bestimmt selten vorkam –, fragten sie sich vielleicht, wie ein so unangenehmer Typ wie dieser Marder eine Frau gefunden hatte, die bereit war, mit ihm Tisch und Bett zu teilen.

Sein erster Eindruck von Holzminden war enttäuschend. Er hatte eine Stadt erwartet, deren Häuser den Hintergrund einer attraktiven Uferpromenade bildeten. Diesen Gefallen tat ihm der Ort nicht. Das Ufer der Weser im Stadtgebiet war ein ehemaliges, jetzt stillgelegtes Industriegelände. Der Fluss wurde am Kai von zwei verrosteten Bahngleisen begleitet. Früher hatte hier zweifellos reger Handel geherrscht, und das Be- und Entladen von Schiffen war in hektischer Geschäftigkeit geschehen. Diese Szenerie war den modernen Transportmitteln auf Schiene und Straße zum Opfer gefallen. Die Bewohner der Stadt hatten das verlassene Ufer des Flusses bisher weder für ihr Vergnügen noch für ihre Erholung reklamiert.

Die eigentliche Stadt begann hinter einer Häuserreihe. Das Zentrum bildete ein großer viereckiger Platz, umgeben von Gebäuden, deren Fassaden die lange Geschichte des Ortes widerspiegelten. Die Mitte des Platzes wurde durch einen Kranz von Platanen gesäumt, deren Kronen wie mit einem Lineal gezeichnet waagrecht beschnitten waren. Sie schirmten das Pflaster gegen die brennende Sonne ab. Marder setzte sich in einen Korbstuhl vor einem der zahlreichen Restaurants in ihren Schatten. Auf dem Platz herrschte reger Betrieb, jetzt um die Mittagszeit war gerade der Wochenmarkt zu Ende gegangen, die Händler waren dabei, ihre Stände abzubauen und mit ihren Lieferwagen vom Platz zu fahren. Müllmänner in rosa Leuchtanzügen begannen, die leeren Kartons, die die Händler zurückgelassen hatten, einzusammeln. Radfahrer trauten sich wieder auf den Platz, Kinder spielten im Wasser, das aus einem Brunnen sprudelte, ältere Ehepaare schlenderten ziellos umher. Frauen mit bunten Plastiktüten und energischen Schritten hetzten in die Seitenstraßen, sie hatten es wohl eilig, ihre Einkäufe rechtzeitig zum Mittagessen nach Hause zu bringen. Eine Gruppe von Teenagern überquerte den Platz, die Mädchen waren leicht und knallbunt gekleidet. Marder fragte sich, ob es gut war, dass sich junge Mädchen in der Öffentlichkeit in derartig knappen Outfits zeigten. Kellner in lila Westen brachten Stühle und Tische ins Freie und stellten sie dort zu Sitzgruppen zusammen, wo vor kurzem noch die Obst-, Fisch-, Brot- und Fleischverkäufer ihre Produkte angeboten hatten. Marder fragte sich, ob Vera unter diesen Bäumen gesessen hatte, als sie zu Bertram am Telefon gesagt hatte, sie säße an der Weser und sonne sich. Wahrscheinlich nicht, denn der Fluss war mehr als hundert Meter entfernt.

Er hatte für den Rest des Tages einen Plan, der so einfach war, dass er eigentlich gar kein Plan war. Marder wollte ins Büro der Kriminalpolizei gehen und sich zu Kommissar Volkert bringen lassen. Er würde Volkert freundlich begrüßen, ihm versichern, wie sehr er sich freue, ihn wiederzusehen, danach sich wie beiläufig nach Vera Matuschek erkundigen. Volkert würde ihn vermutlich verwundert anschauen und ihm mitteilen, dass Vera zwar bei ihm zu Besuch sei, dass das aber niemanden etwas angehe. Er selbst würde ihm daraufhin kollegial erklären, warum dies nicht korrekt sei, und erläutern, dass er beauftragt sei, Veras Aufenthaltsort festzustellen, und dass Erik Falkenberg in der Zentrale der niedersächsischen Kriminalpolizei auf die Information warte, dass er Vera wohlbehalten aufgefunden habe. Als Letztes würde er auf einen Anruf bei Volkert zu Hause bestehen, wo sich Vera melden würde, um zu bestätigen, dass es ihr gut gehe. Damit wäre die Suche nach Vera Matuschek beendet, und Marder könnte wieder zu seiner Frau und in seinen Ruhestand nach Stade zurückfahren. Vorher wollte er Volkert noch seine alte Jacke zurückgeben.

Ein paar Tage später würde er Erich Falkenberg eine spärliche Spesenabrechnung zuschicken. Sie würde in Erichs Kostenbudget kaum ins Gewicht fallen.

Das Gebäude der Kriminalpolizei in Holzminden lag am Rande der Innenstadt. Es war ein Haus aus roten Klinkern. Es strahlte die Ruhe und Sicherheit aus, für die die Menschen, die darin arbeiteten, in der Stadt zu sorgen hatten. Marder informierte den Mann am Empfangstresen, dass er Kommissar Volkert in einer dienstlichen Angelegenheit zu sprechen wünsche.

»Es tut mir leid, aber Kommissar Volkert ist nicht im Haus. Seine Stellvertreterin ist Frau Bistorf-Kuntze. Vielleicht kann sie Ihnen weiterhelfen.«

Damit war Marders Plan zwar nicht total gescheitert, aber es lief nicht so, wie er es sich ausgemalt hatte. Sicher würde Volkert in Kürze wieder in sein Büro zurückkehren, dann würde sein Plan, wenn auch mit etwas Verspätung, wie vorgesehen weiterlaufen. Um die Zeit bis dahin zu überbrücken, hatte er nichts dagegen, mit der Stellvertreterin zu plaudern.

Marder fand das Büro von Frau Bistorf-Kuntze im ersten Stock. Die Beamtin war unwesentlich älter als seine Tochter und gehörte zu der Generation von Kriminalbeamten, die nicht mehr fast ausschließlich aus Männern bestand, wie es noch in seiner Anfangszeit bei der Polizei der Fall gewesen war. Marder fand das gut, er hätte sich in seiner Laufbahn mehr Kolleginnen gewünscht, das hätte der rustikalen und derben Arbeitsatmosphäre einer von Männern dominierten Organisation sicherlich wohlgetan. Frau Bistorf-Kuntze trug einen Hosenanzug – das fand Marder schade, er war der altmodischen Ansicht, dass Frauen, auch wenn sie Karriere machten, in Kleidern besser aussahen als in den langweiligen Anzügen der Männer. Frau Bistorf-Kuntze wirkte selbstbewusst und konzentriert, nicht überheblich, eine junge Frau auf dem Weg zu einem Ziel, das ihr vielleicht noch nicht klar war.

Sie schaute Marder fragend an. Marder stellte sich vor und erklärte, er sei im Auftrag von Erich Falkenberg nach Holzminden gekommen, um sich mit Kommissar Volkert zu unterhalten. Sie wusste sofort, wer Erich Falkenberg war, und bat Marder, sich zu setzen.

»Darf ich Ihnen einen Kaffee anbieten?«, fragte sie.

»Ich dachte, Sie würden nie fragen. Da Sie selbst sicher auch einen trinken möchten, nehme ich gern ebenfalls einen.«

Der ehemalige Kommissar und die junge Kollegin schauten sich lächelnd an. Sie waren sich einig, dass sie sich sympathisch waren. Die ersten zwanzig Sekunden entscheiden, ob man sich mag oder nicht, hatte Marder erst vor kurzem in einer halbwissenschaftlichen Zeitschrift gelesen. Frau Bistorf-Kuntze legte einen Filter in die Kaffeemaschine, füllte Kaffee hinein und drückte auf einen roten Knopf. Das Wasser fing an zu gurgeln, der heiße Dampf zwang seinen Weg durch das Kaffeemehl, und in wenigen Minuten schwebte der Duft von frisch gebrühtem Kaffee durch das Zimmer. Frau Bistorf-Kuntze füllte zwei große Tassen, stellte sie auf ein Tablett, daneben je ein Schälchen mit Milch und

Zucker. Marder gefiel es im Büro der Kriminalpolizei in Holzminden.

»Sie möchten Kommissar Volkert sprechen. Darf ich fragen, in welcher Angelegenheit?«

»Das möchte ich Herrn Volkert lieber persönlich sagen, es ist etwas, das nur ihn angeht. Der Kaffee ist köstlich. Brasil-mild, denke ich.«

Frau Bistorf-Kuntze schüttelte verneinend den Kopf.

»Also kein Brasil-mild.« Marder war enttäuscht, eigentlich war er in Bezug auf Kaffee ein Experte.

»Doch damit liegen Sie richtig. Aber Herrn Volkert können Sie nicht sprechen. Ich bedauere, er ist zurzeit nicht im Haus, und ich kann Ihnen leider nicht sagen, wann er wieder zurück sein wird.«

»Das verstehe ich nicht. Sie wissen nicht, wo Ihr Chef ist und wann er wieder im Büro sein wird?«

»Tja … also … die Sache ist so: Kommissar Volkert hätte gestern aus dem Urlaub zurückkommen sollen. Ist er aber nicht. Das ist eigentlich keine große Sache, er hatte schon vorher angekündigt, dass er eventuell einen Tag oder zwei dranhängen würde. Außerdem läuft es auch ohne ihn hier auf der Dienststelle ganz gut.«

Eigentlich meint sie, dass es besser ohne Volkert läuft als mit ihm, dachte Marder. Aber das kann sie natürlich nicht sagen – und ich auch nicht.

»Herr Volkert hat ein paar Überstunden angesammelt, die er ohnehin noch abbummeln muss. Deswegen habe ich mir nichts dabei gedacht, als er gestern nicht ins Büro gekommen ist.«

»Dennoch wundert es mich, dass er nichts von sich hören lässt.«

»Das sehe ich auch so. Wenn er sich bis heute Mittag nicht meldet, werde ich ihn anrufen. Wenn Sie möchten, können wir das auch sofort tun.«

Marder wollte gerade sagen, dass ihm das recht sei, aber eine innere Eingebung hielt ihn zurück.

»Haben Sie seine Urlaubsadresse?«

»Ja, selbstverständlich, das ist bei uns Pflicht. Man weiß ja nie, was sich in einem laufenden Fall tut, wenn der Kollege, der ihn bearbeitet, gerade im Urlaub ist. Deswegen muss er immer erreichbar sein.«

Frau Bistorf-Kuntze dachte offensichtlich nicht daran, dass ihr ein Kommissar gegenübersaß, der die Regeln der Kriminalpolizei genauso gut kannte wie sie selbst. Marders Frau Iris hatte sich in den Ferien jedes Mal geärgert, wenn das Telefon klingelte und die Dienststelle in Stade am anderen Ende der Leitung war. Manchmal folgten dann lange Gespräche mit den Kollegen, die die schönsten Tage des Jahres erheblich störten. Einmal musste Marder sogar seinen Urlaub abbrechen. Da war Iris richtig sauer geworden.

Inzwischen hatte Frau Bistorf-Kuntze etwas auf einen Zettel notiert und Marder zugeschoben. Es war eine Adresse in Schweden. Darunter stand eine Handynummer.

Marder faltete den Zettel zusammen und steckte ihn in seine Jackentasche.

»Können Sie mir auch die Adresse von Kommissar Volkert hier in Holzminden geben? Wohnt er in der Nähe?«

»Nur um die Ecke. In Holzminden wohnt jeder um die Ecke. Wir sind eine kleine Stadt.«

»Wissen Sie, ob Herr Volkert allein verreist ist oder in Begleitung?«

»Es tut mir leid, Herr Marder, über solche Dinge reden Volkert und ich nicht mehr, daher kann ich Ihnen keine definitive Antwort geben. Aber ich bin ziemlich sicher, dass er mit einer Frau unterwegs ist – wenn nicht, wäre das mal was Neues.«

Da gibt es etwas, was sie mir nicht erzählen will, dachte Marder, aber das finde ich später heraus. Im Moment würden weitere Nachfragen meine vertrauensvolle Beziehung zu Frau Bistorf-Kuntze nur gefährden.

Volkerts Wohnung lag in einer Straße, die im rechten Winkel auf die Weser zulief und zum ältesten Teil der Stadt gehörte. Die kleinen Häuser standen hier seit Jahrhunderten aneinandergedrängt und warteten auf weitere Jahrhunderte. Es waren Gebäude aus Fachwerk, die den Kriegen und Stürmen getrotzt hatten oder so geschickt renoviert worden waren, dass sie nach authentischem Mittelalter aussahen.

Die Wohnung war in einem schmalen Haus, das zwischen zwei anderen schmalen Häusern eingeklemmt war. Das Haus neigte sich im Erdgeschoss nach links, dafür im zweiten Stock nach rechts. Nur die erste Etage schien senkrecht zu stehen, was dem Gebäude unter Anlehnung an die Nachbarn seine Stabilität sicherte. Im Haus befanden sich zwei Wohnungen, eine im Erdgeschoss, die zweite umfasste den ersten und den zweiten Stock. Die obere Wohnung, vor allem die Räume im zweiten Stock, schien besonders für kleine Leute geeignet zu sein; die Wände liefen vom Fußboden direkt schräg zum Dachfirst. Zwischen den Fachwerkbalken waren winzige Fenster, die in noch winzigere Scheiben unterteilt waren. Dahinter musste es so düster sein, dass man auch tagsüber elektrisches Licht brauchte. Das Haus war im Jahr MDCXXIII erbaut worden – das stand jedenfalls in goldenen Zeichen auf dem Balken über der Eingangstür. Marder versuchte, sich an seine Lateinkenntnisse aus der Zeit im katholischen Gymnasium zu erinnern. Er beließ es dabei, dass das Haus ziemlich alt war. Auf einem Balken über dem ersten Stock stand in altdeutscher Schrift: *Gott behüte alle Männer und alle treuen Frauen die hier ein und aus gehen*. Von Männern erwartete man damals offensichtlich keine Treue. Volkert wohnte in der unteren Wohnung, vielleicht war er der Eigentümer des Hauses.

Die Haustür war grün, von weißen Balken eingerahmt, vor dem Haus hatte jemand ein Damenfahrrad an einen Fahrradständer gekettet. Marder versuchte, durch eine angelaufene Fensterscheibe in das Innere der Wohnung zu blicken. Irgendjemand bewegte sich dahinter, aber Marder konnte nicht erkennen, ob es Volkert war, eventuell sogar Vera Matuschek. Er drückte auf den Klingelknopf. Eine Frau um die vierzig öffnete die Haustür. Es war nicht Vera, sondern eine Frau in einem Putzkittel, ein Tuch neckisch ums Haar geschlungen, in der Linken hielt sie einen Handbesen.

»Ach«, entfuhr es ihr, während sich Enttäuschung auf ihrem Gesicht breit machte. »Ich dachte, Sie wären Herr Volkert.«

Sie sprach mit einem Akzent. Osteuropa, dachte Marder, vermutlich Polen.

»Nein«, antwortete Marder. »Es tut mir leid, dass ich nicht Herr Volkert bin, aber ich suche ihn. Können Sie mir sagen, wo ich ihn finde? Ich muss dringend mit ihm sprechen.«

»Ich weiß nicht, ob ich Ihnen Auskünfte geben darf. Ich mache hier nur sauber.«

Die Frau schien den Besucher nicht einordnen zu können und war ebenso misstrauisch wie zurückhaltend. Marder erklärte ihr, dass er ein Kollege von Herrn Volkert aus Stade sei und ihn dienstlich sprechen müsse. Unbewusst wollte er in seine Jackentasche greifen, um einen Ausweis herauszuholen, der ihn als Mitglied der Kriminalpolizei auswies. Gerade noch rechtzeitig fiel ihm ein, dass er nur noch ein Dokument hatte, das ihn als ehemaligen Kriminalbeamten und jetzigen Rentner auswies. Er verzögerte seine Bewegung und erklärte der Frau, dass er bereits im Büro der Polizei gewesen sei und die Kollegen ihn informiert hätten, dass Herr Volkert vermutlich zu Hause zu erreichen sei. Wie sie denn heiße, fragte er die Frau mit Autorität in der Stimme.

»Ich heiße Olga Wahlberg«, stellte sie sich vor. Marder schloss aus ihrem ausgezeichneten Deutsch mit dem charmanten Tonfall, dass sie vor längerer Zeit in die Bundesrepublik gekommen war und vermutlich Herrn Wahlberg geheiratet hatte.

»Ich kann Ihnen wirklich nicht helfen«, fügte Frau Wahlberg hinzu, nun überzeugt, es mit einem seriösen Beamten zu tun zu haben. »Ich wundere mich selbst, dass Herr Volkert noch nicht hier ist. Er wollte gestern aus dem Urlaub zurückkommen, aber er ist nicht da.«

»Wenn Herr Volkert nicht zu Hause ist, wie sind Sie in die Wohnung gekommen?«

»Ich habe einen Schlüssel, ich komme zweimal in der Woche zum Saubermachen. Normalerweise ist Herr Volkert dann im Büro.«

»Sie sagten, er wollte gestern wieder zu Hause sein? Er hat sich also nicht gemeldet, um Sie zu informieren, dass er später kommen würde?«

Marder hatte inzwischen von Olga Wahlberg die Erlaubnis erhalten, das Haus zu betreten. Das Wohnzimmer war aufgeräumt und staubfrei, wahrscheinlich das Ergebnis von Frau Wahlbergs Arbeit.

»Ich habe nichts von ihm gehört, aber er ist mir schließlich keine Rechenschaft schuldig. Es ist auch früher schon passiert, dass er einen Tag oder mehrere später von einer Reise zurückgekommen ist, als er es geplant hatte. Na ja, ich hoffe, die beiden genießen ihre Ferien.«

»Die beiden? Er ist also nicht allein verreist?«

»Nein, er ist mit seiner Freundin gefahren.«

Marder war sicher, dass er nun Vera Matuschek auf der Spur war.

»Wissen Sie, wie seine Freundin heißt?«

»Nein, leider nicht. Sie ist ja nur selten hier und dann immer nur für eine kurze Zeit, zwei Tage oder so.«

»Haben Sie die Frau nie persönlich kennengelernt?«

»Ich habe sie nur einmal kurz gesehen, da habe ich gerade das Haus verlassen, als sie ankam. Herr Volkert hat uns nicht vorgestellt, und nach ihrem Namen wollte ich sie nicht fragen. So etwas tut eine Putzfrau nicht. Ich hatte irgendwie das Gefühl, dass ihr nichts daran lag, und ich wollte mich nicht aufdrängen.«

Das hört sich ganz nach Vera Matuschek an, dachte Marder. Das muss sie sein.

»In seinem Büro hat man mir erzählt, dass Herr Volkert nach Schweden gefahren ist.«

»Ja, das stimmt, er hat dort ein Ferienhaus gemietet.«

»Hat er Ihnen Näheres darüber mitgeteilt, zum Beispiel wo das Haus liegt oder wie man dorthin kommt?«

»Nein, warum sollte er das tun? Ich habe keine Ahnung, wo genau in Schweden es ist … Aber warten Sie mal, er hat auf dem Tisch in der Küche einen Ausdruck aus dem Internet liegen lassen, für den Fall, dass ich ihn unbedingt erreichen müsste, falls das Haus hier abgebrannt ist oder Ähnliches … aber in dem Fall wäre der Zettel ja bestimmt mit verbrannt.«

Frau Wahlberg lächelte verlegen, als hätte sie ein schlechtes Gewissen wegen ihres schlechten Scherzes.

»Na ja, da steht jedenfalls drauf, wo das Haus genau liegt. Außerdem steht die Telefonnummer von dem Vermieter darauf. Ich glaube, es ist eine Familie in Braunschweig.«

Olga Wahlberg hatte ihren Arbeitskittel abgelegt und sah nun nicht mehr wie eine Putzfrau aus, sie wirkte wie eine Dame, die eher selbst Reinigungsfachkräfte beschäftigte. Sie holte den Ausdruck aus der Küche und reichte ihn Marder.

»Es tut mir leid, Herr Kommissar, aber ich muss jetzt los. Ich bin mit meinem Mann verabredet. Wir wollen ein bisschen durch die Stadt bummeln und dann Eis essen gehen. Dazu kommen wir selten, weil er beruflich meistens außerhalb ist.«

»Ich lasse Sie sofort gehen, Frau Wahlberg, aber ich habe noch eine oder zwei Fragen an Sie.«

»Okay. Fragen Sie.«

»Können Sie mir sagen, seit wann Herr Volkert mit dieser Frau befreundet ist?«

Olga Wahlberg überlegte. Marder stellte noch einmal fest, dass sie eine attraktive Frau war. Er konnte verstehen, dass ein Mann sich gern mit ihr in der Stadt zeigte.

»Herr Volkert hat mir nie gesagt, dass er eine Freundin hat. Aber wenn man bei einem Mann in der Wohnung sauber macht, merkt man das natürlich. Woran genau, kann ich nicht sagen. Irgendwie ist eine Wohnung anders aufgeräumt oder riecht anders, nachdem eine Frau darin zu Besuch war. Wenn ich mich richtig erinnere, muss es vor etwas mehr als einem oder vor fast anderthalb Jahren gewesen sein, dass seine Freundin zum ersten Mal hergekommen ist.«

»Früher auf keinen Fall?«

»Nein, da bin ich mir ganz sicher. Ich arbeite bei ihm schon eine Weile. In den ersten Monaten habe ich immer gedacht, es ist doch komisch, dass ein Mann in seiner Stellung keine Frau hat. Inzwischen weiß ich, dass er mal verheiratet war, aber geschieden ist.«

»Ich weiß, Sie haben es eilig. Aber können Sie mit ein paar Worten die Freundin von Herrn Volkert beschreiben?«

Olga Wahlberg beschrieb eine Frau, die nur Vera Matuschek sein konnte.

Marder bat Frau Wahlberg, ihm ihre Telefonnummer zu geben für den Fall, dass ihm noch etwas Wichtiges einfiele, was er sie fragen wolle. Sie zögerte. Marder wies darauf hin, dass es sich bei seinem Anliegen um eine Ermittlung in einem Fall mit möglicherweise kriminellem Hintergrund handelte. Da gab sie nach und schrieb ihre Nummer auf ein Stück Papier.

»Aber machen Sie keinen Unsinn mit dieser Nummer, mein Mann hat es nicht gern, wenn ich meine Telefonnummer fremden Männern gebe.«

Sie machte ein strenges Gesicht.

Marder ging zur Weser und setzte sich auf eine Bank. Er nahm sein Handy aus der Tasche und wählte Volkerts Nummer, die Frau Bistorf-Kuntze für ihn herausgesucht hatte. Nach ein paar Sekunden erklärte ihm eine herzlose Computerstimme, dass der Teilnehmer vorübergehend nicht zu erreichen sei.

10

Als Marder Holzminden verließ, krauchten die ersten Schatten die östliche Seite der Hügel an der Weser hinauf. Die Hitze des Tages hatte alles ermattet, was von den unerbittlichen Strahlen der Sonne getroffen wurde. Selbst das Wasser wirkte trocken und quälte sich den Fluss hinunter, als wolle es sich in seinem Bett am liebsten zum Schlafen legen.

Marder brauchte eine Pause. Einmal nicht über Vera und Volkert nachdenken. Er schaltete das Autoradio ein. Er suchte NDR 1 und hoffte auf Oldies aus den Sechzigern und Siebzigern: Beatles, Simon and Garfunkel, Cat Stevens oder Lieder von dem Amerikaner, der so gern auf Country Roads durch die Rocky Mountains kutschierte. Das war Musik, bei der er sich entspannen konnte, gleichzeitig erinnerte sie ihn an seine wilden Zeiten mit den Mädchen, die nach den Maßstäben von heute überhaupt nicht besonders wild gewesen waren. Auf dem Sender lief Volksmusik. Statt Pop und Rock in Englisch bekam er Liebe und Triebe, Sonne und Wonne, Herz und Schmerz in Deutsch.

Bei Bodenwerder hatte er genug davon und wechselte zu NDR 2 auf der Suche nach flotter Schlagermusik aus den Achtzigern und Neunzigern. Wieder lag er daneben. Musikgruppen mit kreativen Namen schlugen unkreativ auf ihre Instrumente ein, das war die hektische unmelodische Musik der Post-Disko-Generation, die ihm keine Zweifel daran erlaubte, dass er ein alter Mann geworden war.

Hastig, noch vor Hameln, wechselte er zu NDR 3, dem Sender für klassische Musik. Er war sich sicher, damit konnte er keinen Fehler machen: Mozart, Bach, Grieg, Beethoven oder die Herren Strauß aus Wien wurden hier den ganzen Tag in leicht verdaulichen Happen serviert. Leider nicht heute. Es lief die Live-Übertragung eines Konzerts mit Werken des einundzwanzigsten Jahrhunderts aus der Hamburger Musikhalle, die jedoch nicht mehr so hieß. Sie war nach einem Sponsor umbenannt worden, ebenso wie Fußballstadien oder Eishockeyhallen, eine kaum zu verzeihende Banalisierung der Kultur im Land der Dichter und Denker. Die Musik war nicht das, was Marder unter Klassik verstand. Es waren Tonfolgen, bei denen er keinen Takt und erst recht keine Harmonien erkennen konnte. Er fand diese Geräusche unverdaulich, zwang sich jedoch, zuzuhören, weil er nicht eingestehen wollte – nicht einmal sich selbst –, dass er moderne Musik nicht verstand. Während er sich über sich ärgerte, vergaß er, nach Hameln einzubiegen. Der Rattenfänger und seine Stadt waren Jahrhunderte ohne ihn ausgekommen, sie würden Marders Besuch auch heute nicht vermissen.

Schließlich konnte er die Musik aus Hamburg nicht länger ertragen und wechselte zu NDR 4: Nachrichten den ganzen Tag – auch an Tagen, an denen nichts Berichtenswertes geschah. Marder hörte aufmerksam zu und wusste nach einer Viertelstunde alles, was an diesem Tag in Deutschland und in der Welt passiert war. Als sich die Nachrichten zu wiederholen begannen, ohne dass sich etwas Neues ereignet hatte, machte er das Radio aus. Nun hörte er nur das Summen der Räder auf dem Asphalt und den leisen Gesang der Klimaanlage. Es würde bis Barsinghausen noch eine gute halbe Stunde dauern.

Welchen Sender hatten wohl Vera und Volkert auf ihrer langen Autofahrt in den Norden gehört? Vera zog vermutlich leichte klassische Musik vor, Operetten oder romantische Symphonien, als Alternative vielleicht die Stones in ihren frühen Jahren, ganz bestimmt die Beatles.

Zu Volkert schien überhaupt keine Musik zu passen. Eventuell Trommeln und Marschmusik. Marder vermutete, dass der Kommissar sich mit der endlosen Nachrichtenschleife mit Staumeldungen und Wetterberichten begnügte. Es fiel Marder schwer, sich irgendetwas Positives in Verbindung mit Volkert vorzustellen. Gut, dass ich kein Richter geworden bin, dachte der pensionierte Kommissar. Ich würde diesen Angeklagten in meinem Herzen verurteilen, bevor er eine Chance hat, sich zu verteidigen. Dabei war Volkert doch, genau wie er selbst, ein Mann, der der Gerechtigkeit diente. Warum habe ich eine derart negative Einstellung ihm gegenüber? Er hat mir nichts getan, und es gilt zu Recht die Regel, dass alle Menschen unschuldig sind, bis das Gegenteil bewiesen ist.

Wie würden sich Vera und Volkert die Zeit in ihrem Ferienhaus in Schweden vertreiben? Sex war bestimmt ein Teil davon, aber in ihrem Alter konnte das nicht den ganzen Tag und dann noch die Nacht in Anspruch nehmen, schon gar nicht eine Woche lang. Sie müssen Dinge gemeinsam unternehmen, sonst würden sie sich nicht in die Einsamkeit Skandinaviens zurückziehen. Rad fahren, auf einem See herumpaddeln, wandern, Museen besuchen, essen gehen … Alles schön und gut, aber sie mussten auch miteinander sprechen. Worüber unterhielten sie sich, wenn sie abends in ihrem Ferienhaus saßen und darauf warteten, dass es Schlafenszeit wurde? Welche Themen gab es, die beide genug interessierten, um damit Tag um Tag auszufüllen? Marder wusste es nicht. Er ließ die Fragen unbeantwortet, erst musste er Vera finden, vielleicht waren dann keine Antworten mehr nötig.

Auf der Landstraße hatte er von dem höchsten Punkt im Deister einen freien Blick nach Norden. Von hier bis zur Nordseeküste erstreckte sich flaches Land, abgesehen von den lächerlichen Geesthügeln im Süden von Hamburg. Irgendwo hinter dem Horizont lag Stade, seine Stadt. Morgen Nachmittag werde ich wieder zu Hause sein, freute er sich.

An seinem letzten Vormittag in Barsinghausen war er mit einem Mann verabredet, an den er seltsamerweise seit seiner Ankunft kaum gedacht hatte: Knut Wotowski. Wotowski hatte ihm bei der Aufklärung von Matuscheks Tod geholfen, ohne es zu beabsichtigen. Er war der einzige Bekannte des ehemaligen Kommissars, der nicht zur Polizei oder seiner Familie gehörte, den Marder damals gefunden hatte. Zuerst hatte Marder ihn verdächtigt, er könnte in den Tod Matuscheks verwickelt sein, weil er ihm einen nennenswerten Betrag geschuldet hatte. Doch dann hatte sich herausgestellt, dass Wotowski der einzige Mensch war, den man annähernd als Freund von Matuschek bezeichnen konnte.

Wenn ich erst wieder zu Hause bin, werde ich die Familie Matuschek nicht vermissen, dachte Marder. Vera Matuschek und ihre rätselhafte Abwesenheit gingen ihm inzwischen auf die Nerven. Er war in diesem Moment überzeugt, dass ihr Ausbleiben nur das Versteckspiel einer eitlen Frau war, die sich keine Gedanken darüber macht, dass sie damit anderen Menschen Sorge bereitete.

Auf seinem Weg zu Knut Wotowski ging Marder noch einmal an Veras Haus vorbei. Er blieb am Gartenzaun stehen.

Ein starkes Gefühl von Traurigkeit überkam ihn, doch er hatte keine Ahnung, woher dieses Gefühl kam. Seine Vorverurteilung von Vera schien ihm nun ungerechtfertigt und oberflächlich. Plötzlich ergriff ihn die Furcht, dass Vera etwas Schlimmes, vielleicht sogar etwas Entsetzliches passiert sein könnte. Andererseits war es möglich, dass seine Traurigkeit überhaupt nichts mit dem Schicksal von Vera Matuschek zu tun hatte. Vielleicht rührte sie daher, dass die Büsche, Blumen und Kräuter vor dem Haus dem Sterben nahe waren? Die Hitze der vergangenen Tage hatte sie austrocknen und verdörren lassen, zum Überleben brauchten sie dringend Wasser. Marder öffnete die Gartentür und betrat den Garten. Er fand eine Gießkanne, entdeckte an der Hinterwand des Hauses einen Wasserhahn und begann, die Blumen zu gießen. Während er zwischen den Pflanzen und dem Wasserhahn hin und her lief, floss Schweiß seinen Rücken hinunter. Er war stolz auf sich und fühlte sich wie ein Pfadfinder, der einer alten Frau über die Straße hilft. Als er beim Verlassen des Grundstückes feststellte, dass einige der Blumen und Kräuter bereits auf die Wasserkur zu reagieren schienen, freute er sich.

Marders nächste Station war der See in dem kleinen Park, in dem Matuschek ertrunken war. Der Teich war an drei Seiten von Zäunen und Hecken umgeben, an der Vorderseite verlief eine Straße. Auf der anderen Straßenseite sah er das Rathaus, das sich nicht entscheiden konnte, ob es ein altes Fachwerkhaus mit einem modernen Anbau oder ein modernes Gebäude mit einem alten Fachwerkflügel sein wollte. Die Sporthalle daneben gab sich bescheiden als kunstloses zweckgebundenes Bauwerk, das auf seine Renovierung wartete. Marder hatte, wie bei seinen Ermittlungen im vorletzten Jahr, das Gefühl, dass dieser See irgendwie nicht zur Stadt gehörte, obwohl er unmittelbar an das Zentrum grenzte. Hier hatte sich ein Drama abgespielt, das niemand mitbekommen hatte, obwohl ständig Menschen in der Nähe sein mussten.

Der Kommissar machte eine kurze Pause, setzte sich auf eine Bank und dachte an seinen ehemaligen Kollegen und dessen ungewöhnlichen Tod. Dabei schaute er den Enten zu, die im Schlamm nach Grünzeug wühlten – zu erledigen oder zu ermitteln gab es für ihn hier nichts. Plötzlich überkam ihn die Vorstellung, dass Vera Matuschek aus Verzweiflung über den Selbstmord ihres Mannes in diesen Teich gegangen war, um ihm in den Tod zu folgen. Er wusste im gleichen Moment, dass dieser Gedanke absurd war, so absurd, dass er auflachen musste. Aber dennoch, manchmal kam das Abstruse der Wahrheit am nächsten. Nein, versicherte er sich noch einmal, Vera auf dem Boden dieses Sees zu finden ist absurder als absurd, in diesem See werde ich sie erst suchen lassen, wenn alle anderen Spuren ins Leere laufen.

Marder war mit Wotowski in einem Café verabredet, in dem er schon vor zwei Jahren gelegentlich gesessen hatte. Wegen seiner Rettungsaktion an den durstigen Pflanzen in Veras Garten und dem Besuch am Teich war er ein wenig verspätet. Das Café war seit seinem letzten Besuch in ein anderes Gebäude in der Fußgängerzone umgezogen, hatte sich erheblich vergrößert und sein Angebot um Eis und Eisbein erweitert. Die meisten Besucher hatten sich wegen der Hitze für einen Eisbecher entschieden. Wotowski nicht, vor ihm stand ein Cappuccino. Marder erkannte den Mann beinahe nicht wieder, von dem Menschen, den er vor zwei Jahren getroffen hatte, war wenig übrig geblieben. Wotowski wirkte runderneuert: Das Haar frisch gewaschen und getrimmt, früher hing es in ungeordneten Strähnen um seinen Kopf; ein

Hemd mit dem Emblem eines bekannten Designers umschmeichelte seinen Körper, früher trug er schmuddlige T-Shirts; seine Figur wirkte muskulös und beinahe sportlich, früher hatte sein Gewicht gut zwanzig Kilo über dem Idealmaß gelegen; sein Gesicht wirkte markant und lebendig, früher hatte es verlebt ausgesehen.

Marder holte sich am Tresen einen Milchkaffee, dazu ein Stück Mohnstrudel, zahlte beides an der Kasse und setzte sich zu Wotowski.

»Ich hätte Sie fast nicht erkannt, Herr Wotowski.«

»Ich Sie aber sofort, Herr Kommissar. Der Ruhestand scheint Ihnen gut zu tun. Sie sehen um nichts älter aus als vor zwei Jahren, dabei noch genauso dienstlich wie damals. Einmal Beamter, immer Beamter.«

Wotowski hatte seinen Humor und seine Neigung zu lockeren Sprüchen nicht verloren, trotzdem wirkte er nicht mehr so aggressiv wie in der Vergangenheit.

»Aber Sie haben sich verändert, Herr Wotowski, das wissen Sie sicherlich selbst am besten. Was ist geschehen?«

»Genau genommen ist in meinem Leben nichts mehr so wie vor zwei Jahren. Ich hatte Ihnen damals erzählt, dass ich mein Restaurant schließen wollte. Die Leute wussten einfach nicht die gute deutsche Küche zu schätzen, auf die ich mich spezialisiert hatte. Guter Geschmack ist halt nicht jedermanns Sache.«

»Ja, ich weiß, Sie wollten Ihr Haus an eine Supermarktkette vermieten, die dort eine Filiale einrichten wollte. Sagten Sie nicht, dass es mehrere Ketten gab, die interessiert waren?«

»Das stimmt schon, die Ketten waren alle interessiert. Aber keine war bereit, das zu bezahlen, was ein fairer Preis gewesen wäre. Da habe ich mich eben mit ein paar jüngeren Leuten zusammengetan, und wir haben ein Fitnessstudio in den Räumen von *Knuts Gute Stube* eröffnet.«

»Wie sind Sie denn an die gekommen?«

»Das waren die Leute, die schon vorher eine Massagepraxis im ersten Stock über meinem Restaurant hatten. Die wollten sowieso in das Fitnessgeschäft einsteigen. Als sie hörten, dass ich meine Gaststube zumachen wollte, standen sie sofort auf meiner Matte. Sie meinten, von den lächerlichen Krankenkassensätzen für Massagetherapien konnten sie kaum die Miete zahlen, und die Gesundheitsreform würde ihnen den Rest geben. Sie würden gern ein Fitnesscenter eröffnen, und ob ich nicht einsteigen wolle. Da haben wir uns zusammengetan und das ganze Haus in ein Fitnessstudio umgewandelt … ich meine ein … also … in ein Wellness-Center.«

»Was ist denn der Unterschied zwischen einem Fitnessstudio und einem Wellness-Center?«

»*Wellness* ist heute das Zauberwort: Fitness ist schon wieder out, Wellness ist in. Dazu gehören so exotische und esoterische Sachen wie Aromatherapien und andere leckere fernöstliche Anwendungen. Schauen Sie mal vorbei, man wird es Ihnen gern ausführlich erklären.«

»Und daran sind Sie beteiligt?«

»Nicht praktisch, nur finanziell. Ich bin nur der Vermieter der Räumlichkeiten, aber anstelle der läppischen Miete, die die Leute an mich zahlen müssten, bin ich bei ihnen Gesellschafter geworden. Das war eine der kühnsten und besten Entscheidungen in meiner glorreichen Karriere als Geschäftsmann.«

»Man sieht Ihnen an, dass Sie selbst auch regelmäßig etwas für Ihre Wellness tun.«

»Das ist richtig, ich lasse mich da regelmäßig behandeln,

fühle mich fit und well wie eine Turnhose. Man muss schließlich mit gutem Beispiel vorangehen, wenn man die Leute überzeugen will, Geld in ihre Gesundheit und ihre Wellness zu investieren.«

»Wenn es ums Geldverdienen geht, dann scheinen Sie mit diesem Studio einen besseren Riecher gehabt zu haben als mit Ihrem Restaurant.«

»Ja, man muss nur das Richtige zur richtigen Zeit tun. Das ist ein alter Spruch von mir. Die Regelmäßigen kommen einmal in der Woche ins Studio, die Fanatiker drei- bis viermal und die Radikalen jeden Tag. Ich glaube, die lassen sich Hanteln mit ins Grab legen, damit sie fit im Himmel oder der Hölle ankommen, je nachdem, wohin sie eingewiesen werden. Jedenfalls, das Studio läuft wie geschmiert. Der Andrang ist so groß, dass unsere Geräte heiß laufen. Gesundheit und gutes Aussehen sind heutzutage eine Goldgrube.«

»Was ist mit den Schulden, die Sie an Alfred Matuschek zurückzahlen mussten? Durch seinen Selbstmord waren die ja nicht aus der Welt.«

Wotowski nahm einen Schluck von seinem Cappuccino. Er spreizte dabei den kleinen Finger von der Tasse ab, eine Geste, die in Marders veralteter Vorstellung von Wotowski überhaupt nicht zu ihm passte.

»Nachdem wir die Wohnung verkauft haben, die wir von den Eltern meiner Frau geerbt hatten, war es kein Problem, die Schulden zu bezahlen. Das größte Problem war, meine Frau zu überzeugen, das Geld für einen so guten Zweck wie die Tilgung unserer Schulden zu verwenden.«

»Das scheinen Sie gelöst zu haben. Damit blieben Ihnen Probleme mit Matuscheks Witwe erspart, die Sie sonst bestimmt bekommen hätten, so wie ich Frau Matuschek einschätze.«

»Ja, aber wie gesagt, es lief alles reibungslos. Wie ich dann festgestellt habe, war Vera Matuschek ohnehin nicht eine so üble Person, wie ich anfangs gedacht hatte.«

Marder wurde hellhörig, es war selten, dass jemand etwas Positives über Vera äußerte.

»Wie meinen Sie das? Sagten Sie damals nicht, Frau Matuschek hat Ihnen mit dem Gericht gedroht?«

Wotowski wickelte ein Stück Würfelzucker aus dem Papier, legte es auf den kleinen Löffel, tauchte es in den Rest seines Cappuccinos, bis es sich mit Flüssigkeit vollgesogen hatte, und schob es sich genüsslich in den Mund.

»Frau Matuschek hatte halt Angst um ihr Geld, das kann ich schon verstehen. Deswegen war sie anfangs etwas hitzig, aber als sie merkte, dass das Geld im Anrollen war, wurde sie mild und sanftmütig.«

»Und dabei haben Sie gemerkt, dass sie keine *üble Person* ist?«

»Das war ein bisschen später. Sie war eine der ersten Stammkundinnen in unserem Gesundheitspalast. Sie wusste natürlich nicht, dass ich dort Mitbesitzer war. Wir sind uns ein paar Mal Laufband an Laufband begegnet und so manche Meile gemeinsam gerannt. Da kommt man halt ins Gespräch.«

»Ich weiß, dass Frau Matuschek eine aktive Sportlerin war, aber soweit ich mich erinnere, war ihr Sport Tennis.«

»Sie sagte, zum Tennis hätte sie keine Lust mehr, sie käme mit den Leuten im Verein nicht zurecht. Sie hat angedeutet, dass da irgendetwas mit einem Mann vorgefallen war, aber sie hat mir leider nichts Genaues erzählt. Sie meinte, Fitness gefiele ihr ohnehin besser, da könne sie sich eigene Ziele stecken und müsse keine Rücksicht auf andere nehmen.«

Wotowskis Tasse war leer, nur an den Seitenrändern hingen

noch Reste des Milchschaums mit einer Zuckerkruste. Er nahm den kleinen Löffel, kratzte den Schaum ab und leckte ihn anschließend behutsam ab. Dann fuhr er fort.

»Ich bin ja gespannt, wie sie in Form ist, wenn sie wiederkommt.«

Marder hielt den Atem an. Was wusste der Mann von Veras Verschwinden?

Beiläufig fragte er: »Wieso *wiederkommt*? Wo ist sie denn?«

»Na, im Urlaub natürlich. Sie ist irgendwohin in den hohen Norden gefahren. Das hat sie mir jedenfalls auf dem Laufband erzählt, bevor sie abgereist ist.«

»Das hat sie Ihnen erzählt?«

»Ja, natürlich, warum sollte sie das nicht tun?«

»Mit wem ist sie dorthin gefahren?«

»Mit ihrem Freund natürlich.«

»Wissen Sie, wie der heißt? Darf ich Ihnen noch einen Cappuccino bestellen?«

»Nein, danke, da sind zu viele Kalorien in der Milch, das bringt mein Trainingsprogramm durcheinander. Wenn man sich nicht strikt an die Regeln hält, sind die ganzen Anstrengungen umsonst. Was hatten Sie gerade gefragt?«

»Wie der Freund von Vera Matuschek heißt.«

»Das ist dieser Kommissar, der damals hier nach dem Rechten schauen sollte, als ihr Mann in den Ruhestand gegangen war. Das war schon eine tragische Geschichte mit seinem Selbstmord kurz danach. Alfred Matuschek war schließlich mein Kumpel, aber das hatte ich Ihnen ja alles schon erzählt.«

»Ich habe es nicht vergessen. Ohne Sie hätte ich wahrscheinlich nie herausgefunden, wie Matuschek gestorben ist.«

Wotowski fühlte sich offensichtlich geschmeichelt. Er wollte diesen Moment gern etwas länger genießen:

»Wissen Sie, Herr Kommissar, vielleicht nehme ich doch noch einen Cappuccino. Mein Körper sagt mir gerade, dass er noch einen möchte, und man soll schließlich auf seinen Körper hören.«

Dem konnte Marder grundsätzlich zustimmen. Sein Körper sagte meistens: Zartbitter, wenn möglich mit ganzen Nüssen.

Er ging zur Theke, ließ sich zwei Cappuccini geben, bezahlte und setzte sich wieder zu Wotowski. Dann zwang er seine Gedanken zurück zu Vera Matuschek.

»Frau Matuschek hat sich also schnell mit einem anderen Mann getröstet.«

»Das kann man so sagen. Sie war wohl ziemlich erpicht darauf, schnell einen neuen Leidensgefährten … Entschuldigung … Lebensgefährten zu finden. Sie scheint dabei ein Faible für Kommissare zu haben. An den Namen von ihrem Freund kann ich mich nicht erinnern, ich bin nicht einmal sicher, ob sie den überhaupt mir gegenüber erwähnt hat. Warum wollen Sie das eigentlich alles wissen?«

Es ist Zeit für eine Notlüge, dachte Marder, ich sehe nicht, was es Wotowski nützt, wenn ich ihm erzähle, warum ich mich für Vera Matuschek interessiere.

»Das hat keinen besonderen Grund, aber als Sie Vera Matuschek erwähnten, musste ich an die Zeit denken, als ich hier war. Da hat es mich halt interessiert, was mit den Leuten, die ich damals getroffen habe, inzwischen so passiert ist.«

Wotowski schaute kritisch, leicht misstrauisch.

»Und warum wollten Sie unbedingt mit mir reden?«

»Aus dem gleichen Grund. Da ich schon mal in Barsinghausen bin, dachte ich, es wäre schön, wieder einmal mit Ihnen zu schwatzen. Wie geht es eigentlich Ihrer Frau?«

»Da müssen Sie meine Ehemalige schon selbst fragen. Wir haben uns getrennt und warten auf die Scheidung.«

»Das tut mir leid«, erwiderte Marder. Er vermutete, dass Frau Wotowski die treibende Kraft hinter der Scheidung war, verschwieg das aber lieber.

»Es braucht Ihnen nicht leidzutun, Herr Kommissar außer Dienst, ich hatte die ewigen Nörgeleien meiner Frau schon lange satt.«

»Ich dachte, Sie hätten von dem Geld Ihrer Frau Ihre Schulden bezahlt. Das wird die Scheidung für Sie bestimmt teuer machen.«

»Solange wir verheiratet waren, war es *unser* Geld, das ist doch der Sinn der Ehe. Als wir das Geld an die Matuscheks zurückgezahlt haben, waren es schließlich *unsere* Schulden und nicht nur *meine* Schulden, und wir hatten ja zum Glück keine Gütertrennung vereinbart.«

»Das bedeutet wohl, dass Sie Ihre Geldsorgen los sind?«

»Ja, nun weiß ich endlich, dass Geld tatsächlich glücklich macht – aber nur, wenn man es niemandem schuldet.«

Frau Wotowski tut mir leid, dachte Marder, aber sie ist offenbar intelligent genug, sich von diesem Mann zu trennen, koste es, was es wolle.

Wotowskis neuer Reichtum machte ihn spendabel.

»Schade, dass Sie den Kaffee schon bezahlt haben. Ich hätte Sie gern eingeladen.« Er wischte sich mit dem Handrücken über die Lippen, ein selbstgefälliges Lächeln umspielte sie. »Außerdem, seit sich mein Äußeres dank Wellness positiv verändert hat, schaut mich die eine oder andere Frau interessiert an. Als meine Frau das mitbekommen hat, ging sie mir mit ihrer ständigen Eifersucht ganz schön auf den Keks.«

»Hatte sie denn Grund für Eifersucht, Herr Wotowski?«

»Woher soll ich das wissen, ich habe doch keine Ahnung, warum mich Frauen mit so viel Bewunderung anschauen.«

Als Marder das Café verließ, kaufte er sich am Tresen als Wegzehrung eine Tafel Zartbitter-Schokolade mit ganzen Nüssen.

11

Die Sonne hatte die Luft am frühen Nachmittag nahezu zum Kochen gebracht. Am liebsten hätte Marder sich in den Schatten im Garten der Pension Marianne gelegt und die unerträgliche Hitze ignoriert. Leider hatte er keine Zeit dazu. Am Abend wollte er zu Hause sein und auf dem Weg dorthin bei den Falkenbergs in ihrem Dorf in der Heide vorbeischauen. Wie lange er dort hängen bleiben würde, hing von dem Gespräch mit Erich Falkenberg ab. Vorher hatte er noch kurz mit Anja Matuschek telefoniert, doch die hatte immer noch nichts von ihrer Mutter gehört.

Marder umarmte seine Wirtin zum Abschied und drückte seine Wange ganz kurz an die ihre. Frau Thann gehörte ab sofort zu seinem erweiterten Freundeskreis.

»Dass Herr Schweinzer Sie um die Rechnung geprellt hat, tut mir wirklich leid, Frau Thann. Ich hoffe, meine Kollegen vor Ort können Ihnen helfen.«

Frau Thann hatte ihm beim Frühstück empört berichtet, dass der »Scharlatan« – wie sie ihn nannte – aus der Pension verschwunden war, ohne seine Rechnung zu begleichen und ohne eine Adresse zu hinterlassen, wohin man sie ihm hätte nachschicken können. Schweinzer hatte das Zimmer für zwei Nächte gebucht, sich aber am Nachmittag des zweiten Tages heimlich davongemacht, während sie aus dem Haus war, um für sein Frühstück am nächsten Morgen einzukaufen. Möglicherweise war er der Meinung, dass er ihr nichts schuldete, weil er zwei Nächte gebucht hatte, aber nur eine davon geblieben war.

»Ich habe heute Anzeige gegen ihn bei der Polizei erstattet. Herr Brenner hat mir versprochen, alles zu tun, um diesen Betrüger zu finden«, schimpfte Frau Tann mit blitzenden Augen.

»Bei Brenner ist die Sache in guten Händen«, erwiderte Marder, zweifelte jedoch, ob die Kriminalpolizei vor Ort genügend Kapazität und Interesse hatte, einen Mann zu suchen, der eine Nacht kostenlos geschlafen hatte.

»So, jetzt muss ich aber wirklich los. Grüßen Sie Brisbane von mir, er hat sich bei dieser Hitze wohl unter einen Busch verkrochen. Er hat mich in den letzten Tagen kaum beachtet. Warum sollte er dann beim Abschied Zuneigung heucheln?«

In diesem Moment kam der Kater durch die offene Terrassentür in das Zimmer und rieb sich kurz an Marders Bein, um in die Küche weiterzuziehen, wo er sich erwartungsvoll vor den Kühlschrank setzte. Das weiße Ausrufungszeichen über der schwarzen Nase ließ ihn arrogant aussehen wie eh und je, auch wenn seine Bewegungen altersbedingt langsamer und mühsamer geworden waren. Er hat doch Anstand genug, sich von mir zu verabschieden, dachte Marder, vielleicht für immer. Sollte ich noch einmal hierher kommen, wird es ihn wahrscheinlich nicht mehr geben.

Das Letzte, was Marder beim Verlassen von Barsinghausen registrierte, waren ein Sex-Shop und ein Spielkasino. Sie waren in dem Gewerbegebiet neben dem Autobahnrasthof neu dazugekommen – wieder ein Stück Unschuld auf dem Lande an die Sünde abgetreten oder an das Vergnügen, je nachdem, wie man es sehen wollte. Seltsamerweise hatte er die beiden Stätten des Lasters bei seiner Ankunft nicht wahrgenommen, wahrscheinlich war er damals zu tief in Gedanken über Veras rätselhaftes Verschwinden versunken gewesen.

Auf dem Weg zu Falkenbergs Dorf wurde es Marder deutlich, wie sehr das Land unter der Trockenheit litt. Die sandigen Böden der Heide wirkten verdörrt und ausgelaugt, während die Hitze über ihnen flimmerte. Nur auf den Feldern ließen die Bauern die Sprinkleranlagen auf Hochtouren laufen, Marder mochte sich ihre Wasserrechnung nicht vorstellen.

Er nahm sich vor, seinen Besuch bei den Falkenbergs so kurz wie möglich zu halten, was bei der Gastfreundschaft des Ehepaares kein einfaches Vorhaben war. Karin Falkenberg merkte, dass Marder in Eile war. Sie wusste, dass der frühere Mitarbeiter ihres Mannes nicht ausschließlich zu einem freundlichen Plausch vorbeigekommen war. Sie ließ die beiden Männer bei Kaffee und Heidesandkeksen allein auf der Terrasse, während sie in ihrem Bauerngarten den Blumen und Kräutern, die unter der Hitze litten, Trost und Mut zusprach.

Marder informierte seinen ehemaligen Chef darüber, was er in Barsinghausen und Holzminden über Vera Matuschek in Erfahrung gebracht hatte. Falkenberg schloss für einen Moment die Augen, Marder glaubte auf seiner Stirn zu erkennen, wie die Gedanken sich dahinter bewegten.

Erich Falkenberg kam zu einem Entschluss.

»Ich denke, Manfred, du solltest eine Reise nach Schweden machen – aber natürlich nur, wenn du Zeit und Lust dazu hast. Die Polizeidirektion in Hannover lädt dich ein, und wenn du dort bist, könntest du als Gegenleistung bei dem Ferienhaus vorbeischauen, das Volkert gemietet hat. Übrigens, ich habe schon mehrfach versucht, Volkert auf seinem Handy zu erreichen, aber es meldet sich niemand.«

»Als ehemaliger Kollege von Volkert habe ich dafür eigentlich Verständnis, Erich, obwohl mir klar ist, dass das nicht korrekt ist. Ich weiß, wie lästig es früher im Urlaub war, ständig für die Kollegen erreichbar zu sein. Meistens wollten sie nur Informationen, die sie in den Unterlagen im Büro gefunden hätten – aber zu bequem waren, danach zu suchen.«

»Verständlich finde ich es natürlich, dass man im Urlaub ungestört sein will, aber in unserem Beruf ist das eben nicht immer möglich.«

Marder und Falkenberg wussten, dass Kriminalkommissare im Urlaub erreichbar sein mussten, das brachte der Beruf mit sich. Sie wussten auch, dass Volkert das wusste und dass es Grund zur Sorge gab, wenn Volkert seit Tagen sein Telefon nicht beantwortete. Dass Volkert so verliebt in Vera war, dass er sein Handy völlig ignorierte, konnten sie sich nur schwer vorstellen.

»Erich, meinst du nicht, es wäre einfacher, die schwedische Polizei zu bitten, in dem Ferienhaus vorbeizuschauen? Als inoffizielle Amtshilfe sozusagen.«

»Auf welcher Basis denn? Es gibt bisher keinen Verdacht auf ein Verbrechen. Ich befürchte, wir könnten uns furchtbar blamieren, wenn wir sie dorthin schicken, und sie finden zwei Turteltauben im Urlaub, von denen einer ein über die Maßen verliebter Kommissar ist, der sein Handy ausgeschaltet hat. Das könnte die Kollegen in Schweden als Missbrauch der internationalen Kooperation interpretieren. Ich vermute, dass sie dort ebenso unter Personalknappheit leiden wie wir.«

Marder verstand gut, was Falkenberg abhielt, die schwedische Polizei um Hilfe zu bitten. Weil er jedoch befürchtete, dass sich dort etwas Dramatisches oder sogar Tragisches abgespielt hatte, war es sein Wunsch, dass Marder dorthin fuhr.

Aber auch ihm war bei dem Gedanken an seine Mission nicht recht wohl.

»Angenommen, ich entdecke, dass etwas passiert ist, dann kann ich im Ausland – auch wenn es ein freundliches skandinavisches ist – selbst nichts unternehmen.«

»In diesem Fall werden wir selbstverständlich die schwedische Polizei einschalten. Du musst mir nur Bescheid geben, und alles wird dann von meinem Büro ganz offiziell auf den Weg gebracht. Du bist schließlich kein Geheimagent, der sozusagen ›undercover‹ in einem fremden Land herumschnüffelt. Wir sind doch in der EU, wo alles zivilisiert geregelt ist.«

Bevor Marder sich verabschiedete, erwähnte er, dass er von Volkerts Vertreterin in Holzminden, Frau Bistorf-Kuntze, positiv beeindruckt sei. Er wolle und könne sich zwar nicht in die Personalpolitik der Polizei einmischen, schon gar nicht als Ruheständler, aber trotzdem wolle er es gesagt haben. Falkenberg schien nicht überrascht.

»Ja, Frau Bistorf-Kuntze ist mir bereits aufgefallen. Sie ist damals, als Volkert für mehrere Monate in Barsinghausen war, richtig aufgeblüht. Leider kommt sie mit ihm überhaupt nicht zurecht, was ich nicht allein ihr anlasten will. Ich glaube, ich werde sie bald davon erlösen und versetzen. Vielleicht bekommt sie die nächste freie Position als Dienststellenleiter. Die Personalvertretung in unserer Behörde macht ohnehin Druck, mehr Frauen in leitende Jobs zu bringen.«

Eine weitere Umarmung, diesmal mit Karin Falkenberg – die zweite heute, die nicht seiner Frau galt – und Marder machte sich auf den Weg nach Stade. Er fuhr durch den Staub der durstigen Heide, der erst verschwand, als er die Obstwiesen des Alten Landes erreichte, an deren nördlicher Seite seine Heimatstadt lag.

Iris begrüßte ihn wie eine Kapitänsfrau, die auf die Rückkehr ihres Mannes gewartet hatte, während der die Welt umsegelte. Dabei war Marder nur eine Woche weg gewesen. Seit er im Ruhestand war, war seine Frau nicht mehr daran gewöhnt, das Haus für sich allein zu haben. Sie sagte, sie wäre sich darin einsam vorgekommen, was sie früher nie so intensiv empfunden hätte. Für einen kurzen Moment hatte Marder ein schlechtes Gewissen: Während seiner Abwesenheit hatte er kaum die Gelegenheit gehabt, seine Frau zu vermissen, weil er sich in Gedanken meistens mit Vera Matuschek befasst hatte. Er erzählte seiner Frau, was er inzwischen herausgefunden hatte und dass er nach Schweden reisen müsse.

»Ich habe keine Ahnung, was mich dort erwartet. Deswegen kann ich auch nicht voraussehen, wie lange ich wegbleiben werde.«

»Nach dem, was du mir über Vera Matuschek und Kommissar Volkert erzählt hast, kann ich mir nicht vorstellen, dass es die beiden lange in einem einsamen Haus miteinander aushalten, ohne sich auf die Nerven oder an die Gurgel zu gehen. Du solltest dich auf unangenehme Überraschungen gefasst machen.«

Marder hatte geahnt und befürchtet, dass Iris so etwas sagen würde. Meistens lag sie richtig, wenn es um Freud und Leid in Beziehungen zwischen Männern und Frauen ging, daher musste er es ernst nehmen. Trotzdem wollte er die Hoffnung auf eine undramatische Lösung von Veras Verschwinden nicht aufgeben.

»Einen Tag warte ich noch. Wenn sich Vera oder Volkert bis

morgen nicht gemeldet haben, werde ich übermorgen abreisen. Ich befürchte, diese Reise wird kein Vergnügungstrip werden.«

»Wenn du diesen Fall hinter dir hast, solltest du endgültig deine kriminelle Laufbahn beenden, auch wenn du meistens auf der Seite der Guten warst.«

»Was meinst du mit *meistens*?«

»Das war nur ein schlechter Scherz, so einer, wie du sie gern machst. Ich meine natürlich *immer*.«

»Er sei dir verziehen. Ich verspreche dir, mein Schatz, das ist mein letzter Einsatz als Kommissar Marder.«

Versprechen kann sich jeder mal, schoss es Marder durch den Sinn, er teilte diese Einsicht natürlich nicht mit seiner Frau.

Am nächsten Morgen lud Marder Iris zum Frühstück in ein Bistro am Fischmarkt in Stade ein. Es war trotz des frühen Morgens warm genug, um im Freien zu sitzen, später würde es zu heiß dafür werden. Ein Seitenkanal der Elbe, der seinen Weg bis in das Herz der Stadt fand, verlieh dem Ortskern eine mediterrane Atmosphäre; die Hektik in der Einkaufszone im Zentrum würde erst in einer Stunde einsetzen. Die Lücken, die der Krieg in die alten Häuserfronten um den Markt am Kanal gerissen hatte, waren mit zeitgemäßen Bauten geschlossen worden, dabei war es den Architekten gelungen, dem Platz seine harmonische Einheit wiederzugeben. In der Mitte des Marktes wurde der Kanal breiter, um dann abrupt unter einer Mauer in einem Tunnel zu verschwinden. Ein buntes Fischerboot schaukelte auf dem Wasser. Marder fragte sich, ob es tatsächlich noch zum Fischen benutzt wurde. Eher nicht, das Boot war in grellen Farben gestrichen, es diente wohl als Dekoration, um das maritime Flair der Stadt zu betonen. Marder liebte diesen Platz, hier kam alles zusammen, was Stade für ihn zu einer lebens- und liebenswerten Stadt machte. Sicher, die Einwohner von Holzminden fühlten für ihre Stadt dasselbe, aber nachdem Marder auf den zentralen Plätzen in beiden Orten gesessen hatte, war er überzeugt, in der schöneren Stadt zu wohnen, vielleicht sogar der schönsten im Norden Deutschlands.

Iris hielt die Hand ihres Mannes unter dem Tisch fest, als wollte sie ihn hindern, so schnell wieder wegzufahren. Ob Vera Matuschek und Volkert in einem Café in Holzminden ebenso Händchen gehalten hatten? Ob sie es im Moment gerade an einem Ort in Schweden taten? Marder konnte es sich nicht vorstellen. Zärtlichkeiten passten nicht in das Bild, das er von den beiden hatte. Ohne es zu sagen, entschuldigte er sich in Gedanken bei seiner Frau, dass er selbst in ihrer Gegenwart seine Grübeleien über Vera Matuschek nicht unterdrücken konnte. Das Rätsel um ihr Verschwinden bedrängte ihn. Er schloss die Augen und versuchte, friedlich und glücklich auszusehen, niemand sollte merken, wie sehr ihn das Schicksal von Vera Matuschek beschäftigte, einer Frau, die ihm nicht einmal sympathisch war. Er legte einen Arm um seine Frau und küsste sie auf die Wange.

Den Nachmittag verbrachte Marder am Telefon. Anja hatte nichts von ihrer Mutter gehört, und bei der Polizei in Holzminden war man nach wie vor ratlos über den Verbleib des Chefs. Bistorf-Kuntze hatte mit Erich Falkenberg gesprochen, der ihr mitteilte, dass die Polizei offiziell nichts unternehmen würde, bis man von Kommissar Marder – Entschuldigung, Kommissar im Ruhestand Marder – aus Schweden höre.

Danach rief Marder die Nummer in Braunschweig an, die ihm Frau Wahlberg gegeben hatte. Ja, man besitze ein Ferienhaus in Schweden, bestätigte eine Dame, die sich mit »Hier Warmbold« gemeldet hatte, und: »Für wann möchten Sie es denn haben?«

Marder erklärte, dass er nicht an einem Urlaub in dem Haus interessiert sei, aber dass er dringend mit der Person sprechen müsse, die es im Moment gemietet habe.

»Im Moment ist dort niemand, der letzte Gast hatte es bis zum vergangenen Wochenende gebucht, und ich nehme an, dass er inzwischen abgereist ist. Jedenfalls hat er nicht verlängert.«

»Hat er Ihnen vielleicht gesagt, dass er danach noch woanders hin will, bevor er nach Hause fährt?«

»Nein, über so etwas rede ich selten mit den Mietern. Das interessiert mich auch nicht, weil sie im Voraus bezahlen müssen, dann brauche ich dem Geld nicht hinterherzulaufen. Er hat uns allerdings bei seiner Abreise nicht angerufen, was die Mieter normalerweise tun sollen.«

»Hatte er sich bei Ihnen gemeldet, nachdem er in dem Ferienhaus angekommen war?«

»Nein, das erwarten wir im Allgemeinen auch nicht. Es ist, wie gesagt, im Voraus bezahlt, aber die Mieter können uns natürlich jederzeit erreichen, wenn sie irgendein Problem mit dem Haus haben. Das ist aber selten der Fall.«

»Ist es möglich, im Haus anzurufen?«

»Nur wenn die Leute ein Handy haben, es gibt im Haus keinen Netzanschluss. Erst wollten wir einen legen lassen, aber dann kamen die Handys in Mode, da war das nicht mehr nötig. Jeder Mensch in Schweden hat heutzutage ein Handy.«

»Also, wenn Herr Volkert sein Handy ausschaltet, dann kann man ihn nicht erreichen, oder gibt es eine andere Möglichkeit?«

»Wieso Herr Volkert?«

Die Stimme von Frau Warmbold ließ erkennen, dass sie sich nun fragte, ob die Person am anderen Ende der Leitung vertrauenswürdig war.

»Na, der Mieter, der Ihr Haus für die letzte Woche gemietet hatte.«

»Der hieß nicht Volkert.«

»Wie hieß er denn?«

»Hören Sie mal, junger Mann.« (Danke, dachte Marder.) »Wieso sollte ich Ihnen das erzählen? Was weiß ich, wer Sie sind und was Sie von Herrn Matuschek wollen.«

»Danke«, erwiderte Marder. »Entschuldigen Sie die Störung, Sie haben mir sehr geholfen.«

Er legte auf und lachte, obwohl das nicht angebracht war.

Danach rief er Brenner an und fragte, ob er Herrn Schweinzer gefunden und eventuell verhaftet habe. Das ging Marder zwar nichts mehr an, aber er freute sich zu erfahren, dass Brenner erfolgreich gewesen war.

»Es war eine Kleinigkeit, das habe ich noch vor dem zweiten Kaffee am Vormittag erledigt«, berichtete Brenner mit professionellem Stolz in der Stimme. »Der Mann hatte für heute Abend eine Verkaufsveranstaltung in Springe geplant. Die haben wir erst einmal abgesagt, und darüber hinaus wird er in den nächsten Tagen Post vom Staatsanwalt bekommen. Seine Schulden bei Frau Thann hat er sofort überwiesen. Er sagte, er hätte das Bezahlen leider in der Hast völlig unbeabsichtigt vergessen. Mal sehen, ob ihm der Richter das glaubt.«

12

Marder fuhr zwischen Schiffsaufbauten und riesigen Ladeanlagen für Container in den Schlund des Elbtunnels – als die Straße wieder auftauchte, befand er sich im Westen Hamburgs. Die Autobahn war ungewöhnlich leer, er kam zügig voran und war in wenigen Minuten in Schleswig-Holstein, wo die Landschaft nicht viel anders aussah als im Norden Niedersachsens. Nach einer Weile wurde das Land wellig, ohne sich zu nennenswerten Hügeln aufzuschwingen. Die Wälder und Felder wirkten nicht so ausgetrocknet wie in der Heide im Süden. *Süden* war für Marder alles, was jenseits der Harburger Berge lag, der *Tiefe Süden* fing in seiner persönlichen Geografie unmittelbar hinter Hannover an.

Marder blickte zum Himmel, er sah in der Ferne weiße Wolken, die sich zaghaft von Norden her über das Land schoben. Waren sie die Vorboten einer Wetteränderung? Er hoffte es, er hatte den ewigen Sonnenschein satt, das heiße Wetter machte ihm mehr zu schaffen, als er es vor der Hitzewelle für möglich gehalten hätte. Die Hoffnung auf kühlere Temperaturen war Entschädigung genug für die Mühen der Reise nach Schweden.

Er fuhr mit offenem Seitenfenster über die elegante Brücke zwischen dem deutschen Festland und der Insel Fehmarn. Es war angenehm, die Klimaanlage endlich wieder einmal auszustellen und die Außenluft ins Auto zu lassen. Er glaubte auf seiner Haut zu spüren, dass die Hitze nachgelassen hatte – vielleicht jedoch täuschte nur der Seewind Abkühlung vor, denn das Außenthermometer zeigte auf dem Armaturenbrett zweiunddreißig Grad. Zweiunddreißig Grad auf einer Brücke über die Ostsee fühlten sich auf jeden Fall erfrischender an als zweiunddreißig Grad zwischen den Hügeln des Weserberglandes.

Puttgarden, der nördlichste Punkt der Insel Fehmarn, war kein Ort, sondern lediglich die Anlegestelle für die Fähre nach Dänemark. Marder verstaute sein Auto im Bauch der »Prinzessin Margarete«, stieg auf das oberste Deck des Schiffes und genoss die frische Luft. Kein Zweifel, eine kühle Brise kam aus dem Norden und trug den Geruch des Meeres mit sich. Marder setzte sich auf eine Bank und schaute auf das Meer. Alle Plätze um ihn herum waren belegt, die Passagiere wirkten befreit und heiter, als ob sie froh waren, der Hitze des Festlandes entkommen zu sein.

An der Schiffswand segelten Möwen entlang und forderten die Passagiere mit lauten Schreien auf, ihnen Brotreste zuzuwerfen. Plötzlich sah er sie. Sie stand mit dem Rücken zu ihm und lehnte sich über die Reling. Vera Matuschek auf dem Weg nach Skandinavien? Das war nicht möglich – wenn sie überhaupt unterwegs war, konnte sie nur auf einer Fähre in der Gegenrichtung sein. Die Frau drehte sich um und setzte sich zu einem Mann auf einer Bank. Sie war natürlich nicht Vera Matuschek. Marder war enttäuscht. Für ein paar Sekunden war er erregt gewesen, hatte gehofft, seine Suche nach Vera Matuschek auf diesem Schiff beenden zu können. Er fragte sich, ob er seine Gelassenheit zu verlieren begann, ob er anfing, Gespenster zu sehen. Er würde noch vielen Frauen begegnen, die von hinten oder in der Dämmerung Vera ähnlich sahen, er konnte es sich nicht leisten, deswegen jedes Mal aus dem Häuschen zu geraten.

Die Sonne auf dem offenen Oberdeck brannte trotz des

kühlenden Windes auf der Haut. Marder befürchtete, sich einen Sonnenbrand zu holen, und machte sich auf eine Erkundungstour durch das Schiff. Der Salon auf dem Mitteldeck war fast menschenleer, nur im Duty-Free-Shop herrschte reges Schauen und Kaufen. Die skandinavischen Passagiere deckten sich mit alkoholischen Getränken ein, die auf hoher See wesentlich billiger waren als in ihren Heimatländern; deutsche Urlauber rüsteten sich für ihre Ferien im kühlen Norden mit wärmenden Getränken. Marder kaufte eine Flasche edlen französischen Cognac. Die gleiche Marke war in Stade mindestens doppelt so teuer, deswegen trank er zu Hause gewöhnlich gemeinen deutschen Weinbrand. Sein Gaumen war ohnehin nicht in der Lage, zu unterscheiden, ob kostbare französische Spirituosen oder preiswerter deutscher Schnaps darüber flossen.

Marder ging wieder an Deck. Die Frau, die er vorhin für Vera Matuschek gehalten hatte, saß noch am selben Platz und war nach wie vor nicht Vera Matuschek. Er zog das Handy aus der Brusttasche seines Hemdes und wählte die Nummer von Volkert, obwohl er überzeugt war, es würde auch dieses Mal niemand abheben. Zu seiner Überraschung meldete sich eine skandinavische Stimme, die offensichtlich das sagte, was in Schweden »Hallo« bedeutet. Dann war es ruhig.

Marder rief aufgeregt in das Handy: »Herr Volkert, sind Sie das?«

Das Handy blieb tot. Die Stimme war ganz bestimmt nicht die von Volkert gewesen. Wer immer den Anruf angenommen hatte, wollte seinen Namen nicht preisgeben. Marder vermutete, dass sich ein junger Mann gemeldet hatte, aber sicher konnte er sich nicht sein, vielleicht war es doch die

Stimme einer alten Frau gewesen. Das Gespräch war zu kurz und zu einseitig gewesen.

Die Fähre näherte sich der dänischen Küste, Marder musste zu seinem Wagen auf das Fahrzeugdeck. An Land stoppte er in der nächsten Parkbucht und rief Erich Falkenberg an.

»Wo bist du jetzt?«, erkundigte sich der hohe Polizeibeamte.

»Ich bin gerade in Dänemark an Land gegangen.«

»Das ist schön, dass ich der Erste bin, an den du bei deiner Ankunft im Ausland denkst. Aber deswegen rufst du mich bestimmt nicht an. Was gibt es?«

»Erich, kannst du über die Telefongesellschaft, die Volkert benutzt, feststellen lassen, wo sich sein Handy zurzeit befindet? Ich habe vor wenigen Minuten seine Nummer gewählt, und es hat sich jemand gemeldet, aber es war nicht Volkert. Ich bin mir fast sicher, dass es ein Schwede war, wahrscheinlich ein junger Mann. Ich habe keine Ahnung, was das bedeutet, aber ich habe ein ungutes Gefühl bei der Sache.«

»Das alles hört sich nicht nach einem unbeschwerten Urlaub von Volkert in der Sommerfrische an. Ich werde unsere Kommunikationsexperten daransetzen – mal sehen, ob die über die Telefongesellschaften feststellen können, wo sich das Handy befindet. Ich hoffe, das wird nicht zu lange dauern. Wenn ich etwas erfahre, sage ich dir sofort Bescheid.«

Die Autobahn in Dänemark war irgendwie anders als in Deutschland. Eigentlich war es auch nur eine breite Straße ohne Kreuzungen und ohne Gegenverkehr. Aber alles, was links und rechts der Strecke zu sehen war, vermittelte das Gefühl des Andersseins: die Schilder für Höchstgeschwindigkeiten (von den niedrigeren Tempolimits ganz zu schweigen), die Begrenzungspfosten an den Seiten, die Hinweistafeln auf die Ausfahrten, die Ausstattung der Rastplätze, die Pflanzen auf den Mittelstreifen – selbst die Art, wie sie beschnitten waren. Alles sah anders aus. Vor allem waren weniger Fahrzeuge unterwegs, und sie fuhren bedächtiger und mit größeren Abständen als ihre Artgenossen im südlichen Nachbarland.

Es fing an zu nieseln. Die weißen Wolken hatten sich zu einer grauen Wolkendecke zusammengeschoben. Marder genoss den Anblick und hoffte, dass nun endlich auch die Temperaturen sinken würden.

Sind Vera und Volkert über diese Straße gefahren? Oder haben sie die direkte Fähre von Travemünde nach Schweden genommen? Mit welchem Auto sind Vera und Volkert in den Norden gefahren? Mit seinem oder mit ihrem? Es könnte hilfreich sein, das zu wissen, wenn er sie in Schweden suchte. Warum hatte er sich diese Frage nicht gestellt, bevor er abgereist war? Ein Versäumnis, das ihm zu seiner aktiven Zeit bei der Kriminalpolizei nicht unterlaufen wäre.

Marder versuchte, sich den Moment in sein Gedächtnis zurückzurufen, als er den Garten vor Veras Haus betreten hatte, um die Blumen zu wässern. Auf der Suche nach einer Gießkanne war er durch den offenen Carport gegangen. Dort stand kein Wagen, das hatte er deutlich vor Augen. Wahrscheinlich war Vera mit ihrem Auto nach Holzminden gefahren, von wo aus sie wahrscheinlich mit Volkerts Wagen in den Norden gestartet waren.

Marder brauchte einen Kaffee und hielt an einer Raststätte an. Sie war in die Jahre gekommen, aber der Kaffee war hervorragend. Nichts anderes hatte Marder erwartet, er hatte in Dänemark selten schlechten oder schwachen Kaffee getrunken. Bevor er weiterfuhr, rief er bei der Polizei in Holzminden an.

»Frau Bistorf-Kuntze, hier ist Marder.«

Frau Bistorf-Kuntze antwortete, sie freue sich, von ihm zu hören. Das fand Marder gut, aber er hatte keinen Sinn für Nettigkeiten und kam sofort zum Grund seines Anrufes.

»Können Sie mir sagen, was für ein Auto Kommissar Volkert fährt?«

»Einen roten Audi. Warum wollen Sie das wissen?«

»Das weiß ich noch nicht, aber es könnte helfen, Ihren Chef zu finden, falls er verloren gegangen ist. Kennen Sie zufällig die Nummer des Autos?«

»Nicht auswendig. Aber die steht auf den Spesenbelegen, die er einreicht, wenn er seinen Wagen dienstlich benutzt. Warten Sie eine Sekunde, ich hole kurz den Ordner.«

Nach siebenundzwanzig Sekunden kannte Marder das Kennzeichen.

»Ich nehme an, dass Herr Volkert mit seinem Auto nach Schweden gefahren ist.«

»Beschwören kann ich es nicht, aber ich bin mir da ziemlich sicher. Normalerweise parkt er den Wagen hier auf dem Hof, selbst wenn er zu Hause ist, weil in der Altstadt die Parkplätze knapp sind. Auf jeden Fall aber lässt er ihn hier stehen, wenn er ohne Auto verreist. Der Wagen ist im Moment nicht da, also muss er damit weggefahren sein.«

In der unordentlichen Ablage in seinem Handschuhfach fand Marder den Zettel mit der Telefonnummer von Olga Wahlberg.

»Frau Wahlberg, hier ist Marder. Sie erinnern sich hoffentlich an mich, ich habe vor ein paar Tagen mit Ihnen in der Wohnung von Herrn Volkert gesprochen.«

»Natürlich, Sie haben auf mich einen unvergesslichen Eindruck gemacht. Ich freue mich, von Ihnen zu hören. Womit kann ich Ihnen dienen?«

Die Frauen in Holzminden schienen ihn zu mögen. Das war schon die zweite innerhalb weniger Minuten, die sich über seinen Anruf freute.

Auch am Telefon klang Frau Wahlbergs Akzent so charmant, wie Marder ihn im Gedächtnis hatte. Die Idee, dass sie ihm dienen wollte, hatte seinen Reiz, aber Marder wollte ihr lediglich einige Fragen stellen, von denen er sich nicht einmal sicher war, ob sie von Bedeutung waren.

»Frau Wahlberg, können Sie mir sagen, ob Herr Volkert und seine Freundin am Freitagabend oder erst am Sonnabend in die Ferien gefahren sind?«

»Da bin ich mir hundertprozentig sicher, dass es Freitagabend war. Ich habe am Donnerstag mit ihm gesprochen, da hat er gesagt, er würde ›morgen‹ in den Urlaub fahren und ich soll am Sonnabend die Wohnung aufräumen. Ich habe das zwar erst am Montag getan, weil ich am Wochenende mit meinem Mann etwas vorhatte, aber auf jeden Fall wollte er am Sonnabend schon weg sein.«

»Eine andere Frage: In welcher Stimmung war Herr Volkert, als er über seinen Urlaub gesprochen hat? War er aufgeregter oder glücklicher als sonst, wenn er in den Urlaub fuhr …, wenn Sie das überhaupt beurteilen können?«

»Das ist schwer zu sagen, Herr Volkert macht nie einen glücklichen Eindruck. Vielleicht ist er ja trotzdem manchmal glücklich, und ich kann es nur nicht erkennen. Also, am Donnerstag war er nicht viel anders als sonst. Wenn überhaupt, würde ich eher sagen, er war ein bisschen angespannt, aber das ist vor einer Reise nichts Ungewöhnliches.«

Marder verabschiedete sich von Olga Wahlberg und bat sie,

unbekannterweise ihren Mann zu grüßen. Sie erwiderte, sie werde es tun. Bis Herr Wahlberg nach Hause kam, würde sie das sicher vergessen haben.

Wo hatten Vera und Volkert auf ihrem Weg nach Schweden übernachtet? Marder entschied sich, dass das nicht wichtig genug war, um darüber nachzugrübeln. So wie wahrscheinlich die meisten Informationen nicht von Bedeutung waren, die er in den letzten Stunden gesammelt hatte. Aber man konnte im Voraus nie wissen, was sich im Verlauf einer Ermittlung als wichtig erweisen würde.

Er hatte sich vor seiner Abreise aus dem Internet die Adresse eines Hotels in Kopenhagen mit Blick auf den Hafen herausgesucht. *Nur wenige Gehminuten von der Kleinen Meerjungfrau* stand in der Beschreibung. Das Haus hatte drei von sechs möglichen Sternen auf der Bewertungsskala, das reichte seinen Ansprüchen an Komfort und Luxus, damit würde er auch Falkenbergs Spesenkonto nicht übermäßig belasten. Die Hotelpreise in Kopenhagen lagen ein gutes Stück über denen in Deutschland. Sie wirkten schon deswegen hoch, weil sie in Dänischen Kronen angegeben wurden, und das war sieben Mal der gleiche Betrag in Euro. In der Hotelbar bestellte Marder ein Tuborg und ein Smörrebröd. Das Bier schmeckte skandinavisch herb, wie es schmecken musste, ein tolles Bier. Tuborg war für ihn pure Nostalgie, denn in seinen Teenagerzeiten hatte diese Marke bei den Jugendlichen den Ruf des ganz Besonderen und Exotischen gehabt, weil es aus dem fernen Ausland kam. Dabei war Dänemark nicht weiter von Stade entfernt als Dortmund.

Smörrebröd war *die* dänische Delikatesse schlechthin. Eine Komposition aus Butter, Käse, Fisch oder Fleischwaren, auf einer Scheibe Brot kunstvoll gestapelt, darüber eine Gemüsegarnitur. Als er zwei dieser aufwendigen Kunstwerke vernichtet hatte, war er satt und müde. Es war zehn Uhr, dennoch war es draußen taghell, der Kopenhagener Tag schien im Sommer kein Ende nehmen zu wollen. Marder beschloss, dennoch schlafen zu gehen, er war von der Reise zu müde, als dass ihn eine nächtliche Sightseeing-Tour durch die Stadt reizen konnte. Er war zum ersten Mal in Kopenhagen, aber die Stadt war ihm bei seiner Ankunft vertraut vorgekommen. Ihm war, als führe er durch Hamburg: Die Atmosphäre, die Architektur, die Art, wie die Leute sich kleideten, umhergingen, dabei voneinander Abstand hielten und sparsam gestikulierten, alles war unverkennbar hanseatisch – so als ob die beiden Städte Schwestern waren, vielleicht auch Brüder. Wer sich in Hamburg wohlfühlte, dem gefiel es auch in Kopenhagen. Marder schaute für ein paar Minuten aus seinem Zimmerfenster auf den Hafen der Stadt, wo sich um diese Tageszeit nicht mehr viel bewegte, legte sich dann ins Bett und schlief trotz der reichen Mahlzeit sofort ein. In dieser Nacht hatte er keinen schlechten Traum.

Am Morgen waren die Wolken des Vortages verschwunden, der Sommer hatte auch Dänemark fest im Griff. Bevor Marder nach Schweden weiterfuhr, machte er einen Anstandsbesuch bei der Kleinen Meerjungfrau. Die Nixe aus dem Märchen des dänischen Erzählers Hans Christian Andersen war eine zierliche Statue, kleiner, als er sie sich vorgestellt hatte, beinahe unscheinbar auf ihrer Insel, die nur aus einem mittelgroßen Steinbrocken im Wasser bestand, wenige Meter vom Ufer entfernt. Marders Mutter hatte ihm als Kind das Märchen vorgelesen, er selbst hatte dies für seine Kinder und später für seine Enkel getan. Die kleine Nixe hatte dabei in seiner Vorstellung jedes Mal an Statur gewonnen, nun reduzierte die Wirklichkeit sie auf ihre tatsächliche Größe. Das Mädchen aus Bronze saß einsam auf ihrem Stein im Öresund und ließ sich von der Morgensonne bestrahlen. Am Ufer stand ein Bus mit Touristen aus dem Fernen Osten: Japaner, Chinesen oder Koreaner. Marder fand es unmöglich, sich auf ihre Nationalität festzulegen. Sie redeten in ihrer unverständlichen Sprache auf die zarte Figur ein. Diese verstand davon offensichtlich so wenig wie er und reagierte nicht. Marder zwinkerte der kleinen Meerjungfrau zu und versprach ihr, später mit seiner Frau wiederzukommen, um sich ausführlich mit ihr zu unterhalten – jetzt müsse er aufbrechen, um sich um Vera Matuschek zu kümmern.

Er überquerte die Öresundbrücke, die Dänemark und Schweden verband und noch ganz neu aussah. Sie beeindruckte Marder mit ihrer majestätischen Einfachheit und schnörkellosen Eleganz. Am Anfang der Brücke lag Kopenhagen, am Ende Malmö oder umgekehrt, je nachdem von welcher Seite man auf sie hinauffuhr. Unter der Brücke floss das Wasser aus der Nordsee in die Ostsee.

Hinter Malmö lag das Land, in dem Kommissar Wallander seine Erfolge feierte. Wallander war einer der literarischen Kommissare, dessen Fälle Marder lesenswert fand. Marder war lediglich der Ansicht, dass der Autor Henning Mankell die Dramatik im Privatleben des Kommissars und gelegentlich die soziale Bedeutung der Verbrechen übertrieb, aber das musste wohl in Romanen so sein. Dichtung war oft dramatischer als das Leben, und Marder sah in Mankell eher einen Dichter als nur einen Schreiber von realistischen Geschichten über Schandtaten und die Menschen, die sie verübten. Wie würde Wallander bei der Suche nach Vera und Volkert vorgehen? Welchen Hintergrund würde Mankell dem Geschehen um Volkert und Vera geben? In seiner Geschichte würde sich möglicherweise herausstellen, dass Volkert in den Menschen- und Drogenhandel zwischen dem Weserbergland und Skandinavien verwickelt war. Vera wäre vermutlich die Agentin eines Geheimdienstes, die Volkert an ihre Auftraggeber ausliefern soll und von ihm in den Wäldern Südschwedens auf grausame Art beseitigt wird, bevor sie ihren Auftrag erledigen kann. Auf jeden Fall würde Wallander den Fall zu einem erfolgreichen Ende bringen. Marder war sich nicht sicher, dass ihm dasselbe bei der Suche nach Vera Matuschek gelingen würde.

Das wahre Skandinavien fing erst hier in Schweden an: Wälder, die sich endlos streckten; Felsen, unter denen schelmische Trolle hockten; Bäche, in denen Lachse über Steine sprangen; Seen, die ihre eigenen Geheimnisse hatten; Ortschaften, die die Probleme der Welt ignorierten; Straßen, die die Einsamkeit in links und rechts unterteilten. Es duftete nach Holz, Moos, Pilzen und wilden Tieren. Dabei war dies nur der Süden Schwedens, wie viel einsamer, wilder und unberührter musste es im Norden sein? Marders Ziel war Malilla, eine ländliche Kleinstadt in der Provinz Samland, ungefähr dreihundert Kilometer von Malmö entfernt. Das Ferienhaus sollte dort direkt an einem See liegen.

Malilla war als Ort kaum der Rede wert. Zwei Straßen, die sich kreuzten. Einige Häuser, eine Tankstelle, eine Drogerie, ein schmuckloses Café und ein paar weitere Geschäfte für das Wichtigste des täglichen Lebens. Marder hielt an der Tankstelle. Er kaufte eine Landkarte und zeigte dem Tankwart den Zettel mit der Adresse, die er suchte. Der Mann war im besten Greisenalter, trug Turnschuhe, die noch aus seiner Jugend zu stammen schienen. Die dominierende Farbe auf der Landkarte war Grün, das bedeutete Wald, viel Wald. Die kleinen und großen blauen Flecken waren Seen von unterschiedlicher Größe. Der Tankwart sprach kein Deutsch, Marder kein Schwedisch, man einigte sich auf eine gebrochene Version von Englisch. Am Ende ihrer Konversation hatte Marder eine vage Vorstellung, wo er das Ferienhaus suchen musste.

13

Nach einer Irrfahrt durch die Wälder fand Marder den See, an dem das Haus liegen sollte. Auf einem verblichenen Schild an einer Straße, die am Wasser entlangführte, war bei genauem Hinschauen der Name zu erkennen, der auf seinem Zettel stand. An einem Briefkasten am Wegrand war in weißen Ziffern die Nummer geschrieben, die er suchte. Er war bei Volkerts und Veras Ferienhaus angekommen.

Das Haus stand ungefähr zwanzig Meter von der Straße entfernt hinter Krüppelkiefern auf einer kleinen Landzunge. Was immer darin vorging, war von der Straße nicht einzusehen. Es war ein typisch skandinavisches Holzhaus, mit roten Außenwänden und einem weiß abgesetzten Dach, groß genug für eine kleine Familie, und thronte auf einem Felsen, der schräg zum Wasser abfiel. Am Fuß des Felsens war ein Bootssteg aus Holzplanken verankert, an dessen äußerstem Pfeiler ein Ruderboot festgebunden war.

Marder stand eine Weile vor dem Grundstück und ließ das Stillleben auf sich wirken. Nichts bewegte sich, das Haus döste in der Abendsonne, die Szene wirkte wie eine Idylle aus einem Ferienkatalog. Was würde er finden, wenn er es betrat? Vera und Volkert beim Abendessen? Zeichen oder Folgen eines Dramas? Nichts als ein verlassenes Nest?

Von der Straße führte eine Zufahrt über das Grundstück zur Rückseite des Hauses. Marder ging um das Haus herum. Würde er hinter dem Gebäude einen roten Audi aus Holzminden finden? Nein, das Auto, das dort parkte, war weder rot noch ein Audi noch aus Holzminden – es war ein dunkelgrüner Volvo mit einem schwedischen Kennzeichen. Marder trat an den Wagen heran und schaute durch das Seitenfenster. Auf dem rechten Vordersitz lag ein Plastikbehälter von McDonald's, auf dem Rücksitz war ein Kindersitz befestigt.

»Was machen Sie da?«

Marder fuhr herum. Er war zu überrascht, um sofort zu antworten.

An der Hintertür stand ein junger Mann und blickte drohend auf den Eindringling. In der linken Hand hatte er eine Bierdose, das war kein Problem. Das Problem lag in der anderen Hand. In ihr hielt der Mann ein Jagdgewehr, das zwar nicht direkt auf Marder gerichtet war, aber es würde nur Sekundenbruchteile dauern, um es zu tun.

»Sind Sie Herr Matuschek?«, fragte der Mann.

»Entschuldigen Sie«, erwiderte Marder artig. »Ich bin nicht Herr Matuschek, mein Name ist Marder. Ich bin völlig ungefährlich, und Sie können das Gewehr unten lassen. Bitte.«

»Was wollen Sie hier?«

»Ich suche den Herrn Matuschek, den Sie eben erwähnt haben, aber der heißt nicht Matuschek, sondern Volkert.«

Marder versuchte, harmlos und verbindlich zu wirken, das Gewehr war in seinem Bewusstsein präsent. Er redete weiter, um sein Gegenüber von der Waffe abzulenken. Er wollte es auf keinen Fall zu einem Schusswechsel kommen lassen, vor allem, da nur sein Gegenüber über eine Schusswaffe verfügte.

»Wieso denken Sie, ich sei Matuschek, der in Wirklichkeit Volkert heißt?«

»Ob Sie nun Matuschek, Volkert oder Marder heißen, ist mir egal. Auf jeden Fall haben Sie ein Auto mit einem deutschen Kennzeichen vor dem Haus abgestellt, deswegen dachte ich, dass Sie der Mieter aus Deutschland sind, der hier zuletzt gewohnt hat.«

»Und der hieß Matuschek?«

»Ja, der hieß Matuschek.«

»Und Sie glauben, dass ich dieser Matuschek bin?«

»Ich dachte, dass Sie … also dass Matuschek zurückgekommen ist, um aufzuräumen.«

»Wieso aufräumen?«

»Weil das Haus in einem chaotischen Zustand ist, als ob Matuschek oder Volkert Hals über Kopf abgereist ist. Nun sagen Sie erst mal, wer Sie genau sind und vor allem, warum Sie hier um das Haus herumschleichen. Bisher haben Sie mir nur erzählt, dass Sie Marder heißen. Oder haben Sie auch einen zweiten Namen, wie Matuschek, der Volkert heißen soll, oder wie Volkert, der Matuschek heißen soll.«

Das ist ja irre, dachte Marder, eine völlig irre Unterhaltung.

»Nein, ich heiße ausschließlich Marder, hinten, vorne Manfred. Was ich hier tue, das erkläre ich Ihnen gern, es ist etwas Dienstliches. Es wäre nett, wenn Sie mir vorher sagen könnten, wie Sie heißen und was Sie hier mit einem Gewehr tun.«

»Es geht Sie nichts an, was ich auf meinem Grundstück tue, aber ich sage Ihnen trotzdem ausnahmsweise, wie ich heiße: Warmbold. Jörg Warmbold.«

Langsam machte die Szene Sinn.

»Dann habe ich vor ein paar Tagen mit Ihrer Frau in Braunschweig telefoniert.«

»Mit meiner Frau haben Sie bestimmt nicht telefoniert, die spricht kaum Deutsch und wohnt in Stockholm. Sie haben sicher mit meiner Mutter geredet, die lebt in Braunschweig und kümmert sich um die Vermietung des Hauses.«

»Wenn Ihre Frau in Stockholm wohnt, tun Sie es wahrscheinlich auch.«

»Bevor ich Ihnen noch irgendetwas über mich erzähle, erklären Sie mir endlich, was Sie hier wollen. Warum suchen Sie Herrn Matuschek, und wieso soll der ›Volkert‹ heißen? Und wieso kommen Sie den ganzen Weg von Deutschland hierher, ohne dass meine Mutter Sie angekündigt hat?«

Warmbold wurde ungeduldig, seine Stimme nahm erneut einen bedrohlichen Ton an. Marder suchte einen Weg, die Situation nicht eskalieren zu lassen. Er zog den Ausweis aus der Tasche, aus der hervorging, dass er früher der Kriminalpolizei angehörte. Er zeigte Warmbold den Ausweis für einen kurzen Augenblick. Dass er nicht mehr im aktiven Dienst war, hätte Warmbold erst beim zweiten Blick feststellen können, aber er bestand glücklicherweise darauf genauso wenig wie Frau Wahlberg vor ein paar Tagen.

»Es ist wichtig, dass ich mit Herrn Volkert spreche, auch wenn Sie denken, dass er Matuschek heißt.«

Warmbold schien Marders Status als Kriminalbeamter nicht länger zu bezweifeln und legte sein feindliches Verhalten ab. Er benahm sich nun wie ein friedlicher Mensch und stellte das Gewehr hinter den Türrahmen innerhalb des Hauses. Er hatte sich ausreichend entspannt, um sich einen Schluck aus der Bierdose zu gönnen. Die Situation, die sich in den letzten Minuten ergeben hatte, ließ viele Fragen offen. Kein Wunder, dass Warmbold neugierig wurde.

»Wieso bestehen Sie darauf, dass Matuschek Volkert heißt? Ein Herr Volkert hatte das Haus in den letzten Jahren regelmäßig gemietet, aber in diesem Jahr war es ein gewisser Matuschek.«

»Und ich versichere Ihnen, dass die Herren Matuschek und

Volkert die gleiche Person sind. Haben Sie Herrn Volkert oder Herrn Matuschek jemals persönlich getroffen oder gesprochen?«

»Nein, das läuft, wie ich schon gesagt habe, alles über meine Eltern in Braunschweig. Wir haben viele Mieter aus Deutschland, es gibt dort eine Menge Leute, die gern in Schweden Urlaub machen. Normalerweise ist das Haus im Sommer gut gebucht. Es ist eher die Ausnahme, dass es leer steht. Ich komme nur aus Stockholm hierher, um nach dem Rechten zu schauen, wenn die Gäste wieder abgereist sind.«

»Sie sagten, Herr Volkert hat hier schon öfter gewohnt?«

»Jetzt kommen Sie erst mal rein. Wir können uns bei einem Bier weiter unterhalten. Hier draußen wird es ungemütlich kühl.«

Außerdem fing es an zu regnen.

Es war das erste Mal seit Langem, dass Marder im Freien fröstelte. Entweder hatte sich die Hitzewelle erschöpft oder sie reichte nicht bis in die Wälder Schwedens. So fühlt es sich also an, wenn einem kühl ist, dachte Marder. Bis vor wenigen Stunden hatte er geglaubt, er würde dieses Gefühl nie wieder erleben. Der Himmel war nun von grauen Wolken bedeckt, dadurch wurde es zunehmend dämmerig. See, Wald und Felsen fielen in eine düstere, drohende Stimmung.

Im Innern des Hauses herrschte die Unordnung, die Jörg Warmbold erwähnt hatte. In der Küche stand Geschirr unabgewaschen neben der Spüle, darüber schwirrten schwarze, fette Fliegen. Auf dem steinernen Fußboden glänzten Kaffee- oder Soßenflecken. Die Stühle, die zum Esstisch gehörten, standen sinnlos im Raum herum, auf dem Teppich waren Spuren von Erde und Sand, auf dem Sofa und den Sesseln lagen Zeitungen und Zeitschriften, niemand hatte hier beim

Auszug aufgeräumt oder sauber gemacht. Der Staubsauger, wenn es im Haus einen gab, war ganz bestimmt vor der Abreise nicht benutzt worden. Ein schneller Blick ins Schlafzimmer zeigte, dass das Bett nach der letzten Benutzung nicht abgezogen worden war, nicht einmal aufgeschüttelt. Die Laken waren verrutscht und sahen aus als röchen sie unappetitlich. Wer immer hier gewohnt hatte, musste in Eile aufgebrochen sein.

Jörg Warmbold hatte sich in einen Sessel fallen lassen und forderte Marder mit einer Handbewegung auf, dasselbe zu tun.

»Ich versteh nicht, wieso dieser Matuschek Volkert sein soll. Matuschek ist ganz offensichtlich ein äußerst schlampiger Typ, das war Volkert nie. Früher, wenn die Volkerts nach Hause gefahren sind, war das Haus immer in einem Topzustand. Es ist Teil der Mietbedingungen, dass die Gäste das Haus sauber und ordentlich verlassen müssen, deswegen nehmen wir auch keinen Zuschlag für eine Endreinigung. Hier in der Gegend gibt es außerdem niemanden, der das Haus reinigen könnte.«

»Aber Sie können doch nicht sicher sein, dass Ihre Mieter das Haus wirklich in Ordnung bringen, wenn sie wegfahren.«

»Absolute Sicherheit gibt es natürlich nicht, aber meine Mutter akzeptiert auch nicht jeden, der es mieten möchte. Erst redet sie eine Weile mit den Leuten und nur wenn sie einen guten Eindruck von ihnen hat, gibt sie ihr Okay«, antwortete Warmbold, während er aufstand und die Stühle an den Esstisch schob. »Und bisher hatten wir noch nie ernsthafte Probleme. Außerdem kommen ich oder meine Frau meistens zwischen zwei Mietern schnell her, um nachzuschauen, ob alles in Ordnung ist. Manchmal kommen meine

Frau und ich auch gemeinsam und bleiben ein paar Tage hier, wenn es zeitlich passt. Ich bin kurz vor Ihnen angekommen und war ganz schön wütend wegen der Unordnung. Entschuldigung wegen des Gewehrs. Übrigens, es ist ohnehin keine Munition drin. Die bewahre ich vorschriftsmäßig getrennt auf. Das sollte Sie als Kriminalbeamten beruhigen.«

»Sie sagten vorhin ›die Volkerts‹. War Volkert immer mit seiner Frau hier? Seit wie viel Jahren sind sie hierher gekommen?«

»Etliche Jahre schon. Mindestens sieben oder acht. Immer zusammen. Die Volkerts waren unsere zuverlässigsten Stammgäste, die kamen jeden Sommer, allerdings die beiden letzten Jahre nicht mehr.«

»Aber Sie haben Volkert oder seine Frau nie gesehen?«

»Nein, noch nie, das sagte ich schon. Ich komme immer erst zum Haus, wenn die Gäste weg sind. Und bei den Volkerts hatten wir nie Grund, uns Sorge zu machen. Wie gesagt, wenn die abreisten, war das Haus immer picobello.«

Offensichtlich, dachte Marder, hat Volkert früher mit seiner Frau in diesem Haus regelmäßig Urlaub gemacht. Nachdem er sich von ihr getrennt hatte, war er nicht mehr hergekommen, bis er Vera Matuschek kennenlernte. Da erinnerte er sich an diesen Platz und lud sie ein, mit ihm hierher in die Ferien zu fahren. Irgendetwas muss passiert sein, was Volkert und Vera zu einer überhasteten Abreise veranlasst hat. Da hört die Normalität auf.

»Ich weiß immer noch nicht, warum Sie Herrn Matu- … Herrn Volkert suchen, Herr Kommissar. Er müsste doch längst wieder zu Hause sein, falls er nicht noch woandershin gefahren ist. Soweit ich es sehe, ist er trotz der Unordnung fristgerecht abgereist. Die Essensreste am Geschirr in der

Küche sind völlig ausgetrocknet und festgepappt, die Teller und Tassen müssen schon seit einer Woche oder noch länger herumstehen.«

»Sie eignen sich zum Kriminalisten, Herr Warmbold. Genau das ist mir auch aufgefallen. Aber Herr Volkert ist nicht zu Hause angekommen, deswegen möchte ich gern wissen, wo er ist. Wir von der Polizei sind eben besonders besorgt, wenn einer unserer Kollegen unauffindbar ist. Darum bin ich hier. Außer der Schlamperei in der Wohnung scheint nichts auf etwas Besonderes hinzuweisen. Sein Auto ist ebenfalls nicht mehr da, er ist wohl wie geplant abgereist, wenn auch in großer Eile.«

Warmbold blickte aus dem Fenster und zeigte auf das Boot.

»Auch das Boot liegt angebunden am Steg. Also kann es auch keinen Unfall auf dem See gegeben haben. Da mache ich mir manchmal Sorgen. Sollte den Gästen etwas zustoßen, wenn die mit dem Boot draußen auf dem Wasser sind, bekommt das kein Mensch in dieser Einsamkeit mit.«

»Wenn es Ihnen nichts ausmacht, würde ich mich gern morgen früh um das Haus herum umschauen, vielleicht fällt mir etwas auf oder ich finde etwas, das nicht so ist, wie es sein sollte. Übrigens, können Sie mir einen Tipp geben, wo in der Nähe ich übernachten könnte?«

»Sie können sich gern auf dem Gelände umschauen, zum Übernachten allerdings gibt es nicht viel in der Gegend. Wenn Sie möchten, können Sie das Kinderzimmer hier im Haus haben. Sie müssen allerdings das Bett selbst beziehen.«

Auf diese Antwort hatte Marder gehofft. Es regnete immer noch, und er hatte keine Lust, sich in die feuchte skandinavische Nacht hinauszubegeben.

»Das Angebot nehme ich gern an. Sie dürfen mir dafür gern

eine Rechnung mitgeben, für die Polizeikasse sind solche Spesen Peanuts.«

»Vergessen Sie es, Sie sind mein Gast. Ich habe übrigens für Notfälle wie heute irgendwo im Haus eine Flasche Trollinger versteckt. Die werde ich jetzt mal suchen gehen – blöderweise kann ich mich nicht mehr erinnern, wo ich sie hingetan habe. Ich hoffe, ich finde sie, wenn sie nicht ein Opfer von Trollen oder Gästen geworden ist.«

Es wurde ein gemütlicher Abend. Während Warmbold den Trollinger suchte, zündete Marder ein Feuer im Kamin an, weil die Heizung im Haus nicht schnell genug auf die abendliche Kälte reagierte. Warmbold entdeckte den Wein im Geräteschuppen hinter einer Tüte Rosendünger, die wiederum hinter dem Holzkasten mit der elektrischen Säge stand. Es war nicht nur eine, sondern es waren zwei Flaschen, die sich dort verborgen hielten.

»Die liegen dort schon seit zwei oder drei Jahren. Ich habe immer gefürchtet, irgendein Mieter könnte sie entdecken und mir wegtrinken. Aber niemand ist auf die Idee gekommen, hinter den Düngemitteln nach alkoholischen Getränken zu suchen, und die Trolle in der Gegend sind wahrscheinlich bei Flaschen vorsichtig, auf denen ›Trollinger‹ steht.«

Als die Flaschen geleert waren, nannten sich die beiden längst bei ihren Vornamen. Manfred hatte erfahren, dass Jörg vor elf Jahren von der Lufthansa nach Stockholm versetzt worden war, um die Buchhaltung des Verkaufsbüros sowohl den schwedischen als auch den deutschen Steuergesetzen anzupassen. Aber man brauche ihn dort nun nicht mehr, nun sei er Mitarbeiter einer privaten Sicherheitsfirma.

»Was heißt ›nicht mehr brauchen‹?«, hatte Marder nachgefragt.

»Na ja, drei Jahre, nachdem ich hierhergekommen war, sind die Lufthansa und die SAS der Star Alliance beigetreten. Vielleicht haben Sie … hast du ja schon davon gehört? Das ist eine von diesen Gruppen, wo sich internationale Fluggesellschaften zusammentun, vor allem, um Kosten zu sparen. Da war dann ein eigenes Büro der Lufthansa in Stockholm nicht mehr nötig und die Niederlassung wurde aufgelöst.«

»Hat dir die Lufthansa keinen anderen Job in Deutschland oder sonst wo angeboten?«

»Doch, doch, das schon. Ich hätte nach Deutschland zurückgehen können. Das wollte ich aber nicht, weil ich inzwischen eine Freundin in Stockholm hatte. Heute ist sie meine Frau. Ich hätte zur SAS wechseln können, aber das wollte ich nicht, weil ich das Büroleben und die Buchhaltung nach so vielen Jahren als Schreibtischtäter satthatte. Deswegen habe ich mich als ›Security Guard‹ beworben und darf heute ganz legal ein Gewehr mit mir herumtragen. Es tut mir leid, dass ich dich damit erschreckt habe.«

Dann erzählte Jörg die Geschichte, wie er seine Frau kennengelernt hatte. Sie fing an mit: »Ich habe sie auf der Müllkippe gefunden.«

Marder war fasziniert und bestand auf Details.

Jörg ließ sich nicht lange bitten, mit dieser Erzählung trug er oft und gern zur Unterhaltung im Freundeskreis bei.

»Also, das war so: Als ich nach Stockholm geschickt wurde, habe ich meine alten Möbel aus Deutschland mitgebracht, auch wenn sie schon ziemlich verbraucht und verschlissen waren. Ich wusste ja nicht, wie lange ich hierbleiben würde. Nach zwei Jahren konnte ich die alten Dinger nicht mehr sehen und fing an, meine kleine Wohnung mit modernen skandinavischen Möbeln einzurichten. Deswegen habe ich die alten Sachen zerlegt und sie nach und nach zu einer Deponie gebracht. Auf einem dieser Trips parkte ich neben einer jungen Dame, die vergeblich versuchte, ihr Auto zu starten. Als ich mit dem Abladen fertig war, war ihr das immer noch nicht gelungen, und sie war ziemlich verzweifelt. Ich bot ihr meine Hilfe an, aber auch gemeinsam brachten wir ihr Auto nicht in Gang. Am Ende riefen wir den schwedischen ADAC, der glücklicherweise auch nicht helfen konnte, außer zu arrangieren, dass das Auto in eine Werkstatt abgeschleppt wurde.«

»Und dann hast du das Mädchen abgeschleppt.«

»Genauso war es. Ich fuhr sie nach Hause und nach drei Tagen brachte ich sie wieder zur Werkstatt, um ihr Auto abzuholen. Für die Zeit dazwischen hatte ich ihr angeboten, auf mich und mein Fahrzeug zurückzugreifen, wenn sie dringend irgendwohin wollte, außer zu ihrem Freund natürlich. Das hat sie zu ihrem und meinem Glück angenommen, was der Anfang einer leidenschaftlichen Liebe wurde. Um es zusammenzufassen: Ich habe ein paar alte Schachteln zum Müll gebracht und bin mit einer jungen Frau nach Hause gefahren.«

Dieser Geschichte hatte Marder nichts Gleichwertiges entgegenzusetzen. Er hatte seine Frau bei der katholischen Jugend kennengelernt und jahrelang ihr Händchen gehalten, bevor sie ihm weitere Schritte erlaubte.

Um Mitternacht tauchte, angeregt durch den Rotwein aus Baden-Württemberg, die Frage nach dem Sinn des Lebens auf. Jörg meinte, auf diese Frage gebe es keine verbindliche Antwort. Jeder Mensch sei ein einzigartiges Ergebnis der Evolution, mit einem ganz individuellen Gewissen und einem freien Willen. Deswegen müsse jeder den Sinn des Lebens für sich selbst finden, und der gelte dann auch nur für ihn. Das sei auch die Meinung eines bekannten zeitgenössischen Philosophen, von dem er gerade ein Buch gelesen habe. Marder war der Ansicht, dass an dieser Aussage irgendetwas in Richtung Nächstenliebe fehlte, aber es war spät, und er war müde und konnte sich nicht mehr auf eine Antwort konzentrieren. Also ließ er es sein.

Unverhofft, vielleicht weil er sich in dem Raum aufhielt, in dem Vera Matuschek vor kurzem gelebt hatte, drängte sich Marder wieder das Gefühl von Traurigkeit auf, das ihn schon befallen hatte, als er in Veras Garten die verdorrenden Pflanzen betrachtet hatte. Nur war es dieses Mal stärker und beängstigender, als wollte es ihm sagen, dass zwischen Vera und Volkert etwas Tragisches passiert war. Marder wies diesen Gedanken von sich – solange er nichts Konkretes wusste, wollte er sich nicht durch negative Eingebungen beeinflussen lassen.

»Du siehst müde aus, Manfred«, stellte Jörg fest und hob sich mühsam aus seinem Sessel. »Ich glaube, du machst dir Sorgen um etwas. Um zu der Frage nach dem Sinn des Lebens zurückzukommen: Meine Frau meint, der Sinn meines Lebens sei, ihr zu dienen und ihre Wünsche zu erfüllen. Und weil ich sie liebe, halte ich mich daran. Jetzt muss ich allerdings ins Bett, sonst bin ich morgen zu nichts nutze.«

Das Frühstück am nächsten Morgen war karg: Kaffee, etwas Schwarzbrot mit Margarine, dazu selbst gemachte Marmelade aus den Beeren des Waldes. Mehr konnte Marder nicht erwarten – sein neuer Freund Jörg hatte keine Chance gehabt, ein Frühstücksbüfett für einen Gast zu planen. Nach der kurzen Mahlzeit streifte Marder aufmerksam durch das Gelände rings um das Haus und ging in beide Richtungen ein Stück am See entlang. Die Morgenluft war kalt, und ihn fröstelte. Das erinnerte ihn daran, dass Volkerts Jackett noch auf dem Rücksitz seines Wagens lag. Er holte es heraus und zog es über. Ihm war nun nicht mehr ganz so kalt, aber er fühlte sich in dieser Jacke nicht wohl. Er wollte weder in Volkerts Haut noch in seiner Kleidung stecken, zog die Jacke wieder aus und legte sie ins Auto zurück. Er warf einen Blick auf das Boot am Steg, fand aber nichts, was seine Aufmerksamkeit oder sein Misstrauen erweckte. Er hatte nicht wirklich erwartet, Blutspuren oder andere Anzeichen für ein Verbrechen zu finden. Außerdem hatte der Regen der letzten Nacht mögliche Spuren sicherlich weggewaschen. Marder bedauerte, dass er sich nicht bereits am Abend umgeschaut hatte, aber das ließ sich jetzt nicht mehr ändern.

Er ging davon aus, dass Vera und Volkert tatsächlich an dem geplanten Abreisetag abgefahren waren – aus einem unbekannten Grund in großer Hast. Warum hatten sie das Haus so eilig verlassen, dass sie nicht einmal Zeit fanden, oberflächlich aufzuräumen? Das war seiner Meinung nach weder charakteristisch für Vera noch für Volkert. Es konnte natürlich eine ganz einfache Antwort auf diese Frage geben. Vielleicht hatten sie den letzten Abend des Urlaubs besonders herzlich gefeiert und am Morgen danach verschlafen. Da sie ihre Rückfahrt auf einer bestimmten Fähre gebucht hatten, hatten sie in Panik ihre Sachen in die Koffer geworfen und waren losgerast. Jetzt, in der Ferienzeit, waren die Fähren vermutlich ausgebucht und eine verpasste Reservierung konnte eine lange Wartezeit auf einen Platz auf einer späteren Fähre bedeuten.

Er verabschiedete sich von Jörg Warmbold und versprach ihm, sich zu melden, wenn er Matuschek/Volkert oder Volkert/Matuschek gefunden habe. Dabei habe ich Jörg überhaupt nicht erklärt, warum genau ich diesen Mann suche, dachte Marder, und glücklicherweise hat der über den Trollinger vergessen, danach zu fragen. Das ist ohnehin besser so für den Fall, dass sich die ganze Geschichte als ein harmloser Beziehungskrach herausstellt, der sich längst in Wohlgefallen aufgelöst hat.

Auf dem Weg hielt Marder noch einmal an der Tankstelle in Malilla an. Tanken musste er ohnehin, aber wichtiger war ihm, dem alten Mann, der hier arbeitete, einige Fragen zu stellen. Nachdem er den Tank seines Wagens aufgefüllt hatte, ging er in das Kassengebäude. Es war offen, aber es war niemand drin. Marder wartete. Wenn er jetzt einfach weiterfahren würde, könnte ihn niemand aufhalten, aber vermutlich tut man so etwas in einer schwedischen Kleinststadt nicht. Marder wartete weiter. Zu dumm, dass er vor dem Tanken den Tankautomaten nicht bemerkt hatte, dann hätte er vorher bezahlen können. Nach einer Viertelstunde – Marder war gerade dabei, seine Geduld zu verlieren – kam der Tankwart über die Straße geschlendert. Heute trug er keine Turnschuhe, sondern Gummistiefel. Er war offensichtlich in dem schmucklosen Café auf der anderen Straßenseite zum Frühstücken gewesen. Er drückte geruhsam seine Zigarette an der Zapfsäule aus, aus der Marder vor ein paar Minuten Benzin getankt hatte. Marder trat vorsichtshalber zwei Schritte zurück und wartete auf die Explosion. Nichts geschah. Er konnte im Lack der Zapfsäule eine Reihe von Brandstellen entdecken, die ähnlich aussahen wie die, die frisch dazugekommen war. Der Mann wusste offensichtlich, was er tat, dennoch wunderte sich Marder, dass er so alt geworden war.

»I am sorry«, erklärte der Greis auf Englisch. »Ich war frühstücken«, ergänzte er auf Schwedisch. Marder verstand ihn trotzdem. Die Unterhaltung war wegen der fehlenden gemeinsamen Sprache nicht einfacher als am Tag zuvor. Wenn er die gröbsten grammatischen Patzer ignorierte, glaubte Marder hinterher ungefähr folgendes Gespräch geführt zu haben:

Marder: Haben Sie in den letzten Wochen einen roten Audi aus Deutschland hier gesehen?

Tankwart: Ja, zweimal. Das erste Mal vor etwas mehr als zwei Wochen und dann noch einmal ein paar Tage später.

Marder: Können Sie sich an das Nummernschild erinnern, an irgendwelche Buchstaben oder Ziffern, die darauf waren?

Tankwart: Das glauben Sie doch selbst nicht.

Marder: Können Sie sich daran erinnern, wie viele Leute in dem Auto waren?

Tankwart: Beim ersten Mal waren es auf jeden Fall zwei, ein Mann und eine Frau. Das weiß ich genau, weil beide zum Bezahlen zur Kasse kamen und die Frau wissen wollte, was es hier so für den Notfall zu kaufen gibt, wenn die anderen Geschäfte geschlossen sind.

Marder: Und beim zweiten Mal?

Tankwart: Das kann ich nicht genau sagen. An dem Tag hat der Fahrer am Automaten bezahlt, weil ich die Kasse noch nicht aufgemacht hatte. Die Seite der Maschine, wo man das Geld einwirft, kann ich von hier nicht sehen. Deswegen habe ich nicht erkennen können, ob es eine Frau oder ein Mann war. Soweit ich mich erinnern kann, war niemand sonst in dem Auto, aber sicher bin ich mir nicht, ich habe nicht wirklich darauf geachtet. Warum hätte ich das auch tun sollen, ich hatte ja keinen Grund dazu. Es war noch ziemlich früh am

Morgen, da bin ich meist noch nicht ganz bei der Sache. Ich war gerade erst angekommen, und wie ich schon gesagt habe, hatte ich die Kasse noch nicht einmal aufgemacht.

Marder: Kann es sein, dass eine zweite Person auf die Toilette gegangen ist, während die erste bezahlte?

Tankwart: Das glaube ich nicht, die hätte den Schlüssel bei mir holen müssen.

Marder: Gibt es hier an der Tankstelle eine Kamera, die alles aufzeichnet?

Tankwart: Das kann doch nicht wirklich Ihr Ernst sein. (Der Mann hob seinen rechten Zeigefinger auf die Höhe seiner Stirn.) Wir sind hier in der Wildnis. Hier brauchen wir keine solchen Tricks, hier gibt es nur ehrliche Menschen. Deswegen konnte ich mir auch nicht vorstellen, dass Sie abhauen würden, bevor Sie bezahlt haben. Ich habe Sie zwar von dort drüben gesehen, aber ich hatte gerade eine Tasse Kaffee bestellt, die wollte ich austrinken, bevor sie kalt wurde.

Marder: Da haben Sie aber Glück gehabt, ich wollte gerade wegfahren.

Tankwart: Weit wären Sie nicht gekommen. Ich hätte meine Freunde bei der Polizei im nächsten Ort angerufen. Die hätten Sie dann zur Kasse gebeten, plus Strafe. Davon finanzieren die ihre geselligen Abende.

Marder: Da habe ich ja Glück gehabt. Aber noch mal wegen des Audis: Wissen Sie noch, an welchem Tag das genau war, als der zum zweiten Mal hier war?

Tankwart: Ich glaube, das war am Wochenende, ganz früh am Sonnabend vorige Woche. Am Sonntagmorgen bleibe ich meistens zu Hause, da kommt sowieso keiner zum Tanken. Im Notfall können die Leute ja am Automaten bezahlen.

Marder: Thank you.

14

Marder fuhr auf dem Rückweg von Schweden nach Dänemark nicht über die schöne lange Brücke zwischen Malmö und Kopenhagen, sondern setzte auf der Fähre von Helsingborg nach Helsingör über, sechzig Kilometer nördlich von Kopenhagen. Hier war der Öresund, der Schweden und Dänemark trennte, nur eine schmale Fahrrinne. Die Überfahrt dauerte knapp zwanzig Minuten, es lohnte sich kaum, aus dem Auto zu steigen, was die meisten Fahrgäste auch nicht taten. Als das Schiff auf der dänischen Seite anlegte, sah er, wie einige Fahrgäste umgehend in dem Getränkemarkt verschwanden, der sich am Pier befand. Sie deckten sich dort offensichtlich mit Alkoholika ein, um mit der nächsten Fähre wieder nach Schweden zurückzukehren, wo alkoholische Getränke erheblich teurer waren als in Dänemark. Manche Passagiere zogen Handwagen hinter sich her, auf denen sie Bierkästen mit leeren Flaschen nach Dänemark transportiert hatten und volle nach Schweden zurücknahmen.

Marder fuhr auf der Küstenstraße an der Ostseite der Insel Seeland in Richtung Kopenhagen. Zu seiner Rechten lagen inmitten von herrschaftlichen Gärten die Villen der Reichen, zu seiner Linken blitzten Segelboote als weiße Dreiecke zwischen riesigen Containerschiffen, mittelgroßen Personenfähren und winzigen Fischkuttern. Der Öresund machte seinem Ruf als eine der meistbefahrenen Wasserstraßen der Welt alle Ehre. Seit Marder Schweden verlassen hatte, war die sommerliche Hitze zurückgekehrt, als würde sich das Hoch über Zentraleuropa an die Landesgrenzen halten. Die Pflanzen in den

Gärten wirkten so müde, wie sie um diese Jahreszeit wahrscheinlich sonst nur in Südfrankreich oder Spanien aussahen.

Er machte auf der Autobahn einen Bogen um Kopenhagen. Von der Fähre, die ihn nach Fehmarn zurückbrachte, rief er Anja Matuschek an, um zu fragen, ob Vera inzwischen nach Hause gekommen war. Er rechnete nicht ernsthaft mit einer positiven Antwort, und so war es auch. Danach sprach er mit Frau Bistorf-Kuntze, auch sie wartete immer noch vergeblich auf ein Lebenszeichen von ihrem Chef, was Marder ebenfalls nicht überraschte.

Marder musste sich eingestehen, ratlos zu sein. Was hatte ihm die Reise nach Schweden gebracht, außer einem weinseligen Abend mit einem ehemaligen Mitarbeiter der größten deutschen Fluggesellschaft? Wenig, was ihm bei der Suche nach Vera Matuschek weiterhalf.

Immerhin hatte er jetzt Gewissheit, dass Vera und Volkert tatsächlich gemeinsam Urlaub in Schweden gemacht hatten, aber das war eigentlich nichts Neues. Neu war nur, dass sie aus dem Urlaub übereilt abgereist waren und ein unaufgeräumtes Ferienhaus hinterlassen hatten. Wenn es auch eine Abreise in Hast gewesen war, musste es nicht unbedingt eine Abreise in Panik gewesen sein. Sie hatten ihr Hab und Gut vollständig wieder mitgenommen, ohne etwas liegen zu lassen, wie es bei einer panischen Flucht zu erwarten gewesen wäre. Nur zum Aufräumen hatten sie entweder keine Zeit oder Lust gehabt.

Keine Antwort gab es auf die Frage, wohin Vera und Volkert nach ihrer Abreise gefahren waren. Warum meldete sich Vera nicht bei ihrer Familie und Volkert nicht bei seiner Behörde? Bei Vera konnte Marder das noch verstehen: Sie war vermutlich nicht der Meinung, dass sie ihrer Familie Rechenschaft über ihre Abwesenheit schuldete. Aber Volkert musste wissen, dass man ihn an seinem Arbeitsplatz erwartete. Er war verpflichtet, seine Kollegen in Holzminden oder seinen Chef in Hannover zu informieren, wenn er länger seiner Dienststelle fernblieb, als er es ursprünglich geplant hatte.

Marder rief Erich Falkenberg an. Helga Mausmann, Falkenbergs Sekretärin, teilte ihm mit, der Chef sei im Moment in einer Konferenz, aber sie wisse, dass er unbedingt mit ihm sprechen wolle.

»Kann er Sie in einer Stunde oder so zurückrufen?«, fragte sie.

»Nein, das ist schlecht, ich bin im Moment unterwegs in meinem Auto. Ich melde mich lieber, wenn ich wieder zu Hause bin.«

»Ich sage es ihm, aber ich glaube, er hat es dringend, mit Ihnen zu reden.« Frau Mausmann legte auf.

Kurz vor Lübeck – Marder hatte vor wenigen Minuten auf einer Raststelle hastig einen Kaffee getrunken – meldete sich sein Handy. Er ignorierte es, weil er gerade dabei war, mehrere Lastwagen zu überholen. Er bog auf den nächsten Parkplatz ein, wo er vergeblich nach einem Fleck im Schatten für sein Auto suchte. Der Platz war nur durch niedrige Hecken sowohl von der Fahrbahn als auch von den Feldern auf der anderen Seite getrennt. Er schaltete Motor und Klimaanlage aus und spürte im gleichen Moment, wie die Sonne das Innere des Autos aufheizte. Auf dem Display des Handys sah er, dass Erich Falkenberg versucht hatte, ihn zu erreichen.

Marder öffnete die Seitenfenster seines Wagens und drückte auf den Rückrufknopf seines Handys.

»Hallo, Erich, ich bin auf der Autobahn auf dem Weg nach Hause. Ich wollte dich später anrufen und dir erzählen, was ich in Schweden herausgefunden habe. Es ist nicht viel, ich befürchte, es wird uns nicht wirklich weiterbringen.«

Neben ihm hielt ein blauer Kombi. Ein Mann mit einem Pudel an der Leine stieg aus. Marder fand den Pudel hässlich, weil er ein kurz geschorenes Fell hatte, das ihn nackt und schutzlos aussehen ließ.

»Manfred, das ist in Ordnung, wir können uns später ausführlich unterhalten, aber ich habe ein paar Neuigkeiten, die ich dir schon einmal mitteilen wollte. Die könnten eventuell von Bedeutung sein.«

»Ja, worum geht es?«

»Um Volkerts Handy.«

»Was hast du herausgefunden?«

»Ein schwedischer Kollege, den ich von ein paar EU-Konferenzen kenne, hat sich um die Sache gekümmert. Er hat heute Vormittag angerufen. Deswegen wollte ich unbedingt mit dir reden.«

Der Pudel hatte inzwischen sein Geschäft auf dem Rasen erledigt und war erleichtert wieder in den Fond des Kombis gesprungen.

»Was hat der dir erzählt?«

»Die haben mithilfe der Mobilfunk-Gesellschaft festgestellt, dass das Handy in Malilla war, als du Volkerts Nummer angerufen hast. Sie haben sogar den genauen Platz geortet, von wo mit dir gesprochen wurde. Frag mich nicht, wie sie das gemacht haben – ich habe meinen Kollegen in Stockholm auch nicht danach befragt. Ich glaube, die schwedische Polizei nimmt sich ein paar Freiheiten, die wir uns nicht erlauben können.«

»Und wissen sie auch, wer das war, mit dem ich telefoniert habe?«

Zwei Motorräder hielten zu seiner Linken. Bedrohlich aussehende Männer in schwarzer Lederkleidung stiegen von den Maschinen.

»Ja, es war ein junger Mann, noch ein Schüler. Er hat erzählt, dass er auf dem Nachhauseweg vom Fischen über das Grundstück zwischen dem Haus und dem See gelaufen ist. Das Handy hätte auf der Erde hinter dem Haus gelegen. Es war kein Auto in der Nähe, aber er hätte an die Tür geklopft. Da sich niemand gemeldet hat und alles verlassen aussah, hat er das Handy erst einmal eingesteckt.«

Die Motorradfahrer zogen ihre Helme über den Kopf. Lange Haare, einmal blond, einmal brünett, fielen herab. Die Personen, die er voreilig als Männer identifiziert hatte, waren Frauen, eine von ihnen wohl noch ein Teenager, die andere um die fünfzig und mit dem lachenden Gesicht seines Lieblingsengels von *Charlies Angels.* Vielleicht waren es Mutter und Tochter, die mit ihren Motorrädern den Vorurteilen davonfuhren, die altmodische Leute wie er mit sich herumtrugen. Und bedrohlich sahen sie nun überhaupt nicht mehr aus. Marder verlor für ein paar Sekunden den Faden seiner Unterhaltung mit Falkenberg.

»Manfred, bist du noch da?«

»Ja, entschuldige, Erich. Ich musste gerade an etwas denken. Sag mal, der Junge hat das Handy offensichtlich nicht bei der Polizei oder im Fundbüro abgeliefert?«

»Ein Fundbüro gibt es vermutlich in so einem Ort in den Wäldern nicht. Er hat gesagt, er hatte noch vor, das Handy bei der Polizei abzugeben, weil er ein schlechtes Gewissen hatte. Er habe inzwischen mit dem Handy zweimal mit seiner Freundin telefoniert, und er wartete auf einen Rückruf von ihr, als du angerufen hast. Deswegen hat er sich gemeldet.«

Ein Schatten fiel über Marder, obwohl der Himmel wolkenlos war. Ein Wohnwagen mit holländischem Hoheitszeichen parkte direkt neben ihm ein.

»Hat dein schwedischer Kollege gesagt, ob er glaubt, was der junge Mann erzählt hat?«

Ein junges Paar mit drei kleinen Kindern, eins davon noch ein Baby, stieg aus dem Wohnwagen und schleppte die Inhalte eines Familienpicknicks an einen Tisch auf dem Rasen. Marder hielt es für verrückt, sich in die pralle Sonne zu setzen, aber die holländische Familie schien sich an den tropischen Verhältnissen nicht zu stören.

»Ja, er meint, er hätte keinen Zweifel daran. Das mit der Freundin haben sie jedenfalls überprüft, und das war korrekt. Der junge Mann ist in Malilla als tugendhaft und hilfsbereit bekannt. Er gehört zu einer Jugendgruppe der lokalen Feuerwehr und ist gerade dabei, sein Abitur zu machen. Er ist so ein Pfadfindertyp, der alten Frauen über die Straße hilft und dabei ihre Einkaufstasche trägt.«

»Erich, meinst du, wir könnten über das Handy herausfinden, mit wem Volkert in der letzten Zeit telefoniert hat? Vielleicht gibt uns das einen Hinweis, wo er jetzt sein könnte.«

»Mal sehen, ich hoffe es. Ich habe den Kollegen gebeten, uns das Handy zuzuschicken. Er sagt, soweit er es feststellen konnte, hat Volkert selbst das Handy in Schweden nie benutzt.«

Ein Wagen der Autobahnpolizei fuhr langsam über den Parkplatz. Zwei junge Beamte blickten aufmerksam aus dem Fenster, offensichtlich um zu kontrollieren, ob hier alles seine Ordnung hatte. Marder lächelte freundlich, hob grüßend eine Hand und nickte mit dem Kopf. Die Polizisten konnten natürlich nicht wissen, dass sie soeben von einem Kollegen gegrüßt worden waren, der im Polizeidienst in Ehren grau geworden war.

»Manfred, außerdem kann ich dir mitteilen, dass das Ferienhaus in Malilla einer Familie Warmbold in Braunschweig gehört.«

»Das ist nicht neu für mich, Erich, das wusste ich schon, bevor ich nach Schweden abgereist bin. Aber ich habe eine echte Neuigkeit für dich: Die Familie Warmbold hat einen Sohn, der gern Trollinger trinkt und eine Frau liebt, die er auf dem Müllplatz gefunden hat.«

Während der Mann aus Holland und die zwei älteren Kinder sich an einem Nudelsalat labten, öffnete die Frau ihre Bluse und legte den Säugling an die Brust. Marder war das peinlich, er kam sich vor wie ein Voyeur. Die junge Frau drehte sich nicht einmal zur Seite, es war ihr offensichtlich egal, ob jemand die Mahlzeit ihres Kindes beobachtete.

Marder startete sein Auto, schloss die Seitenfenster und stellte die Klimaanlage auf die höchste Stufe. Als er den Parkplatz verließ, sah er im Rückspiegel, wie ein altes Auto die Parklücke besetzte, die er gerade frei gemacht hatte. Es war ein Oldtimer, ein richtig alter aus der Vorkriegszeit, oben offen, so einen, wie ihn Marder immer gern gehabt hätte. Aber da er sich das nicht leisten konnte, hatte er nie ernsthaft darüber nachgedacht, sich ein solches Meisterwerk anzuschaffen.

15

Es war ein langer heißer Tag auf der Straße gewesen. Durch drei Länder war er gefahren: Schweden, Dänemark, Deutschland. Marder war erleichtert, wieder zu Hause zu sein. Jörg Warmbolds Trollinger und die Diskussion über den Sinn des Lebens schienen weit weg – in einer Welt ohne Hitzewelle, hoch im Norden Europas. Marder wusste, er würde schlecht einschlafen können, auch wenn er todmüde war. Er fragte seine Frau, ob sie Lust auf einen Spaziergang in der Finsternis hätte, ein Stück ins Alte Land gehen, zwischen Apfelbäumen und Kirschplantagen, entlang der Entwässerungsgräben, über die er vor sechzig Jahren mit anderen Kindern gesprungen war, wenn sich das erste Eis des Winters darauf gebildet hatte. Wer zuerst einbrach, hatte verloren, es kostete den Verlierer nichts außer nassen Füßen.

Der Weg durch die Dunkelheit erinnerte ihn an die Zeit, als er mit einer Jugendgruppe die Sommerferien in Zeltlagern verbracht hatte. Zu den Höhepunkten gehörten Nachtwanderungen mit funzligen Taschenlampen. Damals kam ihm die Nacht bedrohlich vor, heute war er zu abgeklärt, um Angst vor der Dunkelheit zu haben, vor allem, wenn seine Frau dabei war. Nach zwei Stunden, in denen Iris und er kaum sprachen, nur die kühle Nachtluft genossen und den eigenen Gedanken nachhingen, kehrten sie für einen Gute-Nacht-Schoppen in ein bayrisches Bierlokal ein, das aussah wie eine Almhütte und wo die Kellnerinnen Dirndl trugen. Das passte überhaupt nicht in das flache Land an der Unterelbe, noch weniger die Speisekarte mit Knödeln, Schweinekrustenbraten, Sauerkraut und Rettich. Aber gerade wegen dieser Exotik war die Gaststätte ein Anziehungspunkt für viele Bewohner der Umgebung. Die Decken auf den Tischen und die Papierservietten waren weiß-blau kariert, es roch nach kaltem Rauch und heißen Haxen.

Es war kurz vor Mitternacht, die meisten Gäste hatten sich bereits auf den Weg nach Hause begeben. Die Bedienung machte den Eindruck, als würde sie den Laden gern schließen. Marder und Iris setzten sich an die Theke, auf die gleichen beiden Barhocker, die sie bevorzugten, wenn sie hier einmal im Jahr einkehrten.

»Nun erzähl mal«, forderte Iris ihren Mann auf.

Marder berichtete, was er in Schweden erlebt hatte, versuchte sich an jedes Detail zu erinnern. Er hörte seinen eigenen Worten aufmerksam zu. Während er sprach, spürte er, wie erschöpft und enttäuscht er war. Er hatte nicht viel über Vera und Volkert herausgefunden, was er vorher nicht gewusst hatte, und dem Kern der Fragen um Veras Verschwinden war er nicht entscheidend näher gekommen.

»Die Frage, mit der alles anfing, ist, warum Vera Matuschek nicht wie gewöhnlich nach zwei oder drei Tagen nach Hause zurückgekommen ist, wie sie es normalerweise tut, wenn sie verreist«, erklärte er. »Ich habe herausgefunden, dass sie mit Volkert befreundet ist, ich weiß, dass die beiden in einem Haus in Schweden Ferien gemacht haben, ich weiß darüber hinaus, dass sie nach einer Woche wieder abgereist sind. Aber sie sind nicht zu Hause angekommen, und ich habe keine Ahnung, wo ich sie suchen soll. Ich habe festgestellt, dass sie das Ferienhaus in Unordnung zurückgelassen haben und dass Volkert sein Handy verloren hat. Außerdem weiß ich, dass Volkert geschieden ist und dass Vera nicht mehr Tennis spielt, sondern regelmäßig ins Wellness-Studio geht. Was das alles zu bedeuten hat, oder ob es überhaupt etwas zu bedeuten hat, das kann ich nicht sagen. Und den Unterschied zwischen einem Fitness- und einem Wellness-Studio erkläre ich dir ein andermal. Für mich ist diese Sache jetzt erledigt. Ich werde in den nächsten Tagen noch ein bisschen herumtelefonieren, um die Angelegenheit zum Abschluss zu bringen. Darüber hinaus weiß ich nicht, was ich noch unternehmen kann. Wahrscheinlich bin ich zu lange aus meinem Beruf heraus oder schlicht zu alt, um einen schwierigen Fall zu lösen.«

Manfred und Iris Marder waren inzwischen die letzten Gäste beim Bayern. Die Kellnerinnen hatten sich zu ihren Männern oder Freunden aufgemacht, nur ein einzelner Angestellter in Lederhose hinter der Theke hatte es mit ihnen ausgehalten. Er wischte nervös mit einem Lappen herum, polierte zum x-ten Mal den Zapfhahn und scheuerte imaginäre Bierflecken von allem, was in seiner Reichweite stand oder lag. Er machte mit unverhohlener Ungeduld klar, dass nun alles sauber und damit Schluss für heute sei. Marder bezahlte.

Auf dem Heimweg meinte Iris, da stimme etwas nicht. Das spüre sie, obwohl sie in Schweden nicht dabei gewesen sei.

»Ich bin mir absolut sicher, es hat sich dort eine Tragödie abgespielt. Du wirst sehen, der Fall ist für dich noch nicht abgeschlossen.«

Kurz nach acht Uhr am nächsten Morgen – Marder hatte gerade ein gesundes Frühstück mit Vollkornmüsli hinter sich – meldete sich Erich Falkenberg aus seinem Auto, während er auf dem Weg ins Büro war.

»Es tut mir leid, dass ich dich so früh überfalle, Manfred, aber ich möchte, dass du mir jetzt so ausführlich wie möglich alles erzählst, was in Schweden passiert ist. Ich stehe im Moment ohnehin im Stau. Wenn ich erst einmal im Büro bin, wird es ein Gehetze. Heute Morgen ist unsere Runde beim Innenminister, und wenn ich da rauskomme, habe ich garantiert jede Menge anderer dringender Aufträge zu erledigen.«

Marder wiederholte den Bericht über die Ereignisse in Malilla, den er am Abend zuvor seiner Frau vorgetragen hatte. Dieses Mal verzichtete er darauf, sich selbst zuzuhören, er wusste, es würde nichts bringen. Falkenberg lauschte schweigend, unterbrach Marder nicht, ließ ihn nur durch gelegentliches zustimmendes Grunzen oder »Aha« wissen, dass er aufmerksam bei der Sache war.

Als Marder fertig war, sagte Falkenberg: »Wenn ich den Zustand des Ferienhauses bedenke und die Tatsache, dass Volkerts Telefon auf dem Grundstück gefunden wurde, habe ich die schlimmsten Befürchtungen, was sich an dem See abgespielt haben könnte. Ich habe inzwischen die Polizei in Schweden offiziell gebeten, uns zu helfen und das Haus und das Grundstück nach Spuren abzusuchen.«

»Ja, das war wohl die richtige Entscheidung, Erich. Leider konnte ich selbst die Angelegenheit nicht zu Ende bringen. Soweit ich es beurteilen kann, ist der Fall für mich abgeschlossen. Das habe ich auch zu meiner Frau gesagt.«

»Und was hat sie dazu gemeint?«

»Sie ist überzeugt, dass an dem See eine Katastrophe passiert ist und dass für mich die Angelegenheit um Vera Matuschek und Volkert noch nicht erledigt ist.«

»Ich befürchte, da könnte sie recht haben. Ich melde mich wieder, sowie ich etwas Neues erfahre.«

16

Vera Matuschek fuhr mit dem Wagen langsam in den Carport vor ihrem Haus ein. Sie stellte den Motor aus, blieb eine Weile bewegungslos sitzen und schloss die Augen. Zu Hause, dachte sie, endlich zu Hause. Dann öffnete sie die Wagentür und stieg aus. Sie ging zur Rückseite des Autos und nahm ihren Koffer aus dem Gepäckraum. Als sie ihn zur Haustür trug, wunderte sie sich für einen ganz kleinen Moment, dass die Blumen im Garten bei dieser Hitze nicht verdorrt waren, so, als ob jemand sie gegossen hatte. Im nächsten Moment vergaß sie es wieder, das war nicht wichtig genug, um darüber nachzudenken. Sie schloss die Haustür auf, stellte den Koffer im Vorraum ab und ging ins Wohnzimmer. Sie blieb ein paar Sekunden stehen, als müsse sie sich darauf konzentrieren, wo sie sei. Dann ging sie langsam durch alle Zimmer im Erdgeschoss, dann durch die Kellerräume, zum Schluss in die erste Etage, ohne das Zimmer, das ihrem Mann gehört hatte, zu betreten. Nichts im Haus kam ihr fremd vor, aber auch nichts vertraut. Sie ging ins Schlafzimmer, legte sich auf ihr Bett und begann zu weinen.

17

Nach dem Mittagessen widmete sich Marder seinem Gartenteich. Er hatte ihn vor fünfzehn Jahren angelegt und in den letzten Sommern die Kontrolle über das kleine Gewässer verloren. Binsen und Gräser wuchsen von den Seiten ins Wasser hinein, das sich durch unzählige winzige Algen in eine hellgrüne Lauge verwandelt hatte. Die Seerosen wucherten von der Mitte des Teiches zum Rand, sodass von der Oberfläche des Wassers kaum noch etwas zu sehen war. Marder fragte sich, wie sich die Goldfische in der Dunkelheit darunter orientieren konnten. Vielleicht jedoch empfanden sie es als angenehm, dass die Sonne sie nicht mit voller Wucht auf den Rücken traf. Marder zog sich eine Badehose und alte Turnschuhe an, dann ließ er sich vorsichtig in den Teich gleiten. Das Wasser sah nicht nur aus wie eine lauwarme Brühe, es fühlte sich auch so an. Marder packte die Binsen an ihren Stielen und versuchte, sie herauszuziehen. Die Pflanzen waren fest verwurzelt und sträubten sich erfolgreich gegen ihre gewaltsame Entfernung. Marder holte eine Gartenschere und schnitt sie kurzerhand unterhalb der Wasseroberfläche ab; nun konnte man den Teich wieder als ein Gewässer erkennen, auch wenn Marder befürchtete, dass die Pflanzen im nächsten Sommer üppiger denn je sprießen würden. Bei den Seerosen gelang es ihm, einen Teil des Wurzelgeflechts vom Teichboden zu entfernen. Marder arbeitete intensiv für zwei Stunden, dann war er erschöpft, legte sich in einen Liegestuhl im Schatten und verschlief den größten Teil des Nachmittags. Als er aufwachte, war der Tag weit genug vorangekommen, dass er sich auf das Abendessen freuen konnte.

Iris servierte ihm einen gemischten Salat aus grünen, gelben und roten Blättern, etwas rohem Sellerie und ein paar Tomatenscheiben – eine ihrer spontanen Kreationen. Dazu zwei Scheiben Vollkornbrot, zum Nachtisch ein Schälchen roter Grütze. Den Rest seines Hungers schluckte Marder still hinunter, er wollte sich nicht das gute Gefühl nehmen, etwas für seine Gesundheit getan zu haben. Danach rückte er sich den Sessel vor dem Fernseher zurecht, mit der Absicht, sich einen preisgekrönten Dokumentarbericht über die letzten Funde in den Gräbern der Pharaonen anzuschauen. Vorher zappte er schnell noch einmal durch die Kanäle, blieb bei einem belanglosen Freundschaftsspiel des HSV während der Vorbereitung auf die neue Bundesligasaison hängen. Das Neueste über die Ausgrabungen im Nahen Osten würde er notfalls in den nächsten Tagen in der Zeitung lesen können, wenn es wichtig genug war, um darüber zu berichten. In der siebzehnten Minute der ersten Halbzeit schlief er ein und verpasste das erste Tor seiner Lieblingsmannschaft aus Hamburg.

Weniger aufregend verlief der folgende Tag. Die Uni und die Volkshochschule hatten weiterhin Semesterferien, und auch seine Yoga-Klasse war in der Sommerpause. Die Kursleiterin war bei ihrem Guru in Südostasien, um sich neue Übungen und Stellungen beibringen zu lassen, mit denen sie ihn im Herbst quälen konnte. Marder spielte nach dem Aufwecken mit dem Gedanken, bis mittags im Bett zu bleiben. Er hatte vor kurzem in einem Artikel in der Zeitung gelesen, dass manche Genies der Menschheitsgeschichte regelmäßig erst mittags aufgestanden waren. Er zählte sich zwar nicht zu den Genies, auf jeden Fall aber zu denen, die gern einmal einen Vormittag im Bett verbrachten.

An Arbeiten im Haus oder im Garten war bei dieser Hitze schon aus Rücksicht auf die Gesundheit nicht zu denken. Marder und Iris konnten sich nicht entscheiden, ob sie Türen und Fenster schließen sollten, damit die kühleren Temperaturen der letzten Nacht so lange wie möglich im Haus vorhielten, oder ob sie alle Fenster aufreißen sollten, um auf einen Durchzug zu hoffen. Wenn es doch endlich regnete. Sie schworen, nie wieder über einen nassen Sommer zu schimpfen, Regen war tausendmal schöner als diese nicht enden wollende Backofenhitze.

Als der Tag fast vorüber war, konnten sie sich nur mit Mühe erinnern, wie sie ihn verbracht hatten. Jeder von ihnen hatte die Stunden mit einem Buch, einer Zeitschrift oder demonstrativem Nichtstun in einer Ecke des Hauses hinter sich gebracht.

Abends, als die Schatten länger wurden, radelten sie ins aktive Leben zurück. Sie entschieden sich für eine Tour durch das Hinterland zwischen Elbe und den winzigen Anhöhen des Geestrückens. Die aufgestaute Wärme des Tages strahlte von der Erde unter ihren Rädern zurück, die nackten Böden der abgeernteten Felder waren ausgetrocknet und ausgelaugt. Marder konnte sich nur schwer vorstellen, dass auf ihnen im nächsten Jahr wieder Gemüse oder Getreide wachsen würde. Die Bäche, die in die Nebenflüsse der Elbe flossen, und die Gräben zwischen den Äckern und Wiesen hatten schon seit Tagen kein Wasser mehr geführt.

Nachts schliefen die Marders nackt und strampelten selbst die leichten Bettlaken von sich, die sie über sich gelegt hatten. Sie hatten am Morgen kaum Appetit und begnügten sich zum

Frühstück mit Kaffee für ihn, Tee für sie und ein bisschen frischem Obst für beide.

In den letzten Tagen hatte Marder versucht, sein Herz und seinen Verstand mehr und mehr von der Sorge um Vera Matuschek zu lösen. Er wollte mit dem Schicksal dieser Frau nichts mehr zu tun haben. Bei seiner Untersuchung in die Umstände um den Tod ihres Mannes hatte er sie als berechnend und herzlos kennengelernt. Dass er sich trotzdem auf die Suche nach ihr gemacht hatte, lag vor allem daran, dass er Erich Falkenberg einen Gefallen tun wollte. Andererseits war er ehrlich genug zuzugeben, dass bei seinen Bemühungen, Vera zu finden, seine Freude an seinem Beruf wieder erwacht war. Darüber hinaus hatte er Mitgefühl für Anja Matuschek, die sich Sorgen um ihre Mutter machte. Schon um zu beweisen, dass er noch auf der Höhe seiner beruflichen Fähigkeiten war, hätte er die Frau seines ehemaligen Kollegen gern aufgespürt – stattdessen hatte er die Suche erfolglos beenden müssen.

Zwischen Morgen und Mittag betrachtete Marder die Goldfische in seinem Teich. Er versuchte sie zu zählen. Waren es dreiundzwanzig oder doch nur einundzwanzig? Als er diese Frage durch nochmaliges Nachzählen klären wollte, klingelte im Wohnzimmer das Telefon. Er fühlte sich gestört und hatte im Moment keine Lust, sich zu unterhalten. Anrufe am Vormittag waren ohnehin meistens für Iris, also blieb er sitzen, während seine Frau den Hörer abnahm.

»Ja, einen kleinen Moment bitte, er ist da. Ich hol ihn mal eben«, hörte er seine Ehefrau sagen.

»Manfred, es ist für dich«, rief sie durch die Verandatür.

»Wer ist denn dran?«, rief er zurück.

»Frau Matuschek. Sie will dich unbedingt sprechen.«

»Vera Matuschek?«

»Nein. Anja. Nun komm schon, sie ist ganz aufgeregt.«

Marder beschlich das Gefühl, dass etwas Wichtiges geschehen war, vielleicht sogar etwas Dramatisches.

»Ja, hier Marder. Was gibt es, Frau Matuschek?«

»Meine Mutter ist wieder da.«

»Was? Ihre Mutter ist wieder da? Ihre Mutter ist wieder da?«

Es war nicht besonders originell, die Nachricht, die er gerade gehört hatte, zweimal zu wiederholen, aber Marder brauchte ein paar Sekunden, um sie zu begreifen.

»Ja, als ich heute Morgen zu ihrem Haus ging, stand ihr Auto im Carport.«

»Haben Sie mit ihr gesprochen?«

»Ja, sie war tatsächlich zu Hause. Sie können sich gar nicht vorstellen, wie erleichtert ich bin.«

»Was sagt sie? Wo hat sie die ganze Zeit gesteckt?«

»Ich weiß es nicht.«

»Was heißt, Sie wissen es nicht? Sie haben doch mit ihr gesprochen. Haben Sie sie nicht danach gefragt?«

»Natürlich habe ich sie gefragt. Aber sie wollte nichts sagen. Sie hat nur kurz an der Haustür mit mir geredet, wollte aber nicht, dass ich ins Haus komme. Sie meinte, sie wolle sich im Moment nicht mit mir unterhalten, es sei aber alles in Ordnung und sie würde sich bei mir melden, wenn sie so weit wäre.«

»Das war alles?«

»Ja, sie hat mich regelrecht abblitzen lassen.«

Marder konnte fast körperlich durch die Telefonleitung spüren, wie unglücklich Anja war. Sie war außer sich, atmete unregelmäßig. Was sollte er ihr sagen? Er hatte keinen Rat für sie, deswegen stellte er die einzige Frage, die ihm einfiel: »Haben Sie Ihren Freund davon informiert?«

»Ja, ich habe gerade mit Burt telefoniert. Er hat gesagt, er würde sofort Herrn Falkenberg anrufen und ihn benachrichtigen. Was soll ich inzwischen tun?«

»Es tut mir leid, Frau Matuschek, ich kann Ihnen keinen anderen Rat geben, als weiter zu versuchen, mit Ihrer Mutter zu sprechen. Herr Falkenberg wird sich bestimmt bei Ihnen melden. Sollte ich irgendetwas erfahren, rufe ich Sie natürlich an.«

Marder legte auf. Er war sich bewusst, dass er nicht besonders hilfreich gewesen war. Bestenfalls, dachte er, löst sich jetzt alles in Wohlgefallen auf. Wenn Vera zurückgekommen ist, wird vermutlich auch Volkert wieder in Holzminden eingetroffen sein. Vielleicht sitzt er bereits an seinem Schreibtisch und versucht, den Kollegen zu erklären, warum er nicht rechtzeitig aus dem Urlaub zurückkommen konnte. Falkenberg wird ihn sich hoffentlich zur Brust nehmen – von einem leitenden Beamten bei der Kriminalpolizei konnte man schließlich mehr Disziplin verlangen.

Aber tief drinnen war sich Marder nicht sicher, dass alles so harmlos ablaufen würde.

18

Nichts, dachte Marder, absolut nichts. Ich habe mit diesem Fall nichts mehr zu tun. Jetzt wird alles seinen Gang gehen, ohne mich. Ich werde warten, bis sich jemand bei mir meldet und mir erzählt, wie die Sache mit Vera Matuschek und Volkert ausgegangen ist. Ich habe mir meinen Ruhestand verdient, ich habe ein Recht darauf, ihn zu genießen. Was gehen mich die Matuscheks und Volkerts dieser Welt an? Meiner Frau, meinen Kindern und Enkeln, meinem Garten, meinen Hobbys gehört meine Zeit. Ich werde mich in nichts mehr einmischen. Auf keinen Fall. Auch keine Telefonanrufe mehr machen. Nachdem er sich das fest vorgenommen hatte, griff er zum Hörer und wählte eine Nummer in Holzminden.

»Bistorf-Kuntze.«

»Hallo, Frau Bistorf-Kuntze, hier ist Marder.«

»Guten Tag, Herr Marder. Ich freue mich, von Ihnen zu hören.«

»Ich wollte auch gerade sagen, dass es schön ist, Ihre Stimme zu hören.«

»Sie rufen bestimmt nicht nur an, um Freundlichkeiten mit mir auszutauschen. Ich vermute, Sie haben Nachrichten für mich.«

»Nein, ganz im Gegenteil, ich rufe an, weil ich hoffe, dass Sie mich mit einer Neuigkeit überraschen können.«

»Welche sollte das denn sein?«

»Zum Beispiel, dass Kommissar Volkert an seinem Schreibtisch sitzt.«

»Wie kommen Sie darauf?«

»Also sitzt er oder sitzt er nicht?«

»Er sitzt nicht, er steht nicht, hier läuft auch niemand herum, der wie Volkert aussieht.«

»Er hat sich nicht im Büro gemeldet?«

»Es gibt Leute, die sagen, dass er es glücklicherweise nicht getan hat.«

»Kann es sein, dass er zu Hause ist?«

»Nein, das glaube ich nicht, wir haben nichts von ihm gehört. Ich rufe jeden Tag einmal bei ihm in der Wohnung an, aber bis jetzt hat er nicht geantwortet. Dafür habe ich seine Putzfrau kennengelernt, eine sympathische Person, die würde Ihnen auch gefallen. Warum denken Sie, dass Volkert wieder da ist?«

Marder überlegte, ob er Frau Bistorf-Kuntze davon informiert hatte, dass er nach Schweden fahren wollte, um Volkert und Vera zu suchen. Sie hatte ihm bei seinem Besuch Volkerts Handynummer auf einen Zettel geschrieben und dann gesagt, dass sie sich wundern würde, wenn Volkert ohne Frau verreist wäre. Zu dem Zeitpunkt hatte Marder noch nicht gewusst, was er als Nächstes tun wollte. Also konnte er Frau Bistorf-Kuntze nicht gesagt haben, dass er nach Schweden fahren würde.

»Ich habe herausgefunden, dass Volkert tatsächlich mit einer Frau nach Schweden gefahren war.«

»Alles andere hätte mich, wie gesagt, verwundert. Kenne ich sie?«

»Ich glaube eher nicht. Es ist Vera Matuschek. Aus Barsinghausen.«

»Ist das nicht die Frau von dem Kommissar, der vor zwei Jahren in den Ruhestand gegangen ist? Für den Volkert eingesprungen ist, bis man einen Nachfolger gefunden hatte? Und der dann Selbstmord begangen hat?«

»Ja, genau die. Und weil Frau Matuschek wieder zu Hause ist, dachte ich mir, dass Ihr Chef vielleicht auch zurück ist.«

»Ist er nicht, vielleicht kommt er ja morgen.«

Marder hörte seine Gesprächspartnerin schlucken, vielleicht trank sie gerade einen Kaffee.

Dann sagte sie: »Freuen tut sich hier sowieso keiner auf ihn, um ganz ehrlich zu sein. Ich am wenigsten.«

Marder fand diese Bemerkung lieblos. Es gab tatsächlich etwas zwischen Frau Bistorf-Kuntze und Volkert, das er gern gewusst hätte. Er hakte nach.

»Können Sie sich einen Grund vorstellen, warum Volkerts Freundin aus dem gemeinsamen Urlaub zurückkommt und er nicht?«

»So wie ich ihn einschätze, könnte es sein, dass er unterwegs eine andere Frau getroffen hat. Da hat er vielleicht Frau Matuschek nach Hause geschickt, um mit der Neuen ein paar schöne Tage zu verbringen.«

Die Worte klangen scharf wie ein Beil, die Stimme war voller Verachtung.

Jetzt werde ich einen Stein ins Wasser werfen, mal schauen, wie hoch die Wellen schlagen, entschloss sich Marder.

»Frau Bistorf-Kuntze, darf ich Sie etwas ganz Persönliches fragen?«

Marder wusste, dass kaum jemand »nein« auf diese Frage sagen konnte. Die Neugierde, was dieses »ganz Persönliche« war, überwog im Allgemeinen die Angst, etwas Unangenehmes gefragt zu werden. Dennoch dachte Frau Bistorf-Kuntze einige Sekunden nach, bevor sie zögernd antwortete.

»Okay, fragen Sie, aber ich lege mich nicht fest, ob ich antworte.«

»Als ich Sie bei meinem Besuch fragte, ob Sie wüssten, ob Volkert mit einer Frau in die Ferien gefahren ist, haben Sie geantwortet: ›Über solche Sachen reden wir nicht mehr.‹ Daraus schließe ich, dass Sie früher über so etwas geredet haben. Was ist zwischen Ihnen und Volkert vorgefallen?«

»Eigentlich wollte ich mit niemandem darüber sprechen. Nur wenn Sie mir versprechen, dass Sie es für sich behalten, erzähle ich es Ihnen.«

»Ich verspreche es Ihnen hoch und heilig.«

Marder nahm sich fest vor, dieses Versprechen einzuhalten, gleichgültig, was ihm die Polizistin in Holzminden mitteilen würde – solange er es mit seinem Gewissen vereinbaren konnte.

»Anfangs war Volkert ein ganz normaler Kollege, wir waren zwar nicht dick befreundet, aber wir haben problemlos nebeneinanderher gearbeitet. Dann wurde er zum Chef ernannt, weil sein Vorgänger krank wurde und vorzeitig in den Ruhestand ging. Das ist ihm zu Kopf gestiegen, und von diesem Moment an war es mit der Kollegialität vorbei. Er hat den großen Boss gemimt und alle im Büro von oben herab behandelt – vor allem hat er den großen Casanova gespielt. Er hat gemeint, nun würden alle Frauen ihm zu Füßen liegen und nur darauf warten, mit ihm ins Bett gehen zu dürfen. Damals hat er auch mich angemacht, obwohl er wusste, dass ich wusste, dass er verheiratet war. Außerdem hatte ich zu der Zeit eine feste Beziehung. Ich habe Volkert keinen Zweifel daran gelassen, was ich von seinen Angeboten hielt. Das hat ihn aber nicht daran gehindert, mich weiter zu belästigen.«

Frau Bistorf-Kuntze hatte sich in Rage geredet. Marder versuchte gar nicht erst, sie zu unterbrechen.

»Als er dann geschieden war, wurde er immer aufdringlicher. Zum Schluss hat er mir sogar gedroht, es könne meiner Karriere bei der Polizei schädlich sein, wenn ich ihn weiterhin so kühl behandelte. Da habe ich ihm gesagt, ich würde eine offizielle Dienstbeschwerde wegen sexueller Nötigung gegen ihn einreichen, wenn er nicht aufhörte, mir nachzustellen. Danach hat er mich in Ruhe gelassen, und wir haben nur noch das Allernötigste miteinander gesprochen. Das war kurz bevor er nach Barsinghausen abgeordnet wurde.«

Frau Bistorf-Kuntze machte eine Pause. Marder verstand nun ihre Abneigung gegen Volkert, er war hundertprozentig auf ihrer Seite.

»Und warum haben Sie die Beschwerde nicht eingereicht? Das war doch ein klarer Fall von Nötigung. Eine Anzeige wäre auf jeden Fall korrekt gewesen und zu Ihrem Schutz das Beste.«

»Wie gesagt, er war dann erst einmal weg, da habe ich gedacht, vielleicht erledigt sich die Sache von allein. Man weiß ja nie, was bei einer Beschwerde herauskommt. Vielleicht gelänge es ihm ja, den Spieß umzudrehen, und auf einmal stände ich als die Schuldige da, die nur neidisch auf seine Beförderung war. Als er nach Holzminden zurückkam, hatten sich seine Hormone irgendwie beruhigt. Nachdem, was Sie mir erzählt haben, weiß ich jetzt auch, warum. Das letzte Jahr mit ihm war nicht leicht für mich, Herr Marder. Meine Hoffnung ist, dass ich an eine andere Dienststelle versetzt werde.«

»Ich glaube trotzdem, es war ein Fehler von Ihnen, Ihre Vorgesetzten in Hannover nicht über Volkerts Verhalten zu informieren. Was wollen Sie denn tun, wenn Herr Volkert wiederkommt?«

»Dann werde ich meinen Antrag auf Versetzung endlich abschicken, den ich schon lange in einer Schublade liegen habe. Und wenn das nicht klappt, mache ich mich vielleicht als private Sicherheitsberaterin selbstständig. Aber erst warte ich einmal, ob Kommissar Volkert wieder auftaucht.«

Am nächsten Tag tauchte Volkert tatsächlich auf.

Marder erfuhr es von Erich Falkenberg, während er in der Küche stand und an einer Lasagne arbeitete. Seit er im Ruhestand war, kümmerte er sich gelegentlich um die Mahlzeiten, wenn Iris im Garten arbeitete oder etwas Wichtiges vorhatte, wie zum Beispiel eine Verabredung mit einer ihrer Freundinnen. Er machte keinen Hehl daraus, dass er gern kochte, solange er es auf freiwilliger Basis tun durfte. Er benutzte diese Gelegenheit, ein bisschen mehr saure oder süße Sahne in Soßen zu schütten, als es seine Frau gewöhnlich tat. Nicht nur wegen seinem höheren Verbrauch an Sahne hielt sich Marder für einen kreativen Koch. Für ihn war ein Rezept lediglich eine Anregung, die beliebig verändert werden durfte, wobei er den Begriff »gesund« äußerst tolerant auslegte. Eine seiner Spezialitäten waren gemischte Salate, wobei er die Salatblätter mit Krabben, Schinkenwürfel, Käsestückchen oder anderen Leckereien anreicherte, über die er in Butter geröstete Croûtons streute. Dann erst entsprach der Salat seinen Ansprüchen an eine gute Mahlzeit. Heute war sein Arbeitseinsatz in der Küche nötig geworden, weil seine Frau den Täter in einem Krimi um einen mysteriösen Mord im Mittelalter noch vor dem Essen entlarven wollte.

Als Volkert auftauchte, saß er in seinem Auto. Leider befand sich der Wagen bereits seit Längerem auf dem Grund eines unbenutzten Hafenbeckens der Weser in Holzminden.

Falkenberg schilderte die Situation so sachlich wie möglich: »Durch die extreme Trockenheit der letzten Wochen ist der Wasserstand der Weser so tief gesunken wie seit Jahrzehnten nicht mehr. Gestern Abend hat ein Spaziergänger auf einem Kai unter der Wasseroberfläche etwas gesehen, was er für ein Autodach hielt. Er hat die Polizei informiert, die das Auto aus dem Wasser heben ließ. Es war Volkerts Wagen, und leider haben sie auch Volkert und sein Urlaubsgepäck darin gefunden. Du wirst es kaum glauben, aber Volkert war vorschriftsmäßig angeschnallt. Die Leiche wurde noch gestern Nacht in die Rechtsmedizin zur Untersuchung gebracht.«

»Haben die schon etwas gesagt?«

»Ja, aber natürlich nur Vorläufiges. Sie sind sicher, dass Volkert bereits länger als eine Woche tot ist. Wie lange er genau im Wasser lag, können sie noch nicht sagen, aber auf jeden Fall mehrere Tage. Sie sind der Meinung, dass er nicht an dieser Stelle, vielleicht überhaupt nicht in der Weser ertrunken ist. Dass er zu dem Zeitpunkt, als das Auto im Hafenbecken landete, höchstwahrscheinlich bereits tot war, lässt sich aus dem Zustand seiner Lunge schließen.«

»Hat die Leiche sichtbare Wunden?«

»Nein, am Körper lassen sich keinerlei äußerliche Verletzungen finden, die von Schlägen, Einschüssen oder Stichwunden herrühren können, es gibt auch keine offensichtlichen Knochenbrüche.«

»Erich, du hast sicher von Brenner gehört, dass Vera Matuschek wieder zu Hause ist. Denkst du, was ich denke?«

»Ja, das ist die einzige logische Erklärung. Wir haben ihr

noch nicht gesagt, dass wir Volkert gefunden haben. Das weiß bisher außer mir nur die Polizei in Holzminden. Wir haben die Presse ebenfalls noch nicht informiert. Es war gestern Abend schon dunkel, als das Auto aus dem verlassenen Hafenbecken gezogen wurde, das hat niemand mitbekommen. Den Mann, der das Auto entdeckt hat, haben wir zu absolutem Schweigen verpflichtet. Auf jeden Fall müssen wir uns jetzt mit Vera Matuschek unterhalten.«

»Ja, und das so schnell wie möglich. Ich habe zwar gesagt, dass ich mit diesem Fall nichts mehr zu tun habe, aber nachdem, was jetzt passiert ist, ist es bestimmt sinnvoll, wenn ich als Erster mit ihr spreche. Sie ist ja, wie du sagst, völlig ahnungslos, dass ihr Volkert gefunden habt. Wenn ich sie damit konfrontiere, ist sie vielleicht so schockiert, dass sie die Wahrheit darüber sagt, was geschehen ist.«

»Ich weiß nicht, Manfred, eigentlich bist du kein Kriminalbeamter mehr, und jetzt, wo tatsächlich ein Verbrechen passiert zu sein scheint, habe ich Bedenken, dich die Ermittlung weiterführen zu lassen.«

»Diese Bedenken hattest du nicht, als du mich gebeten hast, mich um das Verschwinden von Vera Matuschek zu kümmern. Du kennst mich gut genug, um zu wissen, dass ich auf jeden Fall im Interesse und Sinn der Polizei und Justiz handeln werde. Vera ist eine äußerst berechnende Person, und ich denke, man muss sie in dieser Angelegenheit überrumpeln, bevor sie sich Geschichten und Ausreden zurechtlegen kann. Dazu bin unter den gegebenen Umständen am besten ich geeignet.«

»Okay, Manfred. Mir ist nicht ganz wohl bei der Sache, aber ich nehme das auf meine Kappe. Morgen werden wir erste Ergebnisse der Obduktion bekommen. Nachdem der Körper so lange im Wasser gelegen hat und die Verwesung bereits eingesetzt hat, kann es kompliziert werden und etwas dauern, bis alle medizinischen Fragen um Volkerts Tod einwandfrei beantwortet sind – wenn das überhaupt möglich ist. Du hast bis übermorgen Abend Zeit, den Fall zu lösen. Wenn du das nicht schaffst, werde ich die Ermittlungen offiziell an die Staatsanwaltschaft übergeben müssen.«

»Gut, ich mache mich heute noch auf den Weg nach Barsinghausen.«

»Und ich informiere Brenner inzwischen über unsere Abmachung, damit er dir aus dem Gehege bleibt und dir trotzdem helfen kann, falls du ihn brauchst. Außerdem werde ich Frau Bistorf-Kuntze anweisen, für mindestens zwei Tage in der Öffentlichkeit nichts über das Auffinden von Volkert verlauten zu lassen. Hinterher werden wir halt der Presse erklären, dass dies aus ermittlungstechnischen Gründen notwendig war.«

19

Während Iris den Rest der Lasagne in den Kühlschrank stellte, meinte sie, sie hätte gleich gewusst, dass der Fall für ihn noch nicht abgeschlossen sei. Die Tragödie, die sie vorhergesagt hatte, hatte offensichtlich stattgefunden.

»Mach dich auf einiges gefasst, wenn du mit der Matuschek redest«, warnte sie ihren Mann. »Sie wird dir die tollsten Geschichten erzählen. Aber, wie ich dich kenne, wirst du dich nicht hinters Licht führen lassen. Sogar mir gelingt es nur selten, die Wahrheit so geschickt zu verdrehen, dass du selbst kleine Lügen nicht bemerkst.«

Dann half sie ihm, das Notwendige für zwei oder drei Nächte zu packen, küsste ihn zum Abschied und sagte: »Sei ein bisschen vorsichtig, Schatz. Ich glaube zwar nicht, dass Frau Matuschek mit einer Pistole in der Hand auf dich wartet, aber bei manchen Leuten kann man nie wissen, wie sie reagieren, wenn sie verzweifelt sind.«

»Mach dir keine Sorgen, Vera Matuschek weiß ja nicht einmal, dass die Polizei Volkerts Wagen aus dem Hafen gezogen hat. Und sie hat keine Ahnung, dass ich auf dem Weg zu ihr bin. Also kann sie nicht mit einer Waffe auf mich warten.«

Marder fuhr am späten Nachmittag ab. Er plante, Vera am nächsten Morgen aufzusuchen. Er hatte zuvor Brenner angerufen, der von Falkenberg über den Fund von Volkerts Leiche in Kenntnis gesetzt worden war. Falkenberg hatte Brenner angewiesen, Veras Tochter Anja nicht darüber zu informieren, egal wie schwierig das seiner Lebensgefährtin gegenüber sei. Frühestens in zwei Tagen dürfte diese Tatsache öffentlich gemacht werden, und Anja sei aus seiner Sicht ein Teil der Öffentlichkeit. Marder bat Brenner, das Haus der Matuscheks am Abend und über Nacht unauffällig observieren zu lassen. Das war wahrscheinlich überflüssig, schließlich hatte Vera keine Ahnung, was auf sie zukam.

Er entschied sich, nicht in Barsinghausen zu übernachten, und fuhr von der Autobahn-Abfahrt westlich nach Bad Nenndorf. Er hatte dort ein Zimmer in einem Hotel gebucht, das unmittelbar am Kurpark des Staatsbades lag. Marder wollte dadurch vermeiden, dass Vera Matuschek ihn durch einen dummen Zufall vor seinem Besuch zu Gesicht bekam, ihr Haus lag schließlich ganz in der Nähe der Pension »Marianne«, die einzige Unterkunft, die er sich in Barsinghausen vorstellen konnte.

Der Abend war sehr warm, die Hitze des Tages hing auch nach Sonnenuntergang über der kleinen Stadt. Marder vermisste die kühle Luft in der Dämmerung, die er in Schweden erst als angenehm und dann als zu kalt empfunden hatte. Er konnte sich nicht an das heiße Klima gewöhnen, er litt jeden Tag ein bisschen mehr und hoffte, dass dieser Sommer nicht der erste von noch heißeren war, die die Propheten der Erderwärmung androhten.

Auf das Abendessen würde er heute verzichten – die Lasagne vom Mittag lag ihm noch wohltuend im Magen. Stattdessen würde er sich ein Schokoladeneis gönnen, das stillte den Resthunger und versprach gleichzeitig Abkühlung. Als Sättigungsbeilage würde er eine doppelte Portion Schlagsahne darüberlegen lassen. Fast alle Tische vor den Cafés in der Fußgängerzone und am Rande des Kurparks waren besetzt, die Eisdielen im Ort profitierten von den Kurgästen, die in den Restaurants der Stadt eine Ergänzung zu ihrer Diät in den

Sanatorien suchten. So ließ sich vermutlich die gesunde, aber spartanische Kost in den Kliniken leichter ertragen.

Ihm blieb nichts anderes übrig, als sich an einen Tisch niederzulassen, an dem bereits eine ältere Frau und ein älterer Mann saßen. Der Mann trug eine beige Weste aus fünfundsechzig Prozent Polyester und fünfunddreißig Prozent Baumwolle. (Marder hatte zu Hause die gleiche im Schrank hängen. Iris fand sie schrecklich, sie sagte, er sähe darin aus wie ein alter Mann von der Stange.) Die Frau trug eine hochgeschlossene Bluse in Pink, deren Rüschen ihren Hals fest umklammerten. Pink schien die aktuelle Lieblingsfarbe der Kurgäste zu sein, sogar einige Herren, die vorbeiflanierten, trugen Hemden in diesem Farbton. Die Frau und der Mann an dem Tisch sprachen nicht miteinander, schauten sich auch nicht an. Wo zwei Fremde zusammensitzen, können auch drei sitzen, dachte Marder. Nach der gemurmelten Frage, ob es recht sei, die ohne Antwort blieb, nahm er Platz. Marder hatte seinen Eisbecher zur Hälfte vertilgt, als der schweigsame Herr die schweigsame Dame fragte, ob er jetzt bezahlen solle, woraufhin sie nickte und »Von mir aus« antwortete. Der Mann rief den Kellner und beglich die Rechnung für einen Cappuccino und einen Café Latte. Daraufhin standen beide auf, ohne sich von Marder zu verabschieden, und gingen in den Abend.

Wenige Minute später näherte sich eine Dame, die ihrer Aura nach aus besserem Hause war. Sie schaute Marder fragend an, der bejahend lächelte. Sie trug an Hals und Ohren goldene Schmuckstücke, die Marder als echt einschätzte. Sie rief den Kellner bei seinem Vornamen und gab ihm förmlich die Hand, als er vor ihr stand. Der Kellner hatte pechschwarzes Haar und machte einen finster entschlossenen Eindruck – er entsprach seinem Äußeren nach in etwa Marders Vorstellung eines Mitglieds der Mafia. (Er hatte in all seinen Berufsjahren bei der Polizei nie einen echten Mafioso kennengelernt.) Die Dame bestellte ein Glas Rotwein, einen Amaretto und ein Mineralwasser, öffnete ihre Handtasche, holte ein Buch hervor und kramte in den Tiefen der Tasche. Endlich entdeckte sie, was sie suchte: einen Kugelschreiber, der sich ganz unten versteckt hatte. Sie las aufmerksam in dem Buch, von dem sie die äußere Hülle entfernt hatte, deshalb konnte Marder nicht erkennen, wie es hieß. Hin und wieder strich sie eine Stelle an und ließ sich dabei weder von Marder noch von anderen Gästen stören.

Marder verabschiedete sich mit einem leisen Murmeln, die Dame blickte kurz auf, lächelte freundlich und sagte »Auf Wiedersehen«.

Als Marder bei seinem Hotel ankam, nahm er Volkerts Jackett vom Rücksitz seines Autos, wo es seit einer gefühlten Ewigkeit gelegen hatte, und warf es in einen Altkleider-Container des Deutschen Roten Kreuzes, der am Rande des Parkplatzes stand.

20

Als ihn die Sonne weckte, war sich Marder bewusst, dass es der Tag war, an dem er vermutlich die Wahrheit über Veras Verschwinden und Volkerts Tod erfahren würde. Während er sich im Bad für den Tag vorbereitete, überkam ihn das beunruhigende Gefühl, dass er das, was er heute hören würde, nicht wissen wollte. Am liebsten wäre er in sein Auto gestiegen und nach Stade zurückgefahren. Aber dazu war es nun zu spät, er hatte sich Erich Falkenberg gegenüber verpflichtet, Vera Matuschek zu verhören, und er würde es nun durchziehen.

Vera Matuschek bändigte gerade die Wiese in ihrem Vorgarten mit einem elektrischen Rasenmäher, als Marder eintraf. Der Kommissar hatte sie vor zwei Jahren stets in makelloser und damenhafter Kleidung angetroffen, heute sah sie wie eine Frau von nebenan aus. Sie trug Jeans und ein lose hängendes hellblaues Top, von Make-up keine Spur. Sie bemerkte Marder erst, als er unmittelbar neben ihr stand. Erschrocken blickte sie auf, sah ihn an und schien für einen Moment zu überlegen, woher sie diesen Mann kannte. Dann fiel es ihr ein.

»Was machen Sie denn hier? Sie sind doch der Kommissar, der hier war, als mein Mann gestorben war.«

»Ja, der bin ich.«

»Entschuldigen Sie, aber wie war Ihr Name noch? Das habe ich leider vergessen.«

»Marder, Manfred Marder.«

»Sie sind aber nicht aus der Gegend hier, wenn ich mich

recht erinnere. Sie kommen doch aus … äh … irgendwo an der Elbe.«

Vera Matuschek blickte Hilfe suchend in den strahlend blauen Himmel. Marder holte sie auf die Erde zurück.

»Das ist richtig. Ich komme aus Stade.«

Vera hatte sich von der Überraschung noch nicht ganz erholt. Sicherlich fragte sie sich, was der Mann aus Stade von ihr wollte. Vielleicht war er ja zufällig in Barsinghausen, um im Deister zu wandern, und kam dabei zufällig an ihrem Haus vorbei, während sie beim Rasenmähen war. Sie entschied sich für ein unverbindliches Gespräch.

»Dieser Rasen hat es wirklich nötig. Ich habe mich in der letzten Zeit nur wenig darum gekümmert, da ist er etwas verwildert.«

»Das kann ich sehen, aber ich bin nicht gekommen, um über Ihren Rasen zu sprechen.«

»Ich kann mir nicht vorstellen, was Sie von mir wollen. Die Untersuchungen zum Tod meines Mannes sind doch längst abgeschlossen. Da gibt es nichts mehr zu bereden, und selbst wenn Sie meinen, das wäre so, werde ich nichts mehr dazu sagen. Das ist für mich ein für alle Mal erledigt und vergessen.«

Marder beobachtete Vera aufmerksam.

»Ich bin nicht wegen Ihres Mannes hier, sondern wegen Herrn Volkert.«

Vera Matuschek kämpfte um ihre Fassung. Das gelang ihr besser, als Marder es erwartet hatte.

»Volkert? Volkert? Helfen Sie mir. Den Namen habe ich zwar schon gehört, kann ihn im Moment aber nicht richtig einordnen.«

»Ich meine den Volkert, der Ihr Liebhaber war, mit dem Sie in Schweden an einem See Ferien gemacht haben.«

So drastisch hatte Marder in seinen Jahren als Kriminalkommissar selten einen Menschen altern gesehen. Falten des Erschreckens und der Angst gruben sich von einer Sekunde auf die andere in das Gesicht von Vera Matuschek. Sie schien kleiner geworden zu sein, ihr Körper bog sich nach vorn, sie war plötzlich eine alte Frau. Sie gab sich keine Mühe, etwas zu sagen. Wenn sie es versucht hätte, wäre es ihr wahrscheinlich nicht gelungen. Marder fasste sie am Arm und meinte: »Ich glaube, es ist besser, wir gehen ins Haus.«

Vera ließ sich widerspruchslos von Marder hineinführen. Sie war bleich, alle Kraft schien aus ihrem Körper gewichen. Er setzte sie in einen Sessel und wartete. Vera Matuschek brauchte Zeit, um sprechen zu können, er wollte ihr jedoch nicht zu viel davon gönnen, damit sie nicht nachdenken konnte. Sie war offensichtlich in einem aufgewühlten Zustand, darauf hatte er von Anfang an spekuliert, nun musste er die Situation nutzen, um die Wahrheit auszugraben.

Langsam kehrte Farbe in Vera Matuscheks Gesicht zurück.

»Frau Matuschek, die Polizei in Holzminden hat das Auto von Kommissar Volkert in einem Hafenbecken gefunden. Die Leiche von Herrn Volkert war darinnen.«

Vera Matuschek reagierte nicht. Sie schaute Marder an, als ginge sie das alles nichts an.

»Frau Matuschek, haben Sie mich verstanden? Ich habe gesagt, die Polizei hat das Auto von Herrn Volkert in einem Hafenbecken in Holzminden gefunden. Was haben Sie dazu zu sagen?«

Ihre Aufmerksamkeit kehrte zurück. Sie bewegte sich nun bewusster, es schien Marder, dass sie sich leicht aufrichtete. Aber sie erwiderte immer noch nichts. Marder wiederholte seine Frage zum dritten Mal.

»Ich muss Sie noch einmal fragen, was Sie dazu zu sagen haben, dass wir die Leiche von Herrn Volkert in einem Hafenbecken in Holzminden gefunden haben.«

»Wieso sollte ich dazu etwas zu sagen haben?«

»Weil Sie mit Herrn Volkert in Schweden waren. Ich weiß, dass Sie seit der Zeit, als Kommissar Volkert in Barsinghausen war, mit ihm befreundet waren und ihn regelmäßig in Holzminden besucht haben. Ich weiß auch, dass Sie Hals über Kopf mit dem Auto von Herrn Volkert aus Schweden abgereist sind. Ich weiß, dass Sie sich irgendwo versteckt haben, nachdem Sie das Auto mit seiner Leiche im Hafen von Holzminden versenkt hatten.«

Die letzte Behauptung war nicht tatsächliches Wissen, aber es war die logische Konsequenz aus allem, was er bisher in Erfahrung gebracht hatte. In seinen Berufsjahren hatte er manche Geständnisse bei Vernehmungen dadurch provoziert, dass er Verdächtige mit Wissen bluffte, das in Wahrheit nur eine Vermutung war. Vera stritt nichts ab, sie schwieg, aber es war nun nicht mehr das Schweigen einer zur Sprachlosigkeit erschrockenen Frau, sondern das Schweigen eines Menschen, der sich bemühte, nachzudenken.

»Herr Marder, es war ein schrecklicher Unfall.«

»In Schweden oder in Holzminden?«

»In Schweden.«

»Bitte erzählen Sie so ausführlich wie möglich, was passiert ist.«

»Ja, wir waren in dem Haus an dem See. Wir hatten dort eine wundervolle Woche. Zum ersten Mal, seit mein Mann tot ist, war ich wieder glücklich.«

Marder wusste, dass Vera auch vor dem Tod ihres Mannes alles andere als glücklich gewesen war. Er verzichtete darauf, Vera daran zu erinnern.

»Wir hatten beschlossen, nach unserer Rückkehr mit der Heimlichkeit um unsere Beziehung Schluss zu machen und uns ganz offiziell als Paar zu outen. So sagt man das heute ja wohl. Dann ist am Abend vor unserer Rückreise dieser furchtbare Unfall passiert, der mir fast den Verstand geraubt hat.«

»Was ist geschehen?«

»Wir wollten an diesem Abend zum letzten Mal den Sonnenuntergang auf dem See genießen und sind mit dem Boot hinaus gefahren. Es war ein heißer Tag, und Herr Volkert hatte sich darauf gefreut, noch einmal im See zu schwimmen. Er war so glücklich und übermütig und sprang vom Boot mit einem Kopfsprung ins Wasser. Dabei hat er nicht gemerkt, dass direkt unter der Wasseroberfläche ein Felsen lag. Er muss mit voller Wucht mit dem Kopf auf den Stein aufgeschlagen sein. Das habe ich gar nicht mitbekommen und bin mit dem Boot weitergetrieben. Als er dann nicht wieder auftauchte, bin ich zu der Stelle zurückgerudert, wo er ins Wasser gesprungen war. Da habe ich ihn direkt unter der Wasseroberfläche mit dem Gesicht nach unten treiben gesehen. Erst dachte ich, er guckt sich die Szenerie unter Wasser an. Nach einer Weile wurde ich nervös und habe ihm zugerufen, er solle mit dem Tauchen aufhören, aber er hat nicht reagiert. Da habe ich mir zum ersten Mal richtige Sorgen gemacht, und als ich ihn angefasst habe, habe ich bemerkt, dass er sich nicht bewegte. Da habe ich ihn umgedreht und festgestellt, dass er nicht mehr geatmet hat. Ich wusste nicht, was ich tun sollte, und bin in Panik geraten. Schließlich habe ich versucht, ihn ins Boot zu ziehen, aber das war unmöglich, weil dabei das Boot ein paar Mal fast umgekippt wäre. Schließlich habe ich seinen Körper mit einem Seil festgebunden und bin mit ihm im Schlepp zum Steg zurückgerudert.«

»Warum haben Sie nicht sofort die Polizei oder den Notarzt angerufen?«

»Auf dem Boot konnte ich das nicht, wir hatten ja sein Handy nicht dabei. Als wir endlich an Land waren, war Volkert bereits fast eine Stunde tot und sein Gesicht war schon blau angelaufen. Bis irgendjemand zum Haus gekommen wäre, wäre mindestens noch eine Stunde vergangen. Ich wusste, dass das alles sinnlos sein würde, ich war verzweifelt und ganz außer mir.«

Marder fragte sich, wie sie so sicher gewesen sein konnte, dass Volkert nicht mehr zu helfen war. Dennoch, Vera hatte vermutlich recht, wenn tatsächlich alles so abgelaufen war, wie sie es beschrieb.

»Bitte erzählen Sie weiter«, forderte er Vera auf.

»Ich habe Volkert ins Haus geschleppt und ihm seine Kleidung angezogen, in Badehose kam er mir irgendwie unwürdig vor. Dann habe ich versucht, mir darüber klar zu werden, was ich als Nächstes tun sollte. Ich war schließlich in einem fremden Land, und ich wollte dort nicht mit einer Leiche aufgefunden werden. Ich hatte Angst, dass man mich ins Gefängnis stecken würde, bis die Todesursache von Volkert geklärt war, und wer weiß, wie lange das gedauert hätte. Ich hatte Angst, dass mich die Polizei als Mörderin verdächtigen könnte.«

Vera hatte wieder Kontrolle über sich gewonnen. Sie sah nicht mehr wie die gebrochene alte Frau aus, die sie vor einigen Minuten gewesen war. Vielleicht hatte sie sich daran aufrichten können, dass sie zum ersten Mal die Geschichte um den tragischen Tod von Volkert erzählen durfte. Marder wartete auf den Rest des Berichts.

»Ich glaube, ich brauche erst einmal etwas zu trinken, bevor ich weitermachen kann. Es nimmt mich sehr mit, die Einzelheiten von Volkerts Tod zu beschreiben. Möchten Sie auch etwas?«

Vera hatte sich ausreichend erholt, dass ihr die Pflichten einer Gastgeberin wieder einfielen.

»Nein danke«, lehnte Marder ab. »Ich möchte nur, dass Sie weitererzählen.«

Bevor sie das tat, stand sie auf, ging in die Küche und holte sich ein Glas Orangensaft. Aus ihrer alkoholischen Hausapotheke goss sie eine goldbraune Flüssigkeit in den Saft – was es war, konnte Marder nicht erkennen.

»Ich habe dann Volkerts Körper in dem Kofferraum seines Autos verstaut. Wie ich die Kräfte dazu aufbringen konnte, weiß ich heute nicht mehr. Es war inzwischen schon spätabends und dunkel. Ich war danach so erschöpft, dass ich praktisch auf dem Bett zusammengebrochen bin. Nach einigen Stunden bin ich wieder aufgewacht und habe angefangen, alle Sachen, die uns gehörten, zusammenzusammeln und ins Auto zu bringen. Einerseits wollte ich nichts liegen lassen, andererseits musste ich mich beeilen, denn wir hatten ja für diesen Tag die Rückfahrt auf der Fähre gebucht.«

Vera nahm einen Schluck aus ihrem Glas und stellte es auf den Tisch. Marder bemerkte, dass ihre Hände nicht zitterten.

»Am späten Abend bin ich in Holzminden angekommen. Ich musste unbedingt dorthin zurück, weil mein Auto dort stand. Ich habe Volkerts Auto beim Hafenbecken geparkt. Zu dieser Zeit – so um elf Uhr nachts herum – war kein Mensch mehr in der Nähe. Ich bin dann in die Stadt gegangen und habe mein Auto geholt. Dann habe ich meine Sachen aus Volkerts Wagen umgeladen und habe Volkert auf den Vordersitz gesetzt und angeschnallt, weil ich nicht wollte, dass er herausgeschwemmt würde, falls sich beim Sturz ins Wasser eine Tür öffnen sollte. Dann habe ich sein Auto ganz vorsichtig mit meinem angeschoben, bis es über die Kaimauer ins Wasser gerutscht ist.«

Während Vera sprach, war sie ruhiger geworden. Sie hatte den letzten Teil ihrer Beschreibung fast mit der Neutralität einer Nachrichtensprecherin abgeliefert, so als sei es nicht ihre eigene Geschichte. Hatte sie sich vielleicht doch auf dieses Gespräch vorbereitet? Sie hatte ja nicht völlig ausschließen können, dass das Auto von Volkert gefunden und man sie mit seinem Tod in Verbindung bringen würde. Es war zwar möglich, dass sich Volkerts Tod genauso abgespielt hatte, wie Vera es geschildert hatte, aber es erschien Marder nicht zwingend logisch, dass es der einzig mögliche Ablauf der Ereignisse gewesen sein musste.

»Warum haben Sie die Leiche von Volkert nicht irgendwo am See oder in den Wäldern um das Haus in Schweden versteckt? Es war ein Risiko für Sie, den Körper durch drei Länder zu transportieren, und danach noch das Umladen Ihres Gepäcks im Hafen von Holzminden. Da hätte Sie doch jemand beobachten können, oder es hätte irgendetwas passieren können, was Sie nicht voraussehen konnten.«

»Natürlich war ein Risiko dabei. Aber wenn man Volkerts Leiche durch einen Zufall in Schweden im Wald gefunden hätte, würde man die Person suchen, die den Körper dort versteckt hatte. Ich habe befürchtet, dass man mich in diesem Fall irgendwie mit dem Toten in Verbindung bringen würde. Volkert hat mir zwar gesagt, dass er das Haus für sich und ›Ehefrau‹ gebucht hatte, und ich war davon ausgegangen, dass er meinen Namen nicht angegeben hatte. Aber ich wollte sichergehen und vermeiden, dass der Körper überhaupt entdeckt würde, weil ich Angst hatte, dass man herausfinden würde, dass ich die ›Ehefrau‹ war.«

Als Marder den Tod von Alfred Matuschek untersucht und deshalb mit Vera mehrmals gesprochen hatte, war er zu dem Schluss gekommen, dass sie eine berechnende Person war, die nichts dem Zufall überließ. Sie legte Wert darauf, sich und ihr Umfeld zu kontrollieren. An dieser Eigenart von Vera hatte sich augenscheinlich nichts geändert.

»Sie wissen offenbar nicht, dass Herr Volkert das Haus unter dem Namen ›Matuschek‹ gemietet hatte. Man wäre durch den Namen schnell auf Sie gekommen.«

»Nein, davon hatte ich keine Ahnung. Das hat er mir nie erzählt.«

»Können Sie sich vorstellen, warum er Ihren Namen angegeben hat?«

»Nicht wirklich. Vielleicht war es eine sentimentale Sache. Ja … da bin ich mir ziemlich sicher, dass es so war. Ich kann mir vorstellen, dass er damit die Erinnerung an seine erste Frau auslöschen wollte, mit der er früher häufiger dort gewesen war. Er hat wohl unsere Reise nach Schweden als einen Neuanfang in seinem Leben angesehen.«

»Wie kamen Sie auf die Idee, dass man den Wagen in dem alten Hafenbecken nicht entdecken würde?«

»Wenn ich Volkert in Holzminden besucht habe, sind wir abends manchmal spazieren gegangen. Dabei haben wir auch über seinen Beruf gesprochen, und er hat mir von interessanten Fällen erzählt, an denen er gearbeitet hatte. An einem Abend sind wir an dem alten Hafen vorbeigekommen, und da hat er gesagt, wenn er ein Verbrecher wäre und eine Leiche verschwinden lassen wollte, dann würde er sie in einem Auto festschnallen und hier versenken. Die würde für Jahrzehnte nicht wieder auftauchen, denn das Becken sei ziemlich tief und es würde schon seit Jahren nicht mehr benutzt. Ich dachte deswegen, wenn man das Auto später einmal finden würde, wäre ich entweder schon tot, oder es würde mich niemand damit in Verbindung bringen, weil niemand wusste, dass ich mit Volkert zusammen verreist war. Wie haben Sie eigentlich herausgefunden, dass Volkert und ich befreundet waren?«

»Ich habe nur das getan, was ein guter Kriminalbeamter tun muss. Mehr möchte ich dazu nicht sagen.«

Vera hatte den angeblichen Ablauf der Ereignisse ohne Stocken berichtet, als brauche sie nur ihren Erinnerungen freien Lauf zu lassen. Dennoch konnte sich Marder immer noch nicht festlegen, wieweit er ihr glauben konnte. Darüber würde er nachdenken müssen, wenn er allein war.

»Wohin sind Sie gefahren, nachdem Sie das Auto versenkt hatten? Ihre Tochter hat sich große Sorgen um Sie gemacht, weil sie so lange nichts von Ihnen gehört hat.«

»Ich weiß gar nicht, was Anja das angeht, dass ich mal etwas länger weg bin. Ich bin ihr doch keine Rechenschaft schuldig, wir reden sowieso nicht oft miteinander.«

Veras Stimme klang wütend. Ihre Augenbrauen zogen sich zusammen.

»Wie Sie sich sicherlich vorstellen können, war ich die ganze Zeit über in Panik und in Schock, schließlich war ich auf den Tod von Volkert überhaupt nicht vorbereitet. Ich wollte auf keinen Fall gleich wieder nach Hause, ich hätte nicht gewusst, was ich dort tun sollte und wie ich auf andere Leute und ihre Fragen reagieren würde. Ich wollte unbedingt erst wieder zu mir kommen und für ein paar Tage allein sein – irgendwo, wo mich kein Mensch kannte. Deswegen bin ich von Holzminden zurück in den Norden gefahren, ans Meer, auf eine Insel, nach Föhr.«

Föhr war eine Insel, an die Marder schöne Erinnerungen hatte, Iris und er hatten vor vielen, vielen Jahren ihre Hochzeitsreise dorthin gemacht. Eigentlich wollte Iris lieber auf eine Insel im Mittelmeer, aber Marder konnte sie überzeugen, dass ihre finanziellen Mittel für eine solche weite Reise nicht reichten, und Iris war damals zu verliebt und zu klug gewesen, um deswegen auf Marder als Ehemann zu verzichten. Außerdem war Iris zu diesem Zeitpunkt bereits in Umständen, die längere Fahrten nicht ratsam erscheinen ließen.

Vera hatte inzwischen weitergesprochen, ohne zu bemerken, dass sich Marder für einen Augenblick nicht auf sie konzentrierte.

»Ich habe mein Auto an Land gelassen und bin mit der Fähre auf die Insel übergesetzt, dort habe ich mir ein Zimmer in einem kleinen Hotel gesucht. Ich bin eine Woche lang jeden Tag am Meer spazieren gegangen, und als mein Kopf wieder einigermaßen klar war, bin ich nach Hause gefahren. Ich wollte mich gerade an mein neues Leben gewöhnen, da sind Sie aufgetaucht.«

21

Marder fühlte sich nach dem Gespräch mit Vera Matuschek erschöpft, der Bericht über Volkerts Tod hatte ihn aufgewühlt. Er war nach wie vor nicht überzeugt, ob sich alles so ereignet hatte, wie Vera es vorgab. Sicher war lediglich, dass Volkert tot war. Marder brauchte eine Pause zum Nachdenken und zum Telefonieren. Er wusste nicht, wie er Vera das klarmachen sollte, daher sagte er lediglich, dass er ihr für die ausführliche Schilderung des Geschehens danke und dass er sich wieder bei ihr melden würde, falls er weitere Fragen habe. Dann verließ er das Haus, ohne ihre Antwort abzuwarten. Als er auf der Straße stand, dachte er für eine Sekunde: Wenn ich Kommissar Columbo vom Los Angeles Police Department wäre, hätte ich mich beim Hinausgehen noch einmal kurz umgedreht, Vera Matuschek angeblickt und vordergründig naiv gesagt: »Eine Sache müssen Sie mir noch erklären …« Aber es war besser, dass er es nicht getan hatte. Er hoffte, Vera war nun der Meinung, dass sie das Schlimmste mit der Polizei hinter sich hatte.

Bis zu »Marianne« waren es nur wenige Minuten. Er betrat das Grundstück und klingelte an der Haustür. Er wollte Frau Thann bitten, ihn eine Weile auf der Veranda hinter dem Haus ungestört sitzen zu lassen, er würde morgen zurückkommen und ihr alles erklären. Da Frau Thann nicht öffnete, ging Marder zur Rückseite des Hauses, nahm einen Stuhl von der Veranda und setzte sich in den Schatten eines Baumes.

Nein, sagte ihm die innere Stimme, die sich meistens ungefragt meldete. Vera hat nicht die Wahrheit über den Tod von

Volkert erzählt – zumindest nicht die volle Wahrheit. Es war dieses Gefühl aus dem Bauch, von dem er wusste, dass er sich darauf verlassen konnte. Vera war die gleiche berechnende Person geblieben, die er früher kennengelernt hatte. Nachdem sie sich von dem Schock seines Besuches erholt hatte, hatte sie schnell zu ihrem wahren Charakter zurückgefunden. Ihre Geschichte war zu glatt, alles passte zu gut zusammen, sie hatte während des Erzählens kaum gezögert. Vera hatte in der Woche auf Föhr ausreichend Zeit gehabt, sich auf eine solche Situation vorzubereiten und sich Erklärungen zu Volkerts Tod auszudenken.

Vera hatte betont, dass sie nach Volkerts Unfall in Panik geraten sei und unter Schock gestanden hätte; sie hatte jedoch keineswegs unüberlegt gehandelt, sondern einen Plan gefasst, den sie kaltblütig ausführte. Dass sie bei ihrer Abreise aus dem Ferienhaus nichts hatte liegen lassen, was ihre Anwesenheit verriet, bestätigte diese Vermutung. So handelt kein Mensch in Panik. Nur die Tatsache, dass sie Volkerts Handy auf dem Grundstück hinter dem Haus verloren hatte, ohne es zu bemerken, deutete an, dass sie in Eile gewesen war. Vermutlich war es aus der Tasche seines Hemdes oder seiner Hose gerutscht, als sie die Leiche in den Kofferraum verfrachtet hatte.

Marder holte sein Handy hervor, rief Falkenberg im Büro an und berichtete ihm in knappen Worten, was Vera Matuschek erzählt hatte.

»Ich bin aber noch nicht fertig mit ihr«, erklärte Marder. »Sie hat mir noch nicht die ganze Wahrheit erzählt. Gibt es neue Ergebnisse von der Obduktion?«

»Nein, leider noch nicht. Man hat mir gesagt, dass ich frühestens morgen damit rechnen kann.«

»Warum dauert das so lange?«

»Die Kollegen in der Rechtsmedizin sagen, sie hätten allein gestern vier eilige Leichen hereinbekommen. Sie würden trotzdem an Herrn Volkert mit Hochdruck arbeiten, aber wegen des Zustandes der Leiche dauere alles ein bisschen länger. Ich sage dir, die Kollegen in der Pathologie sind ganz schön abgebrüht, aber das kann ich bei dem, was sie sich jeden Tag anschauen müssen, gut verstehen.«

Das fand Marder auch, trotzdem wollte er so schnell wie möglich wissen, ob seine Zweifel an Volkerts Tod, so wie Vera ihn geschildert hatte, berechtigt waren.

»Dann wäre ein Unfall beim Sprung ins Wasser im Moment nicht auszuschließen?«

»Ich kann nicht mit absoluter Sicherheit ausschließen, dass an der Unfallgeschichte etwas dran ist«, erwiderte Falkenberg. »Jedoch müsste es dann Spuren vom Aufschlag auf den Felsen am Kopf oder an der Wirbelsäule geben. Die erste Obduktion hat gezeigt, dass Volkert keine offensichtlichen äußeren Verletzungen hat, auch nicht am Kopf. Ob es an der Wirbelsäule Schäden gegeben hat, die den Tod herbeiführen konnten, werden wir hoffentlich morgen erfahren.«

Marder konnte aus Falkenbergs Stimme hören, dass auch er an den Unfall nicht recht glauben wollte.

»Erich, ich bin der Ansicht, dass wir Vera Matuschek weiter unter Druck setzen müssen. Wie, meinst du, soll ich weiter vorgehen?«

»Eigentlich brauchst du meinen Rat nicht, du bist selbst alter Hase genug. Aber wenn du schon fragst: Du hast doch in deiner aktiven Zeit manchen Täter in ein Geständnis geblufft. Du könntest Vera Matuschek gegenüber den Eindruck erwecken, dass die Obduktion bereits bewiesen hätte, dass der Unfall mit dem Kopfsprung auf den Felsen definitiv ausgeschlossen werden kann. Mal sehen, wie sie reagiert.«

»So etwas hatte ich bereits in Erwägung gezogen. Ich wollte mich nur rückversichern, weil ich in Sachen Vera und Volkert mehr oder weniger privat unterwegs bin.«

Ein schwarz-weißer Schatten schob sich über den Rasen in Marders Gesichtsfeld. Brisbane hatte den Kommissar seit einer Weile aus seiner Deckung unter einem Busch beobachtet. Er ging direkt auf Marder zu, blieb zwei Meter vor ihm stehen und blickte den Kommissar aufmunternd an, als wolle er ihm sagen, dass er mit seinen Ermittlungen in Volkerts Tod auf dem richtigen Weg sei.

»Manfred, wenn du auch seit einem Jahr Rentner bist, so bist du immer noch ein verdammt guter Kriminalist. Solange du aktiv warst, hast du dich nie bei mir rückversichert, auch wenn ich es mir manchmal gewünscht hätte.«

»Das lag wohl daran, dass früher mein Wille zum Erfolg größer war als meine Angst vor dir. Außerdem war ich mir immer sicher, dass du notfalls meine Entscheidungen im Nachhinein abdecken würdest.«

»Ob das korrekt war, wird für immer unbeantwortet bleiben, denn es war glücklicherweise nie nötig.«

»Erich, wir müssen Vera Matuschek auf jeden Fall in Untersuchungshaft nehmen. Die Tatsache, dass sie einen Toten im Kofferraum durch halb Europa transportiert und ihn dann in einem Hafenbecken versenkt hat, ist ausreichend Grund, sie festzunehmen, egal wie Volkert ums Leben gekommen ist. Ich werde jetzt gleich noch einmal zu ihr gehen und mit ihr sprechen. Danach solltest du jemanden vorbeischicken, der Vera verhaftet. Das sollten lieber Beamte machen, die noch nicht in Rente sind.«

Der Kater hatte sich Marder bis auf einen Schritt genähert, riss sein Maul auf, gähnte herzhaft und zeigte dabei seinen letzten verbliebenen Reißzahn. Das weiße Ausrufungszeichen über seiner Nase schrumpfte zu einem Punkt. Dann stolzierte er zu seinem Fressnapf, der vor der Verandatür stand, um zu kontrollieren, ob sich darin etwas Fressenswertes befand. Nachdem er registriert hatte, dass dem nicht so war, schlich er enttäuscht zu seinem Versteck im Gebüsch zurück. Marder hätte dem Tier gern einmal über das Fell gestreichelt, aber daran hatte Brisbane offensichtlich kein Interesse.

»In Ordnung, aber ich werde es nicht Brenner tun lassen, das geht wegen seiner Beziehung zu Veras Tochter schlecht. Ich schicke zwei Leute aus Hannover. Sie werden um drei Uhr dreißig da sein. Je mehr du vorher über die tatsächlichen Vorgänge in Schweden von ihr erfahren kannst, umso besser. Wenn sie erst einmal einen Anwalt eingeschaltet hat, wird es schwieriger, Informationen oder sogar ein Geständnis von ihr zu bekommen, falls sie am Tod von Volkert Schuld hat – wovon wir beide überzeugt sind.«

Die Sonne hatte den höchsten Punkt auf ihrer erbarmungslosen Tour durch den Tag erreicht. Der Schatten des Baumes, unter dem Marder saß, war auf ein Minimum geschmolzen. Schweißtropfen bildeten sich an Marders Hals und liefen zwischen Kragen und Haut hinab. Er zog seinen Stuhl mit einer Hand näher an den Stamm des Baumes, bis er wieder im Schatten saß, während er in der anderen sein Handy hielt.

»Erich, noch eine Frage: Hat die schwedische Polizei etwas Brauchbares bei ihren Untersuchungen in dem Ferienhaus gefunden?«

»Ich habe heute Morgen schon mit denen gesprochen. Was

sie bisher festgestellt haben, wird uns nicht viel weiterbringen. Es gibt keine Spuren, die auf eine gewalttätige Auseinandersetzung schließen lassen. Aber sie haben zwei frische Fingerabdrücke sowie zwei etwas ältere gefunden. Sie schicken mir die Unterlagen noch heute rüber.«

»Das ist nicht besonders aufregend, ich weiß, von wem die Abdrücke stammen. Die beiden frischen sind von Jörg Warmbold und mir und die älteren von Volkert und Vera. Alles andere wäre eine Überraschung. Bis bald, Erich.«

Als Marder wieder bei Vera klingelte, hatte sie sich umgezogen. Sie sah nicht länger wie eine lässige Gärtnerin aus, sondern war wieder als Dame gekleidet. Sie saß am Tisch im Esszimmer, hatte ein halbvolles Glas mit einer hellbraunen Flüssigkeit und eine Schüssel mit Cornflakes vor sich stehen.

»Was wollen Sie noch fragen, Herr Marder? Ich habe alles gesagt, was es zu sagen gibt.«

»Ich möchte wissen, warum Sie gelogen haben.«

»Was soll der Unsinn? Wieso soll ich gelogen haben? Ich habe Ihnen die Wahrheit erzählt.«

Veras Hände begannen zu zittern, sie schaute verstört auf ihre Fingernägel. Marder erinnerte sich daran, dass sie das auch vor zwei Jahren getan hatte, wenn er sie mit ihren eigenen Unwahrheiten konfrontiert hatte.

»Volkert kann nicht so umgekommen sein, wie Sie es geschildert haben. Es gibt keine Verletzungen am Kopf oder an der Wirbelsäule, deswegen kann er nicht wegen eines Kopfsprungs auf einen Felsen gestorben sein.«

Veras Hände begannen, stärker zu zittern.

»Verstehen Sie mich, Frau Matuschek? Herr Volkert kann

nicht so gestorben sein, wie Sie es berichtet haben. Diese Behauptung nimmt Ihnen kein Gericht ab.«

Das Glas fiel um, der Inhalt floss über den Tisch. Es roch nach Alkohol, hochprozentig. Vera schien keine Kontrolle mehr über die Bewegung ihrer Hände zu haben.

»Frau Matuschek, verstehen Sie, was ich sage? Frau Matuschek?«

Die letzten Worte hatte Marder geradezu geschrien. Er war erregt, wie er es in seiner Karriere selten gewesen war, während Vera Matuschek, so wie an diesem Tag schon einmal, wieder um Jahre gealtert schien. Sie war in sich zusammengesunken, ihre Hände zitterten unaufhörlich, sie war offensichtlich nicht in der Lage, Worte zu finden. Marder fragte sich, inwieweit dieser Zustand echt war, er traute ihr zu, dass sie wieder schauspielerte. Er ließ nicht locker.

»Ich sage Ihnen, Frau Matuschek, was passiert ist. Sie haben Herrn Volkert in Schweden getötet. Um das zu verbergen, haben Sie seinen Körper nach Deutschland zurückgebracht und im Hafenbecken in Holzminden versenkt. Sie haben gehofft, dass ihn dort niemand findet, nach dem Motto: Wo es kein Opfer gibt, kann es auch keinen Täter geben. Das trockene Wetter in diesem Sommer hat Ihnen einen Strich durch die Rechnung gemacht. Sie konnten nicht damit rechnen, dass der Wasserstand der Weser so tief fallen würde.«

Keine Reaktion. Vera starrte vor sich hin. Erwiderte nichts. Schaute Marder nicht an. Der pensionierte Kommissar wusste nicht, was er als Nächstes tun sollte, um Vera Matuschek dazu zu bringen, endlich mit der Wahrheit herauszurücken. Er merkte plötzlich, dass er Durst hatte, großen Durst, sein Mund war trocken wie die Felder, auf die es seit Wochen nicht geregnet hatte. Er ging in die Küche, öffnete

Schranktüren, bis er ein Wasserglas fand, füllte es bis zum Rand und trank es mit gierigen Schlücken aus. Dann ein zweites Glas.

»So wie Sie es sagen, war es nicht.«

Die Worte kamen leise aus Veras Richtung, während er noch in der Küche stand und das Glas unter dem Wasserhahn abspülte.

»Wie war es dann?«

Marder setzte sich wieder Vera gegenüber.

»Selbstmord. Es war Selbstmord. Volkert hat sich selbst umgebracht.«

»Warum soll ich Ihnen das glauben? Möglicherweise ist auch das nur ein Ersatz für die Wahrheit, so wie die Geschichte mit dem Unfall.«

»Nein, nein, es war wirklich Selbstmord.«

Ihre Hände lagen wieder ruhig in ihrem Schoß.

Diese Frau hat eine unglaubliche Fähigkeit, sich zu regenerieren, dachte Marder, sie ist wieder konzentriert genug, um mir eine neue Geschichte aufzutischen. Auch die wird wahrscheinlich nicht stimmen, aber ich muss Vera reden lassen, damit sie überhaupt mit mir spricht, vielleicht bringt es uns der Wahrheit näher.

»Erzählen Sie.«

»Da muss ich ein bisschen ausholen.«

»Holen Sie aus.«

»Als ich Volkert kennenlernte, war er ein sehr unglücklicher Mensch. Seit der Scheidung von seiner Frau war er deprimiert und hatte kaum noch Freude am Leben. Deswegen war er so negativ und zynisch allen gegenüber, als er nach Barsinghausen kam. Er hat seine Frau sehr geliebt und konnte nicht verschmerzen, dass sie ihn verlassen hatte. Deswegen hatte er nichts dagegen, für einige Monate in eine fremde Stadt versetzt zu werden. Er wollte einen neuen Anfang machen.«

»Und Sie waren Teil des Neuanfangs.«

»Ja, so muss man es wohl sehen. Aber während der ganzen Zeit, die wir uns kannten, hat er sich innerlich nie von seiner Frau lösen können. Ganz egal, wie oft er zu mir gesagt hat, dass er mich mag, er hat nie gesagt, dass er mich liebt. Das Wort ›Liebe‹ war für seine Frau reserviert, obwohl sie sich von ihm getrennt hatte.«

Vera stand auf, ging in die Küche, öffnete die Tür des Kühlschranks und holte eine Packung Milch heraus, die sie neben die Schüssel Cornflakes stellte.

»Warum sind Sie dann mit ihm in das Ferienhaus nach Schweden gefahren?«

Sie öffnete die Packung und goss Milch über die Cornflakes, die wie lose Blütenblätter auf der Flüssigkeit schwammen.

»Weil ich dachte, das wäre die letzte Chance für uns. Wenn wir längere Zeit beisammen wären, würde er vielleicht über seine Frau hinwegkommen. Wir haben in der Woche viel miteinander geredet, auch ... nein, vor allem über seine geschiedene Ehe. Dabei habe ich deutlich gemerkt, dass er nicht von seiner Frau loskam. Am Abend vor unserer Rückreise sind wir noch einmal mit dem Ruderboot auf den See hinaus gefahren, wie ich es Ihnen schon erzählt habe. Als wir mitten auf dem See waren, hat er mir gesagt, dass er mich heiraten wollte.«

Hatte er irgendetwas Wichtiges verpasst? Marder war verwirrt. Warum sollte Volkert einer Frau, die er nicht liebte, einen Heiratsantrag machen?

Vera Matuschek löffelte Cornflakes aus der Schüssel und schob sie in den Mund. Als sie darauf kaute, knirschten die knackigen Flakes zwischen ihren Zähnen. Marder fand das unappetitlich, vor allem in einem Moment, in dem es um die Schilderung eines tragischen Todes ging.

»Sie schauen ungläubig, aber so war es tatsächlich. Er hatte endlich eingesehen, dass seine Frau nie wieder zu ihm zurückkommen würde. Da hat er sich wohl gesagt, in diesem Fall wäre eine Ehe mit mir eine akzeptable Alternative. Dass er so dachte, habe ich genau gespürt. Unter anderen Umständen hätte ich ihn geheiratet, aber als Lückenbüßerin bin ich mir zu schade. Das habe ich ihm gesagt. Er hat nicht einmal abgestritten, dass es so war. Er meinte dann, sein ganzes Leben mache nun keinen Sinn mehr. Da ist er im Boot aufgestanden und hat gesagt, er würde ins Wasser springen und sich umbringen.«

Als sie die Szene schilderte, war Vera aufgestanden, so wie es Volkert ihren Worten nach getan hatte. Sie glaubte vermutlich, wenn auch unbewusst, ihre Schilderung damit überzeugender zu machen.

»Ich erwiderte, dass ich nicht glaube, dass er sich wirklich umbringen würde. Ob Volkert schwimmen konnte, wusste ich nicht, wir hatten in der Woche nie im See gebadet, nur gelegentlich an seichten Stellen oder vom Bootssteg die Füße ins Wasser gehalten. Dann habe ich zu ihm gesagt, dass es gar nicht so einfach ist, sich selbst zu ertränken, wenn man schwimmen kann.«

»Aber es ist ihm gelungen zu ertrinken?«

»Ja, er meinte, er wisse von Berufs wegen, wie man das machen müsse. Man muss ganz tief ausatmen, bis keine Luft mehr in der Lunge ist, und dann mit offenem Mund ins Wasser springen. Ich habe immer noch nicht geglaubt, dass er es ernst meinte. Da ist er einfach gesprungen.«

»Einfach so?«

»Ja, er ist wirklich gesprungen. Sie können sich vorstellen, was für einen Schreck ich da bekommen habe. Ich habe im Boot gesessen und ungläubig auf die Stelle im Wasser geschaut, wo er verschwunden war. Als sein Körper nach mehreren Minuten wieder hoch kam, war er wahrscheinlich schon tot. Ich konnte jedenfalls nicht feststellen, dass er noch atmete. Von dem Moment an geschah alles so, wie ich es heute Morgen erzählt habe. Ich konnte ihn nicht ins Boot ziehen, um zu versuchen, ihn wiederzubeleben, und als wir endlich am Bootssteg ankamen, war er, wie schon gesagt, im Gesicht blau angelaufen und ganz kalt.«

»Ich weiß nicht, ob ich Ihnen das glauben soll. Ich verstehe nicht, warum Sie mir vorhin weismachen wollten, dass Volkerts Tod ein Unfall war, wenn es in Wirklichkeit ein Selbstmord war.«

»Das kann ich Ihnen erklären. Wenn ein Mann Selbstmord macht, zeigt jeder auf seine Frau und fragt, was sie ihm wohl angetan hat, dass er nicht mehr leben wollte. Das habe ich nach dem Tod von Alfred durchgemacht. Ich wurde nach seinem Selbstmord von allen, die mich kannten, regelrecht geächtet und ignoriert. Deswegen bin ich auch aus dem Tennisverein ausgetreten. Das will ich nicht noch einmal erleben. Wenn eine Frau dagegen ihren Mann durch einen Unfall verliert, tut sie allen leid und wird bedauert, und alle wollen ihr helfen.«

Die Empörung in Veras Stimme über die Ungerechtigkeiten dieser Welt klang echt und überzeugend. Hatte Marder sich getäuscht? War Vera tatsächlich das Opfer von unglücklichen Umständen geworden? Nein, das war nach wie vor nicht wahrscheinlich. Und selbst wenn es Selbstmord gewesen war, so rechtfertigte es auf keinen Fall ihr Verhalten nach dem Tod von Volkert. Außerdem war etwas Wichtiges in Veras Bericht nicht logisch: Einerseits hatte sie alles getan, um ihre Beziehung mit Volkert geheim zu halten, andererseits behauptete sie, dass sie Angst davor habe, für Volkerts Selbstmord indirekt beschuldigt zu werden. Soweit Marder herausgefunden hatte, gab es vor ihrer Reise nach Schweden niemanden, der von der Beziehung zwischen ihnen gewusst hatte.

Vera schien Marders Zweifel zu spüren.

»Sie haben Schuld an allem. Hätten Sie nicht herumgeschnüffelt, wüsste niemand, dass ich mit Volkert in Schweden war, als er Selbstmord begangen hat. Dann hätte ich nicht die Fragen nach seinem Tod beantworten müssen, auch nicht zu lügen brauchen. Jetzt, da Sie mich zwingen, die Wahrheit zu sagen, werden die Leute behaupten, ich treibe alle Männer, mit denen ich zusammen bin, in den Tod.«

»Frau Matuschek, was immer Sie getan haben, haben Sie selbst zu verantworten. Ich möchte nur, dass Sie die Wahrheit sagen.«

Das war keine besonders originelle Reaktion, aber Marder fiel nichts Besseres ein.

»Ich werde jetzt gehen, aber halten Sie sich bitte zur Verfügung, ich werde noch einmal mit Ihnen sprechen müssen.«

Als er das Haus verließ, war sich Marder bewusst, dass das nächste Gespräch zwischen ihm und Vera nicht mehr in dieser Wohnung stattfinden würde. Es war inzwischen fast halb vier, die Kriminalbeamten aus Hannover mussten jeden Moment eintreffen. Auf der Straße vor dem Haus war es ruhig. Marder ging langsam auf und ab, ohne Haus und Garten der Matuscheks aus dem Blick zu lassen. Nach einigen Minuten bog ein unauffälliges Mittelklasseauto in die Straße ein und hielt vor Veras Haus. Zwei ebenso unauffällig gekleidete, mittelgroße Männer stiegen aus, gingen zur Haustür und klingelten. Nach kurzem Warten wurde die Tür geöffnet und sie verschwanden im Haus. Zehn Minuten später kamen sie wieder heraus und führten Vera in ihrer Mitte zum Auto. Einer von ihnen stützte Frau Matuschek am Ellbogen. Marder drückte sich in die Hecke, hinter der er beobachtete, wie Vera in das Auto stieg, während der Beamte seine Hand schützend über ihren Kopf hielt. Marder wartete, bis das Auto aus der Straße verschwunden war, dann ging er zu seinem Wagen und fuhr nach Bad Nenndorf. Er fragte sich unterwegs, ob er jemals die Wahrheit über Volkerts Tod in Schweden erfahren würde.

22

»Das Ende der Hitzewelle ist abzusehen«, sagte die Stimme aus dem Autoradio, als Marder auf der Bundesstraße 65 unter der Autobahn hindurchfuhr, die die Grenze zwischen den Städten Barsinghausen und Bad Nenndorf bildete.

»Einen richtig heißen Tag müssen Sie noch ertragen, vor allem die Luftfeuchtigkeit wird heute Abend extrem hoch werden. Morgen Nachmittag kommen die Temperaturen dann endlich ins Rutschen. Bis dahin gibt es schon mal ein bisschen erfrischende Musik aus den Achtzigern und Neunzigern.«

Marder hatte für die kurze Strecke zwischen den beiden Orten die Klimaanlage nicht angestellt. Das war ein Fehler. Sein Hemd klebte an der Haut, die drückende Schwüle war bereits spürbar und kroch durch seine Kleidung. Er blickte in den Himmel, ein leichter Dunst legte sich vor die Sonne, die Änderung des Wetters schickte ihre Vorboten. Er parkte seinen Wagen am Rand der Innenstadt des Kurbades.

Die unterschiedliche Geschichte der Städte Barsinghausen und Bad Nenndorf war deutlich zu erkennen. Barsinghausen war ursprünglich ein Dorf um ein Kloster gewesen, dann eine Ansiedlung für Arbeiter in Steinbrüchen und im Kohlebergbau; seit den Sechzigern des zwanzigsten Jahrhunderts durfte sich der Ort offiziell »Stadt« nennen. Bad Nenndorf hatte sich nach seinem Höhenflug als königlich-preußisches Kurbad, der auf Brunnen mit faulig riechendem Schwefelwasser basierte, zu einem eher sanftmütigen und ruhigen Städtchen entwickelt.

Der ehemalige Glanz des Ortes offenbarte sich in den stattlichen Gebäuden in der Nähe des Kurparks. Einige davon waren in den letzten Jahren renoviert worden und gaben den Straßen eine Atmosphäre, die Marder an das aristokratische neunzehnte Jahrhundert erinnerte. Früher waren die Noblen dieser Welt hierher zum Baden und Kuren angereist. Als die Aristokratie abgetreten war und später das Tausendjährige Reich sein verdientes Ende gefunden hatte, erblühte das Kurbad erneut als Folge des westdeutschen Wirtschaftswunders. Nach der Nachkriegszeit schickten die Krankenkassen ihre Mitglieder großzügig auf Kur und bezahlten alles für alle. Das war heute nicht mehr denkbar, in diesen Tagen hatten Kurorte wie Bad Nenndorf mit den Folgen und Kosten der Gesundheitsreform zu kämpfen. Jetzt waren die meisten Gäste im Ort weder nobler noch reicher als Marder.

Der Park wurde von alten Bäumen dominiert, zwischen denen sich offene Rasenflächen einen Hang hinaufzogen. Eine Landstraße und eine Autobahn dahinter fingen die Wälder des Deisters an, die einen riesigen Forst bildeten. Die Flora im Park war über Jahrhunderte für die Kurgäste importiert worden: Exotische Pflanzen von den fünf Kontinenten standen hier einträchtig in der Sonne am Rand des Weserberglandes. Palmen, die den lokalen Winter nicht überleben würden, wuchsen in großen Bottichen, die man im Herbst zweifellos in geheizte Räume schaffte. An verschiedenen Ecken des Parks konnten sich die Kurgäste die Langeweile vertreiben, nachdem sie am Vormittag ihre medizinischen Anwendungen erduldet hatten. Konzertmuschel, Boule-Bahn, Minigolf, Gartenschach, Leseraum und ein Thermalbad warteten auf sie. Plakate am Kurhaus kündigten Veranstaltungen an: *Durch die Welt der Operette* mit einem ungarischen Teufelsgeiger; botanische Führungen durch den Park oder durch den Deister mit einem Förster; Tanztee, Boule und Bridge für Senioren; Rückengymnastik für alle; Yoga für Frauen; medizinische Vorträge: *Bewusstes Atmen im Alter* oder *Wie lebe ich besser mit Rheuma.* Natürlich jeden Montag ein Begrüßungsabend für neu eingetroffene Kurgäste.

Neben dem Thermalbad befand sich ein Kneippbecken. Marder zog Schuhe und Socken aus, krempelte seine Hosen hoch und watete dreimal im Kreis durch das Wasser. Er fühlte sich erfrischt, das eiskalte Wasser an den Füßen war ein wohltuender Kontrast zu den heißen Temperaturen des Nachmittags. Er stakste drei weitere Runden durch das Becken und spürte unvermittelt einen intensiven Drang seiner Blase. Vielleicht hätte er es bei drei Runden belassen sollen, wie es eine Hinweistafel am Beckenrand den Besuchern warnend empfahl. Er ging in die Eingangshalle des Thermalbades und suchte die Tür mit dem kleinen Männchen. Wieder im Freien, kaufte er sich an einem Kiosk im Park einen Cappuccino »to go« in einem Pappbecher, setzte sich auf eine Bank neben einer Blumenrabatte, legte seine Füße auf den Nachbarstuhl, schlürfte den Kaffee durch ein kleines Loch im Plastikdeckel, döste für einige Minuten vor sich hin und freute sich auf die kühleren Tage, die bald kommen sollten.

Als er zu sich kam, konnte er die Gedanken an Vera Matuschek nicht länger unterdrücken. Hatte Volkert vielleicht doch Selbstmord begangen? Es fiel Marder nach wie vor schwer, daran zu glauben. Volkert war ihm nicht wie der sensible Typ vorgekommen, der wegen einer enttäuschten Liebe seinem Leben ein Ende setzte. Aber wie konnte er überprüfen, ob Vera die Wahrheit sagte?

Plötzlich wusste er, was er zu tun hatte. In der letzten Stunde, während seines Spazierganges durch die Stadt und den Park, hatte er nicht an Vera gedacht – das hatte seinem Unterbewusstsein die Chance gegeben, ungestört zu arbeiten. Nun meldete es sich. Es sagte ihm, er könne zwar nicht direkt überprüfen, ob Vera die Wahrheit über die Ereignisse am See erzählt hatte, aber er könne wahrscheinlich feststellen, ob sie die Wahrheit über Volkerts verzweifelte Liebe zu seiner ehemaligen Frau gesagt hatte. Wenn es diese Verzweiflung nicht gab, dann konnte auch die Geschichte vom Selbstmord aus Liebeskummer nicht stimmen.

Seine Freundin bei der Kripo in Holzminden nahm sofort den Hörer ab, als er sie anrief.

»Bistorf-Kuntze.«

»Guten Tag, Frau Bistorf-Kuntze, hier ist Marder, können Sie mich noch ertragen?«

»Ich dachte mir schon, dass wir uns noch nicht das letzte Mal gesprochen haben, Herr Marder. Worum geht es dieses Mal?«

»Natürlich wieder um Volkert – und um seine geschiedene Frau.«

»Das ist ein faszinierendes Thema. Was möchten Sie darüber wissen?«

»Frau Matuschek hat mir erzählt, dass Volkert seine Frau leidenschaftlich geliebt habe, unter der Scheidung litt und sich innerlich nicht von ihr lösen konnte.«

»Dass ich nicht lache, einer von den beiden hat da das Blaue vom Himmel herunter gelogen. Entweder Volkert gegenüber Frau Matuschek oder Frau Matuschek Ihnen gegenüber.«

Frau Bistorf-Kuntze fing an zu lachen, eher verächtlich als humorvoll.

»Können Sie konkreter werden? Ich würde gern mitlachen.«

»Kann ich. Viel konkreter.«

»Bitte tun Sie es.«

»Also, ich kenne die frühere Frau Volkert, geborene Petra Marinke, ziemlich gut. Wir gehören seit mehreren Jahren zu einer aktiven Literaturgruppe, die sich jede Woche zu dem Versuch trifft, große Poesie zu produzieren.«

»Bei meinem nächsten Besuch in Holzminden werde ich darauf bestehen, mir Ihre Gedichte anzuhören. Also, wie war das mit der Scheidung der Volkerts?«

»Die lautere Wahrheit ist, dass die Scheidung ausschließlich auf Betreiben von Volkert lief. Einer der Gründe war wohl, dass Petra nicht alle seine Neigungen teilte. Das hat sie mehrmals angedeutet, aber leider keine Einzelheiten erzählt. Deswegen hatte er wohl schon früh in der Ehe wechselnde Verhältnisse nebenher. Das hat Petra zwar gewusst, hat es aber hingenommen, weil sie wohl immer gehofft hat, dass Volkert sich irgendwann ausgetobt hätte. Sie gehört eben nicht zu den emanzipierten Frauen. Die Scheidung war allein Volkerts Wunsch, er wollte sie unbedingt loswerden. Er hat auch hinterher nie versucht, sie zurückzugewinnen. Also, diese Geschichte über seine unerfüllte Sehnsucht nach seiner Frau ist total aus der Luft gegriffen.«

»So etwas dachte ich mir schon.«

»Ich hatte ja keine Ahnung, dass Sie so an schmutziger Wäsche interessiert sind.«

Ein weiteres Lachen, nun wohlwollend, kam durch die Telefonleitung. Natürlich wusste Frau Bistorf-Kuntze, dass Marder diese Fragen nicht stellte, um seine Fantasie mit schmutzigen Gedanken zu füttern.

»Warum wollen Sie das wissen, Herr Marder?«

»Weil ich sicher sein möchte, dass Volkert nicht Selbstmord aus verzweifelter Liebe zu seiner früheren Frau gemacht hat.«

Als Marder das sagte, reagierte Frau Bistorf-Kuntze geradezu hysterisch.

»Selbstmord wegen seiner Frau? Das ist der beste Witz, den ich seit Langem gehört habe. Gefeiert hat er nach der Scheidung und jede Frau angemacht, die in seiner Nähe war – auch mich. Aber das hatte ich Ihnen ja schon das letzte Mal erzählt.«

Das Thema Selbstmord hatte sich für Marder erledigt. Er war fest überzeugt, dass Frau Bistorf-Kuntze über Volkert und seine Frau die Wahrheit gesagt hatte. Wenn Unfall und Selbstmord nicht der Grund für Volkerts Tod war, dann blieben nur noch Mord und Totschlag. Das traute er Vera Matuschek zu. Sie hatte zweimal gelogen, als sie Volkerts Tod beschrieb, außerdem hatte sie skrupellos seine Leiche entsorgt. So ein Mensch ist wahrscheinlich auch kaltblütig genug, um jemanden aus dem Leben zu befördern.

»Wie heißen Sie eigentlich mit Vornamen, Frau Bistorf-Kuntze?«

»Inge.«

»Ich heiße Manfred.«

23

Die Stadt berührte ihn kaum. Hannover war nicht die seine, obwohl es die Hauptstadt des Bundeslandes war, in dem er lebte. Seine Stadt war Hamburg, und Stade gehörte zu dem Umfeld dieser Freien und Hansestadt – sie war nur zwanzig Minuten mit der Schnellfähre über die Elbe entfernt. Wenn seine Frau sagte, sie sollten mal wieder in die Stadt fahren, dann war immer Hamburg gemeint. Er hatte nichts gegen Hannover, genauso wie er nichts gegen Hildesheim, Halle oder Heilbronn hatte. Manche seiner früheren Kollegen, die in Hannover wohnten, schworen sogar, sie könnten sich keine schönere Stadt zum Leben vorstellen als die Stadt an der Leine.

Im Polizeipräsidium hielten Marder und Falkenberg eine Lagebesprechung, so wie sie es in den frühen gemeinsamen Jahren ihres Berufs getan hatten, damals war Erich noch ein einfacher Kriminalbeamter gewesen. Erich sagte, er hätte heute Morgen eigentlich zu einer Konferenz müssen, aber der Fall Volkert/Matuschek sei ihm inzwischen so wichtig, dass er einen Stellvertreter geschickt habe. Der sei ein guter Mann und solle die Chance nutzen, sich ein bisschen zu profilieren. Das habe er selbst nicht mehr nötig, da sich seine Laufbahn dem Ende zuneige. Allerdings, wenn er den Ruhestand nicht mehr vermeiden könne, denke er daran, in die Politik zu gehen. Da spiele das Alter keine Rolle.

»Wenn ich mir das durchschnittliche Alter der Landtagsabgeordneten anschaue, bin ich mit meinen sechzig plus noch gut dabei.«

Marder war überzeugt, dass Erich dies ernsthaft meinte, denn ein Leben ohne Empfänge und öffentliche Auftritte wäre für seinen Freund sterbenslangweilig. Aber sie saßen heute nicht zusammen, um über Erichs Pläne für die Zukunft zu diskutieren.

»Gestern ist es mir endlich gelungen, die Herren in der Pathologie zu Überstunden zu nötigen. Sie haben fast die ganze Nacht durchgearbeitet und heute Morgen habe ich brauchbare Ergebnisse bekommen.«

Marder und Falkenberg schlürften Kaffee aus zwei Plastikbechern, die Falkenberg aus einem Automaten im Flur gezaubert hatten.

»Früher«, fuhr Falkenberg fort, »konnte man seine Sekretärin beauftragen, einen Kaffee zu kochen, aber heute verstößt das gegen ihre Arbeitsplatzbeschreibung und Ehre. Damit kann ich gut leben, der Kaffee aus dem Automaten ist immer gleich gut – der von meiner Sekretärin war es nur, wenn sie gut auf mich zu sprechen war. Kommen wir zur Sache.«

Die Vorhänge des Arbeitszimmers waren zum Schutz gegen das gleißende Licht zugezogen, deshalb war es schummrig im Raum. Obwohl die Sonne mit voller Wucht auf das Gebäude prallte, brannte eine Lampe auf Falkenbergs Schreibtisch. Es herrschte eine konspirative Atmosphäre. Marder konnte seine Spannung kaum im Zaum halten.

»Was ist denn nun bei der Obduktion herausgekommen?«

»Um es kurz zu machen. Die Kollegen von der Pathologie sind sich sicher, dass eine Tiefenvenenthrombose und die dadurch verursachte Lungenembolie die Todesursache war.«

Marder war enttäuscht. An diese oder eine ähnliche Möglichkeit hatte er bisher überhaupt nicht gedacht.

»Das hört sich nicht nach Mord an. Auch nicht nach Ertrinken, wie Vera es mir in verschiedenen Versionen weismachen wollte.«

»Das wollen wir erst einmal dahingestellt lassen. Die eigentliche Todesursache in so einem Fall ist meistens die Lungenembolie. Mein pathologischer Freund, Dr. Kirschbaum, hat mir heute Morgen einen dreiseitigen Vortrag über Blutgerinnung, deren Störungen und ihre möglichen Folgen gehalten, aber ich glaube, ich kann das Wesentliche in wenigen Sätzen zusammenfassen: Bei einer Thrombose bildet sich ein Blutgerinnsel in einem Gefäß – bei Volkert war es die Vene im linken Bein. Wenn sich dieses Gerinnsel oder ein Teil davon löst und durch das Blut in die Lunge transportiert wird, kann es dort zu einer Verstopfung der Lungengefäße kommen. Der Betroffene kann nicht mehr atmen, und das kann innerhalb weniger Minuten zum Tod führen. Das muss nicht in jedem Fall so tragisch enden, aber es passiert oft genug. Offensichtlich war das bei Volkert so. Dr. Kirschbaum sagt, der Tod muss sich fünfundzwanzig bis dreißig Stunden ereignet haben, bevor die Leiche im Wasser der Weser deponiert wurde.«

»Dann ist es mit großer Wahrscheinlichkeit noch in Schweden passiert. Aber das heißt auch, es war definitiv ein natürlicher Tod. Warum dann der ganze Aufwand von Vera Matuschek mit dem Transport der Leiche nach Holzminden und dem Versenken in dem Hafenbecken?«

»Weil der Tod vielleicht doch nicht ganz so natürlich war. Jetzt wird es ein bisschen kompliziert: In Volkerts Gepäck war eine Packung *Marcumar*, das ist ein Arzneimittel, das das Gerinnen des Blutes verhindern soll. Die Tabletten verschreibt der Arzt unter anderem dann, wenn der Patient früher schon eine Thrombose gehabt hat und sich gegen weitere schützen will. Solange der Betroffene regelmäßig seine Medizin nimmt, was bei Volkert anscheinend der Fall gewesen ist, kann man davon ausgehen, dass eine Thrombose mit folgender Lungenembolie relativ unwahrscheinlich ist.«

»Du hörst dich an wie ein medizinisches Fachbuch ..., entschuldige, ich wollte dich nicht unterbrechen.«

»Ja, ich versuche nur einigermaßen korrekt wiederzugeben, was Dr. Kirschbaum mir erklärt hat. Also, weiter ... Die Herren von der Rechtsmedizin haben sich gewundert, dass Volkert eine Thrombose mit Embolie erlitten hat. Schließlich hatte er das Medikament dabei, und, wie gesagt, es ist eigentlich logisch, dass er es regelmäßig eingenommen hat.«

»Fragen können wir ihn nicht mehr. Es wird schwer sein, das zu überprüfen.«

»Nicht unbedingt.«

»Das verstehe ich nicht.«

»Manchmal sind die Kollegen unten im Keller wirklich clever. Die haben heute Nacht tolle Arbeit gemacht. Sie haben nämlich die Tabletten untersucht, die glücklicherweise in einem wasserdichten Plastikdöschen in Volkerts Kulturbeutel waren. Dabei haben sie zu ihrer großen Überraschung festgestellt, dass in dem Döschen gar kein *Marcumar* war, wie man nach der Beschriftung vermuten musste. Es waren vielmehr Kopfschmerztabletten darin, wie man sie in jeder Apotheke rezeptfrei kaufen kann. Das ist doch höchst verwunderlich, eigentlich völlig unverständlich.«

»Die Frage ist also, ob Volkert die Tabletten selbst ausgetauscht hat oder ob es jemand anders getan hat. Und als ›jemand anders‹ kommt nur Vera in Frage.«

Falkenberg erwiderte, das sei ihm klar, aber er würde trotzdem gern bestätigt haben, ob Volkert tatsächlich schon in früheren Jahren Thrombosen gehabt hatte. Das habe Dr. Kirschbaum wegen des wässerigen Zustands der Leiche nicht mit hundertprozentiger Sicherheit feststellen können.

»Ich werde die Kollegen in Holzminden bitten, das so schnell wie möglich herauszufinden. Wenn du möchtest, Manfred, kannst du eventuell noch einmal nach Holzminden fahren, um das zu klären.«

Marder hatte eine bessere Idee.

»Schieb mir einmal dein Telefon herüber«, bat er.

»Hier Wahlberg«, meldete sich die elegante Putzfrau in der Stadt an der Weser.

»Und hier Marder. Ich hoffe, Sie erinnern sich an mich, Frau Wahlberg.«

»Natürlich erinnere ich mich an Sie. Sie sind doch der Kommissar von der Kriminalpolizei, der mich so wohlgefällig angeschaut hat.«

»Ich dachte nicht, dass Sie das bemerkt haben.«

»Doch, das entgeht einer Frau nicht. Aber da Sie wissen, dass ich glücklich verheiratet bin, rufen Sie mich bestimmt nicht deswegen an. Es geht vermutlich wieder um Herrn Volkert. Gibt es etwas Neues? Ist er endlich aufgetaucht?«

»Ja, aber leider nicht lebendig, ich kann Ihnen im Moment keine Einzelheiten erzählen, in ein paar Tagen werden Sie alles in der Zeitung lesen. Ich habe einige wichtige Fragen an Sie. Ich befinde mich zurzeit im Polizeipräsidium in Hannover.«

Das sagte Marder mit Betonung, damit Frau Wahlberg keine Zweifel hatte, dass seine Fragen wirklich wichtig waren. Frau Wahlberg antwortete nicht sofort, ihr hörbares Ausatmen ließ darauf schließen, dass sie von der Nachricht über Volkerts Tod betroffen war.

»Sagen Sie, Frau Wahlberg, wenn Sie bei Herrn Volkert aufgeräumt haben, ist Ihnen da aufgefallen, ob er Medikamente auf seinem Nachttisch oder im Badezimmer hatte, die er regelmäßig genommen hat?«

»Darf ich Ihnen denn darüber Auskunft geben? Ich weiß nicht genau, ob ich als Putzfrau der ärztlichen Schweigepflicht unterliege. Die Gesetze in Deutschland sind für uns Ausländer manchmal etwas schwer durchschaubar.«

»Frau Wahlberg, ich versichere Ihnen kraft meines Amtes, dass Sie dazu berechtigt sind.«

Frau Wahlberg konnte nicht wissen, dass Marder überhaupt kein Amt hatte.

»Na ja, … jetzt, wo Volkert tot ist und Sie von der Kripo sind, ist es wohl in Ordnung, wenn ich es tue. Ja, ich bin mir absolut sicher, er hat regelmäßig ein Medikament genommen.«

»Wissen Sie auch, wie es hieß?«

»Ja, lassen Sie mich nachdenken. Es war etwas mit *Ma* vorne, so was wie *Marubar* oder so ähnlich.«

»Was halten Sie von *Marcumar*?«

»Ja, Marcumar, das war es. Jetzt, wo Sie es sagen, kann ich mich ganz genau daran erinnern.«

»Wieso sind Sie sich da so sicher?«

»Manchmal hat Volkert mich gebeten, für ihn Einkäufe zu erledigen, wenn ihm sein Job dazu keine Zeit ließ. Gelegentlich ging es auch um Sachen aus der Apotheke. Dann hat er mir das Rezept gegeben, und ich habe ihm die Arznei besorgt. Da guckt man natürlich hin, was man holt.«

»Und wissen Sie auch, ob er es regelmäßig genommen hat?«

»Ja, deswegen habe ich es ja für ihn holen müssen. Einmal hatte er nur noch Tabletten für zwei oder drei Tage, und er war besorgt, dass er nicht rechtzeitig dazu kommen würde, zur Apotheke zu gehen. Da hat er mehrmals betont, dass ich das auf keinen Fall vergessen solle, es sei wichtig, dass er das Medikament täglich nähme. Es sei schließlich seine Lebensversicherung.«

»Danke, Frau Wahlberg. Sie haben uns sehr geholfen.«

»Jetzt muss ich mich erst einmal hinsetzen und darüber wegkommen, dass Herr Volkert tot ist. Er war zwar kein enger Freund von mir, aber er hat mich immer fair behandelt.«

Die Aussage von Frau Wahlberg ließ endgültig den zwingenden Schluss zu, dass jemand Volkerts Medizin manipuliert hatte, und das konnte tatsächlich nur Vera Matuschek gewesen sein. Sie hatte die Tabletten ausgetauscht und dadurch Volkerts Tod bewusst herbeigeführt. Wie sie es getan hatte und vor allem, warum, das wusste nur Vera selbst. Eine letzte Unterhaltung mit ihr stand Marder bevor. Er hätte dieses Gespräch gern einem anderen überlassen, aber das ging nicht, er hatte die Ermittlungen bis zu diesem Punkt geführt, er würde sie abschließen müssen.

Erich Falkenberg zog die Vorhänge vor seinem Fenster zur Seite. Das Zimmer wurde hell, das Licht änderte die Stimmung im Raum schlagartig.

Ich sehe auf einmal alles klarer, dachte Marder. Mir fehlen nur noch die Details – und eine Erklärung, wie es zu der Eskalation der Probleme zwischen Vera und Volkert gekommen ist, die mit einem Mord endete.

»Wo ist Vera Matuschek jetzt?«, fragte er seinen Freund. »Ich muss noch einmal mit ihr sprechen, dann werden wir hoffentlich endlich wissen, was in dem Haus am See wirklich geschehen ist.«

»Frau Matuschek ist in Untersuchungshaft, wie du weißt. Ich werde sie am frühen Nachmittag hierher bringen lassen, dann kannst du mit ihr reden. Mich musst du für den Rest des Tages entschuldigen, Manfred, nachher nimmt der Minister persönlich an der Konferenz teil, da kann ich mich unmöglich länger drücken. Ich überlasse alles dir. Wenn du nicht die Wahrheit aus Vera herausbekommst, wird es kaum jemandem gelingen.«

»Das gibt mir eine Mittagspause Zeit, mich mit Hannover anzufreunden und mir zu überlegen, was ich Vera fragen werde.«

»Geh zum Maschsee, der liegt praktisch um die Ecke, da kannst du die Stadt von ihrer besten Seite sehen.«

24

Es war seit Langem der erste Tag, an dem man es mittags im Freien aushalten konnte. Die Temperaturen lagen um die fünfundzwanzig Grad, auch wenn es sich in der Stadt wärmer anfühlte. Die Straßen und Häuser hatten die Hitze der vergangenen Tage tief in sich aufgesogen und ließen sie nur langsam wieder frei. Ein freundlicher Wind wehte über den Maschsee, und am Himmel hatte sich ein lockerer Wolkenteppich gebildet. Marder nahm auf einer Terrasse am Nordufer des Sees Platz, bestellte einen *Salat der Saison* und ein großes Alsterwasser. *Alsterwasser* war ihm schon wegen des Namens sympathisch. Wenn er es trank, kam er sich immer ein bisschen vor wie an der Binnenalster in Hamburg, wo er mit seiner Frau gern Rast machte, wenn sie die Hansestadt besuchten.

Hier am Maschsee war es beinahe genauso schön. Auf dem Wasser ging es bunt zu: Segelboote, die gegen den Wind kreuzten; Ruderboote, von athletischen Körpern angetrieben; Tretboote aus Plastik, in denen Kinder strampelten; weiße Ausflugsboote der städtischen Flotte; Modellboote in Miniaturgröße; Enten, Schwäne, dazu andere Wasservögel, die Marder nicht identifizieren konnte. In der Nähe des Ufers trieben farbige Plastiktüten und einige tote Fische auf dem Wasser.

Zwischen der Terrasse und dem Ufer führte ein gepflasterter Weg, auf dem die Bewohner der Stadt entlangschlenderten: ältere Ehepaare, die sich untergehakt hielten; Liebespaare, denen man ansah, dass sie auf dem Weg zu Zärtlichkeiten waren; Singles, ohne Hast, ohne Ziel. Durch die Lücken zwischen den Spaziergängern huschten Freizeitsportler: Nordic Walker, deren Körper im Takt ihrer Stöcke schwangen; Inline-Skater und Jogger in modisch regenbogenbunter Kleidung; Radfahrer mit oder ohne Helm.

Man sah den Menschen an, dass sie hier zu Hause waren, sie bewegten sich ganz selbstverständlich, der Maschsee ersetzte ihnen den Gartenteich, den sie in ihren Stadtwohnungen nicht haben konnten, oder das Meer, das zu weit entfernt für einen Nachmittagsausflug lag.

Marder war sich bewusst, dass er die Menschen nach Äußerlichkeiten beurteilte. Ob sie glücklich oder unglücklich, ob sie »gut« oder »böse« waren, das konnte er ihnen nicht ansehen. So wie man es Vera Matuschek nicht ansehen konnte, dass sie am Tod von Volkert schuldig war. Was ging in dieser Frau vor, dass sie erst den Tod ihres Mannes hinnahm, ohne zu versuchen, ihn zu verhindern, und dann den Tod ihres Liebhabers plante? Welches Motiv hatte sie dazu getrieben? Das herauszufinden, war ihm wichtiger, als den genauen Ablauf ihrer Handlungen zu rekonstruieren.

Vera Matuschek ist eine Frau, in die ich mich nicht hineinversetzen kann, sie ist abgründiger, als ich es geglaubt habe, dachte Marder. Er konnte nicht ausschließen, dass sie mit weiteren Überraschungen aufwarten würde, indem sie ihm Dinge über Volkert und sich selbst erzählte, von denen er bisher nichts ahnte. Er erinnerte sich daran, dass Iris gesagt hatte, sie könne sich nicht vorstellen, dass diese beiden Menschen in der Einsamkeit der schwedischen Wälder friedlich zusammenleben konnten. Später, als er ratlos aus Schweden zurückgekehrt war und ihr erzählt hatte, was er dort gefunden hatte, bestand Iris darauf, dass eine Tragödie geschehen sein musste.

Sie hatte recht gehabt. Iris wäre wahrscheinlich eine bessere Kriminalbeamtin geworden als er, vor allem wenn es um Delikte ging, in denen Hass, Eifersucht oder missverstandene Liebe eine Rolle spielten.

Was würde er von Vera Matuschek heute Nachmittag erfahren? Was hatte Volkert ihr angetan, dass sie bereit war, ihn zu töten? War ihr Zorn auf Volkert erst in Schweden entstanden, oder war die Reise nur die letzte Szene eines langen Dramas? Wenn es so war, warum war sie überhaupt mit ihm dorthin gefahren? Wann hatte sie den Mord an Volkert geplant? Vor der Abreise? Nach ihrer Ankunft in Schweden? War ihr bekannt, dass Volkert Medikamente einnahm, die die Gerinnung des Blutes verhinderten? Kannte sie die möglichen Konsequenzen bei einem plötzlichen Entzug dieser Arznei? Woher hatte sie die Tabletten, mit denen sie das *Marcumar* ersetzt hatte? Warum hatte sie die Plastikdose mit dem »falschen« *Marcumar* nicht einfach unauffindbar entsorgt, nachdem Volkert gestorben war? Das wäre in der Wildnis um das Haus am See überhaupt kein Problem gewesen. Fragen über Fragen. Wo lagen die Antworten?

Die Terrasse vor dem Restaurant hatte sich geleert, die Zeit der Mittagspause in den Büros der Innenstadt war vorbei. Zwei Kellner standen abseits im Freien und rauchten eine schnelle Zigarette. Gleich würden sie wieder zu hastigem Hin- und Herlaufen gezwungen sein, wenn die erste Nachmittagsschicht der Kaffeetrinker über die Terrasse herfiel. Marder erhob sich und machte sich zu seinem letzten Gespräch mit Vera Matuschek auf.

25

Vera Matuschek hatte sich dieses Mal nicht erholt, sie war die greise Frau geblieben, die er zurückgelassen hatte. Zweimal schon hatte sie sich in die energische, alles kontrollierende Person zurückverwandelt, aber Marder wusste, dass dieses Mal der Verfall unumkehrbar war. Vera Matuschek war endgültig alt geworden. Sie trug nicht die adrette Kleidung, mit der sie am Tag zuvor das Haus verlassen hatte, als die beiden Kriminalbeamten sie abgeholt hatten, stattdessen war sie mit einer grellgrünen Leinenhose und einer verwaschenen roten Bluse bekleidet. Die Einzelteile der Garderobe passten nicht zusammen, und sie passten nicht zu der Person, die sie trug und die nun gebrochen vor ihm saß. Vera hatte sich nicht geschminkt, sie hatte nicht einmal mehr eine Frisur. Ihr Kopf war nackt, nur ein leichter, unregelmäßiger Haarflaum bedeckte ihr Haupt. Marder erschrak. Er hatte nie bemerkt, dass Vera eine Perücke trug, wenn er ihr begegnet war. Ohne diese Perücke war die Vera Matuschek, die er bisher gekannt hatte, verschwunden.

Marder saß ihr gegenüber, einen Notizblock und einen Kugelschreiber vor sich auf dem Tisch. Er war unsicher, wie er das Gespräch eröffnen sollte. Schließlich sagte er: »Ich hoffe, es ist Ihnen recht, dass ich mir Notizen mache.«

Vera schaute ihn an, ihre Augen ließen erkennen, dass ihr der Wille zum Leben abhanden gekommen war.

»Meine Tochter war heute Morgen hier. Sie hat mir Kleidung gebracht und einen Anwalt. Den habe ich wieder weggeschickt. Ich brauche niemanden, der mir sagt, was ich sagen soll. Ich werde alles erzählen, was passiert ist. Aber nur einmal, und dann werde ich nie wieder darüber sprechen. Sie können sich gern Notizen machen, aber Sie können von mir aus auch ein Band mitlaufen lassen.«

Marder stellte den Kassettenrekorder auf den Tisch, der auf einem Regal neben dem Fenster gestanden hatte. Daneben befand sich ein Stapel Leerkassetten. Marder schob eine davon in das Gerät. Er platzierte den Recorder so, dass er nicht zwischen ihm und Vera stand, damit er ihr Gesicht im Blick behalten konnte. Er drückte den Aufnahmeknopf und wollte gerade etwas Einleitendes sagen, als Vera zu sprechen anfing.

»Ich heiße Vera Matuschek und möchte eine Aussage zum Tod von Kommissar Volkert machen.«

Dann nannte sie das Datum und die Uhrzeit. Eigentlich wollte Marder diese technischen Details selbst auf das Band sprechen, aber nun, da Vera es getan hatte, verzichtete er darauf, sie zu unterbrechen.

»Ich habe Herrn Volkert vor ungefähr zwei Jahren kennengelernt. Er war zu jener Zeit in Barsinghausen, um die Position bei der Kriminalpolizei kurzfristig zu besetzen, die frei geworden war, als mein damaliger Mann in den Ruhestand ging. Als mein Mann kurz danach starb, sind Herr Volkert und ich erst Freunde und später ein Paar geworden.«

Vera ging nicht auf die Umstände ein, die zu dem Tod ihres Mannes geführt hatten. Da diese Marder bekannt waren, schwieg er. Er würde später entscheiden, ob sie Einfluss auf die Geschehnisse um Volkert hatten.

»Herr Volkert ist nach einigen Monaten in Barsinghausen nach Holzminden zurückgekehrt. Dort habe ich ihn seitdem regelmäßig besucht, ungefähr einmal im Monat, manchmal auch öfter.«

»Sie haben ihn immer in Holzminden besucht, er ist nie nach Barsinghausen gekommen. Warum war das so?«

»Weil er es so wollte, und mir war es auch recht. Er hat gesagt, da er tagsüber arbeiten müsse, wäre es einfacher, wenn ich die Reise machen würde. Außerdem hat er gesagt, dass er sich in Holzminden wohler fühle als in Barsinghausen. Aber ich hatte sowieso keine Lust, meiner Familie oder Bekannten zu erklären, warum ich so kurz nach dem Tod meines Mannes einen neuen Partner hatte, dazu wieder einen Kommissar von der Kriminalpolizei.

Ich hoffte, dass Herr Volkert und ich nach einer gewissen Anstandsfrist heiraten würden, und er hat mir am Anfang mehrfach angedeutet, dass er sich das auch vorstellen könne. Im Laufe der Zeit haben wir immer seltener darüber gesprochen, das heißt, Volkert hat das Thema mehr und mehr vermieden. Deswegen fand ich es eine gute Idee, mit ihm nach Schweden an den See zu fahren, weil ich dachte, dort hätten wir Zeit, uns in Ruhe zu unterhalten. Ich wollte endlich Klarheit haben, ob es ihm ernst mit mir war.«

Marder wäre gern an dieser Stelle für einen Moment aus dem Raum gegangen. Das Alsterwasser verursachte ihm Unbehagen, er hätte sich gern davon befreit – andererseits wollte er Vera nicht unterbrechen. Er hielt still und litt ein bisschen.

»Als wir auf dem Weg nach Schweden im Auto saßen, brachte ich das Gespräch auf unsere Zukunft. Erst versuchte er, dem Thema auszuweichen. Wie ich eben gesagt habe, hatte ich mir vorgenommen, die Reise zu nutzen, um unsere Beziehung zu klären und, wenn möglich, zu festigen. Volkert wollte davon aber nichts hören – für ihn war es eher ein unverbindlicher Urlaub, in dem er sich nicht mit Gedanken an unsere Zukunft befassen wollte. Weil er nicht so reagierte, wie ich es gehofft hatte, habe ich mich sehr geärgert und habe ihm Vorwürfe gemacht. Dabei bin ich ziemlich wütend geworden, das muss ich zugeben. Am besten wäre es sicher gewesen, ich wäre an der Fähre aus dem Auto ausgestiegen und mit der Bahn zurückgefahren – aber das sage ich nur aus besserem Wissen im Nachhinein. Damals hoffte ich noch, wir würden in dem Haus am See unsere Beziehung retten können.«

Der Druck in Marders Unterleib wurde stärker. Er suchte einen Grund, den Raum zu verlassen.

»Frau Matuschek, kann ich Ihnen etwas zu trinken holen, bevor Sie weitererzählen? Sie müssen durstig sein.«

Zu seiner großen Erleichterung bestätigte Vera Matuschek, dass sie gern etwas trinken würde. Marder sprang auf, ging aus dem Verhörzimmer und befreite sich von dem, was ihn seit einer Weile bedrückte. Dann ging er in den Sozialraum, wo er im Kühlschrank eine Flasche Zitronenlimonade fand. Im Schrank daneben standen saubere Gläser. Er ging zu Vera zurück und wartete, bis sie ein Glas Limonade getrunken hatte. Dann fragte er weiter.

»Frau Matuschek, hat Herr Volkert gewusst, dass Sie eine Perücke tragen?«

»Meine Haare haben ungefähr ein Jahr vor dem Tod meines Mannes angefangen, auszufallen, ohne dass die Ärzte etwas dagegen machen konnten. Sie waren nicht einmal in der Lage, mir zu sagen, warum das passierte. Als Sie vor zwei Jahren nach Barsinghausen kamen, trug ich bereits eine Perücke. Das wusste nur mein Mann, nicht einmal meine Kinder. Vor Volkert habe ich es zuerst verheimlicht, aber als wir intim wurden, ließ es sich nicht länger verbergen. Aber daran kann es kaum gelegen haben, dass sein Interesse an mir nachließ. Wenn ich vor dem Schlafengehen meine Haare abnahm, dann nahm er seine Zähne aus dem Mund. Für Zuschauer wären wir beide kein besonders attraktives Paar gewesen.«

Ein zaghaftes Lächeln huschte über Veras Gesicht, das sofort wieder verschwand. Marder versuchte, sich Volkerts eingefallenen Mund vorzustellen, während er mit Vera im Bett lag. Es war kein schönes Bild, lediglich grausam amüsant.

»Auf der Fahrt haben Sie sich also schon gestritten. Wie ging es in Schweden weiter?«

»Volkert wurde immer aggressiver und gehässiger. Schon am Sonntagabend war ich so verzweifelt, dass ich am liebsten wieder nach Hause gefahren wäre – aber wie sollte ich ohne ein eigenes Auto aus den Wäldern herauskommen?«

»Was hat Volkert gesagt oder getan, dass so schlimm war?«

»Also, er hat mir unzweifelhaft zu verstehen gegeben, dass er nicht bereit war, Verpflichtungen mir gegenüber einzugehen. Mir war von Anfang an bewusst, dass Volkert meine letzte Chance war, einen Lebenspartner zu finden. Schließlich bleibt in meinem Alter nicht mehr viel Zeit dafür. Das hat er wahrscheinlich gespürt und mich lediglich zu seinem eigenem Vergnügen ausgenutzt. Als ich ihm sagte, ich hätte am Anfang das Gefühl gehabt, dass ihm wirklich etwas an mir läge, meinte er verächtlich, er hätte es nicht nötig, sich an eine alte Frau zu binden. Da gebe es noch andere, die hinter ihm her seien. Zum Beispiel eine Kollegin in Holzminden sei ganz verrückt nach ihm. Aber ich denke, damit wollte er nur angeben und mich einschüchtern.«

Das hoffe ich, dachte Marder, denn sonst wäre Inge in Holzminden eine schamlose Lügnerin.

»Er wurde dabei unglaublich gemein und verletzend, und

zum Schluss habe ich ihn so gehasst, wie ich noch nie einen Menschen gehasst habe. Ich war außer mir und habe ihm voller Wut angedroht, dass ich ihn umbringen würde. Das habe ich in diesem Moment aber nicht wirklich ernst gemeint. Da hat er nur gelacht und geantwortet, er würde mir zuvorkommen, bevor ich ihm etwas tun könnte.«

»Wer hat, verdammt noch mal, schon wieder meine Limonade aus dem Kühlschrank genommen. Könnt ihr euch keine eigene kaufen?«

Eine laute Stimme polterte über den Flur. Dann fiel eine Tür krachend ins Schloss, und es herrschte wieder Ruhe. Vera hatte in ihrer Erzählung kurz gestockt, aber sie hatte nicht mitbekommen, worum es bei dem Aufruhr gegangen war, und sprach weiter.

»Nachdem wir am Sonntagabend nach dem bitteren und lauten Streit schlafen gegangen waren – allerdings habe ich mich im Wohnzimmer auf die Couch gelegt –, war ich total aufgewühlt und konnte meinen Hass auf Volkert kaum beherrschen. Ich wusste, dass ich keine Kraft mehr hatte, mir noch einmal einen anderen Mann zu suchen, während Volkert vermutlich schnell eine Neue finden würde. Irgendwie erschien mir die Vorstellung, Volkert umzubringen, nicht mehr ganz so abwegig wie noch während unserer Auseinandersetzung. Ich war fast so weit, in dem Schuppen neben dem Haus nach einer Axt zu suchen und Volkert damit im Schlaf zu erschlagen. Aber das ging natürlich nicht, dann hätte man vermutlich früher oder später herausgefunden, dass ich ihn umgebracht habe. Trotzdem sagte ich mir immer wieder, die Welt wäre ohne diesen Mann besser dran, und es sei mein Recht, ihn zu bestrafen und mich dafür zu rächen, dass er mich wie eine Hure behandelt hat.

Plötzlich hatte ich eine Eingebung. Sie kam von ganz allein. Während Volkert schlief, als sei nichts geschehen, habe ich mir in Einzelheiten ausgemalt, wie ich ihn loswerden könnte. Ich war von mir selbst überrascht, dass ich mir vorstellen konnte, einen Menschen zu töten.«

Während sie das sagte, beugte sich Vera nach rechts und griff unter ihren Stuhl. Erst jetzt bemerkte Marder, dass dort eine Plastiktüte abgestellt war. Sie fuhr mit der Hand in die Tüte und holte eine Perücke heraus. Marder erkannte darin die Haare, die Vera am Tag zuvor getragen hatte. Sie zog die Perücke über ihren Kopf und blickte dabei Marder an, als sei er ihr Spiegel. Marder nickte zustimmend, ohne es zu wollen, als Vera die künstliche Haarpracht in die richtige Position gebracht hatte. Die Perücke gibt ihr einen Teil ihrer Würde zurück, dachte Marder, aber sie bleibt trotzdem eine alte Frau, die mit dem Leben abgeschlossen hat.

»Herr Kommissar, hatten Sie schon mal eine Thrombose?«, fragte Vera unvermittelt.

Wir nähern uns den Marcumar-Tabletten, dachte Marder. Ich gebe ihr besser eine vernünftige Antwort, damit sie bei diesem Thema bleibt.

»Ich nicht, aber der Schwager meiner Frau, der hatte schon zwei«, antwortete er. »Er hat glücklicherweise beide überlebt.«

»So viel Glück hatte der Vater meines Mannes, also der Vater von Alfred, nicht. Er hatte zwei Thrombosen ziemlich schnell hintereinander und ist an der zweiten gestorben, nicht an der Thrombose selbst, sondern an der Lungenembolie, die durch die Thrombose verursacht wurde.«

»Daran haben Sie sich erinnert, als Sie auf der Couch lagen und voller Hass und Zorn auf Volkert waren?«

»Ja, wie schon gesagt, die Idee kam mir wie von selbst, als

mir die *Marcumar*-Tabletten im Badezimmer einfielen. Ich wusste, dass Volkert die Tabletten schon seit Jahren nahm, und durch die Krankheit meines Schwiegervaters war mir bekannt, dass sie weitere Thrombosen verhindern sollen. Mir war auch bewusst, dass ein Patient, der diese Medizin plötzlich absetzt, unter Umständen wieder eine Thrombose mit einer Lungenembolie bekommt und daran schnell sterben kann …, obwohl das nicht in jedem Fall so sein muss. Das mit meinem Schwiegervater ist zwar schon ein paar Jahre her, aber mein Mann und ich haben damals öfter ausführlich mit seinem Arzt darüber gesprochen, und deswegen weiß ich über dieses Thema ziemlich gut Bescheid. Aber wie ich schon gesagt habe, es war in dieser Nacht nicht so, dass ich Volkert unbedingt sofort umbringen wollte … es war … erst mal nur so eine Art Gedankenspiel. Ich weiß, das klingt alles ein bisschen verrückt, aber ich war mir in diesem Moment tatsächlich noch nicht hundertprozentig sicher, ob ich es tun sollte oder nicht. Ich meine, die Medizin auszutauschen.«

Vera schloss die Augen, dachte für ein paar Sekunden nach. Dann öffnete sie ihre Augen wieder, zog ihre Perücke vom Kopf und ließ sie achtlos auf den Fußboden fallen. Sie hatte sich offensichtlich entschlossen, nun die Wahrheit und nichts als die Wahrheit zu erzählen.

»Ich muss mich korrigieren. Ich glaube heute, dass ich es mir damals schon fest vorgenommen hatte, nur wollte ich es mir noch nicht eingestehen.«

»Am Ende haben Sie es ja auch getan. Wie sind Sie an die Tabletten gekommen, gegen die Sie das *Marcumar* ausgetauscht haben?«

»Wir sind am Montag in die Stadt gefahren, wenn man die paar Häuser in Malilla so nennen kann, um Vorräte für die

Woche einzukaufen. Als Volkert getankt hat, habe ich gesagt, ich müsse schnell noch mal in die Drogerie. Die hatten eine Reihe von Tabletten und Pillen, die es dort ohne Rezept gab. Ich habe mir eine Schachtel von denen genommen, die in Größe und Form *Marcumar* am ähnlichsten sahen. Soweit ich mich erinnern kann, waren es Kopfschmerztabletten. Aber selbst in dem Moment war ich mir noch nicht sicher, ob ich seine Medikamente dagegen austauschen wollte.«

Es trommelte an die Fensterscheiben. Marder und Vera blickten erschrocken auf. Große Wassertropfen prasselten gegen das Glas. Es würde der erste richtige Regen seit Wochen sein. Die trockene Hitze, unter der Land, Leute und Marder gelitten hatten, war dabei, sich zu verabschieden. Marder konnte an dem gleichmäßig dunklen Himmel erkennen, dass es mehr als nur ein heftiger Schauer war, so wie der vor einer Ewigkeit, als er in Veras Garten gestanden hatte und das Wasser plötzlich auf ihn herabfiel. Nein, dieser Regen brachte den erhofften Wetterumschwung. Es würde auch in diesem Jahr wieder Herbst werden.

»Was hat endgültig den Ausschlag gegeben, dass Sie die Tabletten vertauscht haben?«

»Am Montagnachmittag haben wir uns wieder schrecklich gestritten. Als ich gegen Abend einmal in die Küche kam, hatte Volkert ein großes Messer in der Hand; da dachte ich, jetzt macht er Ernst und sticht zu. Er grinste nur und sagte: ›Wenn ich dich umbringe, dann gibt es keine Blutspuren.‹ Ich bekam richtig Angst und entschloss mich endgültig, die Tabletten auszuwechseln. Ja, und dann sagte er noch, er habe das Haus sowieso auf den Namen Matuschek gebucht, und wenn ich spurlos verschwinden würde, würde niemand auf die Idee kommen, nach einem Mann mit Namen Volkert zu suchen.«

»Warum sind Sie nicht einfach abgereist?«

»Weil das in dieser Einsamkeit nicht so einfach war, wie Sie vielleicht meinen. Volkert muss wohl befürchtet haben, ich könnte mit seinem Auto wegfahren, deswegen hatte er die Schlüssel immer bei sich.«

Sie hätte ein Taxi rufen können, überlegte Marder, aber vielleicht gibt es die in den schwedischen Wäldern nicht.

»Die Medikamente habe ich ausgetauscht, als ich einmal auf der Toilette war, wo die Dose mit dem *Marcumar* neben dem Zahnputzbecher stand ... da habe ich seine Medizin ins Klo gespült und die Kopfschmerztabletten in die Dose getan. In der Nacht habe ich nicht schlafen können, weil ich immer gefürchtet habe, er könne ins Wohnzimmer kommen und mich umbringen, weil er gemerkt hat, dass ich seine Medizin ausgetauscht habe. Diese Angst hatte ich jede Nacht bis Freitag und ich war am Ende der Woche mit meinen Nerven völlig fertig. Aber Volkert hat nichts bemerkt, weil das Badezimmer ein bisschen düster war, und die Pillen sahen sich wirklich zum Verwechseln ähnlich. Jedenfalls hat er die ganze Woche nie über Kopfschmerzen geklagt.«

Zum zweiten Mal während der Unterhaltung war für wenige Sekunden ein schwaches Lächeln auf Veras Lippen gekrochen. Es war wieder verschwunden, bevor es sich einrichten konnte.

Ein Gewitter näherte sich der Stadt vom Westen. Donner war in der Ferne zu hören und wurde mit jedem Grollen lauter. Der Kastanienbaum vor dem Fenster begann, sich leise zu bewegen. Der Wind fuhr durch die Blätter, als ob er sie zärtlich streichelte. Einige davon trödelten auf dem Weg zur Erde am Fenster vorbei.

»Was dachten Sie, würde geschehen, nachdem Sie das

Marcumar gegen die Kopfschmerztabletten ausgetauscht hatten?«

»Ich konnte natürlich nicht voraussehen, wie schnell etwas passieren würde. Volkert hat mir einmal erzählt, dass er eine ziemlich starke Dosis nimmt. Ich hatte keine Ahnung, wie sein Körper darauf reagieren würde, wenn er schlagartig damit aufhört. Eigentlich hatte ich gehofft, dass sich eine Reaktion erst einstellt, wenn er wieder in Holzminden war und ich in Barsinghausen. Dann würde vermutlich niemand seinen Tod mit mir in Verbindung bringen. Aber sein Körper hat offenbar ziemlich schnell auf den Entzug der Medizin reagiert. Er ist am Freitagabend gestorben.«

Das Zimmer wurde von zwei fast gleichzeitig explodierenden Blitzen erhellt. Marder zuckte zusammen. Sofort danach gab es einen lauten Knall. Irgendjemand führt da draußen Regie, dachte er. Der Wind hatte nun nichts Zärtliches mehr. Sturmböen rissen die Blätter von der Kastanie und schleuderten sie gegen das Fenster. Vera schien das Unwetter kaum zu bemerken; sie war in sich zusammengesunken. Nichts anderes, als sie selbst, schien für sie zu existieren.

»Warum haben Sie die Packung mit den falschen Tabletten nicht einfach weggeworfen, nachdem Volkert gestorben war?«

»Weil man nicht an alles denken kann, wenn man aufgeregt ist und in Eile handelt.«

Das war vielleicht ihr entscheidender Fehler, dachte Marder – der Fehler, auf den jeder Kriminalbeamte hofft, wenn er einem Täter auf der Spur war. Aber ich denke, wir wären früher oder später auch so auf Vera Matuschek gekommen.

»Bitte, erzählen Sie, was sich am Freitag zugetragen hat, als Volkert starb.«

»Das war alles sehr komisch. Das meine ich nicht im Sinne von lustig, sondern eher von gespenstisch. Am Freitagnachmittag schien Volkert ungewöhnlich friedlich zu sein, das war das erste Mal seit Tagen. Er benahm sich mir gegenüber fast normal. Gegen Abend wollte er noch einmal auf den See hinaus rudern und bat mich sogar mitzukommen, was er die ganze Woche nicht getan hatte. Wir haben auf dem See nicht viel miteinander gesprochen, er schien eher nachdenklich. Ich weiß nicht, aber vielleicht hat er gespürt, dass irgendetwas in seinem Körper vor sich ging. Einmal sagte er, er hätte so ein komisches Ziehen im Bein, aber er schien keine wirklichen Schmerzen zu haben.«

Vera ließ ihre rechte Hand an ihren rechten Unterschenkel gleiten. Marder entnahm daraus, dass das ungefähr die Stelle gewesen sein musste, an der Volkert das Ziehen bemerkt hatte.

»Nach einer Stunde kamen wir zurück zum Bootssteg und setzten uns auf die kleine Veranda an der Rückseite des Hauses mit Blick auf das Wasser. Ich habe in der ganzen Zeit kaum etwas gesagt, er begann zu sprechen und meinte, vielleicht wäre es an der Zeit, dass wir uns aussöhnten ... vielleicht wäre eine Heirat doch keine so schlechte Idee. Dabei wurde er irgendwie unruhig und fing an zu schwitzen. Er meinte, er fühle sich nicht besonders und wolle sich ein Glas Wasser aus der Küche holen. Er hatte ein bisschen Mühe, von dem Holzsessel aufzustehen, aber dann schaffte er es doch. Er ging ins Haus, und ich blieb draußen sitzen. Ich habe es kaum glauben können, was er gerade gesagt hatte, und war froh, dass er gegangen war, das gab mir Zeit, mir eine Antwort zu überlegen.«

Das Zentrum des Gewittersturms zog weiter nach Osten,

hinterließ eine drohende, dunkle Wolkendecke über der Stadt. Der Regen beruhigte sich, ohne aufzuhören, und ging in einen gleichmäßigen Niederschlag über. Vera hatte für einen kurzen Moment geschwiegen, als müsse sie sich auf den nächsten Teil ihres Berichts von Neuem konzentrieren.

»Ich glaube, ich muss eine gute Viertelstunde so gesessen haben, bis ich mich wunderte, dass Volkert nicht zurückkam. Da bin ich in die Küche gegangen, um zu schauen, was los war. Volkert lag auf dem Fußboden und war tot – jedenfalls atmete er nicht mehr, und ich konnte keinen Puls finden.«

»Wie haben Sie darauf reagiert? Was haben Sie getan?«

»Wie soll ich darauf reagiert haben? Ich wusste ja, dass ich dafür verantwortlich war, und es tat mir nicht leid. Ich war mir sicher, dass sein Gerede von Versöhnung und Heirat nur von einer vorübergehenden Verwirrung kam oder ein grausamer Scherz war und dass er es auf keinen Fall wirklich ernst meinte. Mich beschäftigte in diesem Moment vor allem das Problem, wie ich seine Leiche verschwinden lassen konnte. Ich musste schnell handeln und vieles improvisieren ... das habe ich Ihnen aber schon erzählt ... das war alles so, wie ich es geschildert habe ... das Einpacken unserer Sachen, ohne etwas liegen zu lassen ... die Heimfahrt nach Holzminden ... das Versenken des Autos im Hafen ... die Reise nach Föhr ... und dabei habe ich immer versucht, so wenig Spuren wie möglich zu hinterlassen. Haben Sie zufällig ein Zigarillo dabei?«

Hatte sie »Zigarillo« gesagt?

»Haben Sie ›Zigarillo‹ gesagt? Wieso fragen Sie das? Ich rauche schon seit vielen Jahren nicht mehr und habe weder Zigaretten noch Zigarillos bei mir.«

»Na ja ... hätte es mir ja denken können ... es spielt auch

keine Rolle. Mir kam nur gerade in den Sinn … ganz früher, als Alfred und ich frisch verheiratet waren, da haben wir uns im Sommer manchmal abends auf den Balkon unserer ersten Wohnung gesetzt … er hat eine Pfeife geraucht und ich einen Zigarillo … da war die Welt noch in Ordnung, und ich war richtig glücklich … manchmal habe ich sogar gedacht: Wenn ich jetzt sterben würde, hätte sich das Leben schon gelohnt.

Das war alles, was ich sagen wollte, Herr Marder, jetzt bin ich fertig. Ich werde nichts mehr hinzufügen.«

Vera schwieg. Marder spürte, dass sie auf keine weiteren Fragen antworten würde. Heute ganz sicher nicht, ob in Zukunft, das würde sich zeigen. Er nahm die Kassette aus dem Recorder und steckte sie in die Jackentasche, den Recorder stellte er wieder auf das Regal neben dem Fenster. Nur er und Vera Matuschek wussten, dass er benutzt worden war. Er ging auf Vera Matuschek zu, wollte ihr die Hand zum Abschied geben, sogar einige verständnisvolle Worte sagen. Sie bewegte sich nicht, blickte ihn nicht an, sie schien ganz leer zu sein.

Marder ging bei Falkenbergs Büro vorbei. Seine Sekretärin sagte, Herr Direktor Falkenberg sei noch in der Sitzung mit dem Minister und es würde wahrscheinlich später Abend werden, bis er ins Büro zurückkäme, wenn überhaupt. Solle sie ihm etwas ausrichten?

»Nein«, erwiderte Marder. »Teilen Sie ihm nur mit, ich werde ihn morgen früh anrufen und ihm von meiner Unterhaltung mit Vera Matuschek berichten.«

26

Kurz vor acht klingelte der Wecker. Marder verstand das nicht. Er hatte den Wecker am Abend bewusst ausgestellt, weil er spät und müde zu Hause angekommen war. Er hatte sich vorgenommen, so lange zu schlafen, wie es sein Körper verlangte. Erst danach würde er Erich Falkenberg anrufen. Er drehte sich auf die Seite, streckte den rechten Arm aus und drückte auf den Knopf des Weckers, damit das Klingeln aufhörte. Nichts geschah, das Klingeln blieb laut und beharrlich. Es war das Telefon, nicht der Wecker, der das aufdringliche Geräusch produzierte.

Marder war dabei, die Bettdecke zurückzuschieben und aufzuspringen, als Iris sagte:

»Ich bin schon auf dem Weg, ich wollte mir sowieso gerade einen Tee machen.«

»Du bist eine wunderbare Frau, mach mir doch bitte gleich einen Kaffee mit, wenn du mit dem Telefonieren fertig bist.«

»Gerne, mein Herr. Möchten Sie Ihren Kaffee gerührt oder geschüttelt?«

Marder ließ seinen Kopf zurück auf das Kissen sinken. Er hörte, wie seine Frau sagte: »Hier Marder.«

Und dann: »Ach Erich, du bist es.«

Und gleich danach: »Ja, ich hole ihn.«

Dann hob sie ihre Stimme: »Manfred, es ist Erich, er muss dich dringend sprechen.«

Marder war bereits aus dem Bett. Er fand seine Pantoffeln und schlurfte ins Wohnzimmer, um dort den Hörer entgegenzunehmen.

»Hallo, Erich, was gibt es? Ich wollte dich gerade anrufen«, log er.

»Manfred, ich muss dir etwas Wichtiges mitteilen – damit wollte ich nicht so lange warten, bis ich im Büro bin. Man hat mich vor wenigen Minuten informiert, dass etwas Tragisches passiert ist.«

»Was ist denn geschehen?«

»Vera Matuschek ist heute Nacht gestorben.«

Marder wollte etwas Belangloses antworten, dann begriff er, was Erich Falkenberg gerade gesagt hatte. Es dauerte einige Sekunden, bis er reagierte.

»Gestorben? Einfach so gestorben?«

Marder zog sich einen Stuhl heran. Er musste sich setzen.

»Nein, nicht einfach so. Es war Selbstmord. Sie hat sich erhängt.«

»Wie kann sie sich in der U-Haft erhängen? Wird sie dort nicht ständig überwacht? Man wird ihr wohl kaum einen Strick oder einen Gürtel in der Zelle gelassen haben?«

»Natürlich nicht, und eine Überwachungskamera gibt es dort auch.«

»Und wie hat sie es trotzdem fertiggebracht.«

»Sie hat ihre Bluse in Streifen gerissen und daraus ein Seil gedreht. Dann hat sie sich direkt unter die Überwachungskamera gestellt, also außerhalb von deren Blickwinkel. Nachdem sie auf einen Stuhl gestiegen war, hat sie das Seil an der Halterung der Kamera befestigt. Sie hat den Stuhl zur Seite gestoßen und ist erstickt. Als die Wärter misstrauisch wurden und in ihre Zelle gingen, war es zu spät.«

»Warum hat man sie nicht strenger überwacht?«

»Die Wärter haben erklärt, dass das nicht vorauszusehen war. Vera sei gestern Abend sehr ausgeglichen gewesen, fast schon heiter, viel gelöster als am Abend zuvor. Sie hatte sich sogar zum ersten Mal freundlich mit ihnen unterhalten und allen eine gute Nacht gewünscht, bevor sie sich hingelegt hat. Es gab überhaupt keine Anzeichen dafür, dass sie sich etwas antun könnte. Auf jeden Fall wird es eine interne Untersuchung geben, ob das Personal fahrlässig gehandelt hat oder nicht.«

»Das wird an der Situation leider nichts mehr ändern.«

»Da hast du recht. Aber das ist noch nicht alles, was ich dir zu sagen habe.«

»Was gibt es noch.«

»Dr. Kirschbaum hat sich entschuldigt.«

»Wofür?«

»Weil die Rechtsmediziner zu voreilig gewesen sind. Es wäre zwar korrekt, das Volkert eine Thrombose und eine Lungenembolie hatte, aber daran ist er nicht gestorben.«

»Jetzt bringst du mich völlig aus der Fassung. Was sagen die denn jetzt, woran er gestorben ist?«

»Die Lungenembolie hat er überlebt. Nur ungefähr fünfzehn Prozent seiner Lungenkapazität waren dadurch stillgelegt worden, und mit den restlichen fünfundachtzig Prozent hätte er noch eine gute Weile leben können.«

»Haben die Rechtsmediziner eine neue Theorie, woran Volkert gestorben ist?«

»Ja. Jetzt sind endlich alle Untersuchungen abgeschlossen, und das endgültige Ergebnis bestätigt nicht ihre ersten Annahmen.«

»Nun sag schon, woran ist Volkert wirklich gestorben.«

»Er hatte einen Herzstillstand, so wie er jedem von uns jederzeit passieren kann. Da fällt man einfach um und ist in wenigen Minuten tot, wenn nicht ganz schnell die Wiederbelebung eingeleitet wird. Die Mediziner in der Pathologie sehen keinen unmittelbaren Zusammenhang zwischen der Embolie und dem Herzstillstand, obwohl das nicht völlig auszuschließen ist. Es ist wohl anzunehmen, dass eher der Stress durch den Streit zwischen Volkert und Vera der Auslöser gewesen sein könnte. Die Pathologen sagen, dass es vor mehr als einer Woche passiert sein muss, vielleicht noch etwas länger her, und sie bestätigen noch einmal, dass es definitiv geschehen ist, bevor sein Körper in der Weser versenkt wurde.«

»Und sie sagen bestimmt auch, dass bei dem Zustand der Verwesung des Körpers dieser Zeitpunkt nicht mehr hundertprozentig zu überprüfen ist.«

»Das war in etwa die Formulierung, die Dr. Kirschbaum verwendet hat. Übrigens, er hat angedeutet, dass die voreilige Verkündigung der Todesursache durch meine Ungeduld und Drängelei mitverschuldet wurde. Er hätte mich wiederholt darauf hingewiesen, dass zu dem Zeitpunkt die endgültigen Ergebnisse ihrer Untersuchungen noch nicht vorlagen. So ganz unrecht hat er damit nicht. Das war, was ich dir erzählen wollte, auch wenn es keine guten Neuigkeiten sind.«

Falkenbergs Stimme hatte in den letzten Minuten zwischen persönlicher Anteilnahme und fachlicher Kompetenz geschwankt. Am Ende setzte sich seine professionelle Neugier durch.

»Nun möchte ich von dir wissen, was dein Gespräch mit Vera Matuschek gestern ergeben hat? Hat sie gestanden, die Medikamente vertauscht zu haben?«

Während der Unterhaltung waren Gedanken an Vera durch Marders Gehirn gerast. Volkert ist tot, sagten sie, und Vera ist es auch. Nichts kann daran etwas ändern. Niemand kann dafür bestraft werden.

Hatte Vera am Ende die Wahrheit erzählt? Marder war überzeugt, dass das der Fall war. Es würde niemandem nützen, diese Wahrheit, die nur er kannte, zu erfahren. Schuld war nicht mehr zu beweisen, und Unschuld war nicht mehr von Bedeutung.

»Es tut mir leid, Erich. Vera war durch nichts zu bewegen, eine Aussage zum Tod von Volkert zu machen. Ich habe alles versucht, aber sie hat darauf bestanden, zu schweigen. Sie meinte, ihr würde sowieso niemand glauben. Sie hat erklärt, sie würde sich einen Anwalt nehmen, und wenn es zu einem Prozess käme, würde ihre Unschuld bewiesen werden. Danach hat sie auf keine Fragen mehr geantwortet.«

Marder legte auf, holte die Kassette mit Veras Aussagen aus seiner Jackentasche und warf sie in den Abfalleimer unter der Küchenspüle. Er legte sich wieder ins Bett und sagte zu seiner Frau: »Den Kaffee trink ich später. Ich werde jetzt noch eine Stunde schlafen. Ich habe heute sowieso nichts vor.«

Der Autor

Wolfgang Teltscher, Jahrgang 1941, hat sein Arbeitsleben für eine deutsche Fluggesellschaft als Fachmann für Marketing und Verkauf in einigen zentralen Städten der Welt verbracht. Nun, im Ruhestand, lebt er mit seiner Frau in Barsinghausen am Deister und schreibt. Zuletzt erschien im zu Klampen Verlag sein Kriminalroman *DeisterKreisel.*

Weitere Kriminalromane

herausgegeben von Susanne Mischke

Hans-Jörg Hennecke
Lindentod
Kriminalroman

192 Seiten, Hardcover · ISBN 978-3-86674-068-6

Der Fund einer Leiche durchbricht die Schrebergartenidylle in Hannover-Linden. Doch kaum sind die Ermittlungen aufgenommen, ist der Tote auch schon wieder verschwunden ...

Ilka Sokolowski
Die heimliche Geliebte
Ein Wilhelm-Busch-Krimi

416 Seiten, Hardcover · ISBN 978-3-86674-051-8

Wilhelm Busch hatte eine Geliebte! Niemand wusste davon, bis ein geheimnisvolles Tagebuch es offenbart. Plötzlich häufen sich in Hannover die mysteriösen Todesfälle.

Michael Reinbold
Bachs Todeskantate
Kriminalroman

368 Seiten, Hardcover · ISBN 978-3-86674-056-3

Lüneburg, kurz nach Kriegsende: Jeder versucht auf mehr oder weniger legale Weise durchzukommen. Viele Flüchtlinge finden ein neues Zuhause. Da kommt es auch zu manch unliebsamer Wiederbegegnung. Einer der Zugezogenen wird ermordet aufgefunden. Führt die Spur in die Vergangenheit?

Heinrich Thies
Schweinetango
Kriminalroman

224 Seiten, Hardcover · ISBN 978-3-86674-044-0

Der Maskentanz in der Dorfkneipe ist derb. Und doch lassen sich beim »Schweinetango« zarte Bande knüpfen. Cord Krögers neue Geliebte aber hat nicht mehr lange zu leben ...

Bodo Dringenberg
Kleiner Tod im Großen Garten
Kurzkrimis
191 Seiten, Hardcover · ISBN 978-3-86674-045-7

Grün ist die Farbe des Lebens. Im Hannover der kurzen Krimis von Bodo Dringenberg wird das üppige Grün der Parks und Gärten zur Farbe des Todes.

Bodo Dringenberg
Mord auf dem Wilhelmstein
Ein historischer Kriminalroman
175 Seiten, Hardcover · ISBN 978-3-86674-041-9

Major Rottmann hat den Wilhelmstein, die genial konstruierte Festung im Steinhuder Meer, erfolgreich verteidigt – und stirbt doch von fremder Hand. Wer macht das Leben auf der Festung nach dem Krieg gefährlicher als im Krieg?

Egbert Osterwald
Schwarz Rot Blond
Kriminalroman
288 Seiten, Hardcover · ISBN 978-3-933156-96-9

Kommissarin Wilke fahndet nach einem Serienmörder, dem drei Frauen zum Opfer gefallen sind. Wird sie die Ermittlungen überleben?

Cornelia Kuhnert
Tanz in den Tod
Kriminalroman
237 Seiten, Hardcover · ISBN 978-3-86674-052-5

In einer Vorstadt Hannovers wird beim Tanz in den Mai eine Journalistin ermordet. War es einer der prominenten Gäste oder hat der Mord etwas mit den Tierversuchsgegnern zu tun?